血染龙泉寺

王文翰·著

北京燕山出版社

图书在版编目（CIP）数据

血染龙泉寺 / 王文翰著. -- 北京：北京燕山出版社，2013.1

ISBN 978-7-5402-3127-9

Ⅰ. ①血… Ⅱ. ①王… Ⅲ. ①长篇小说－中国－当代 Ⅳ. ①I247.5

中国版本图书馆CIP数据核字(2013)第016027号

血染龙泉寺

作　者	王文翰
责任编辑	王梦楠　李满意
责任校对	仲济云　张瑞武
营销编辑	王　然　王　迪
装帧设计	八　牛
社　址	北京市宣武区陶然亭路53号（100054）
网　站	http://www.bjyspress.com/
微　博	http://e.weibo.com/u/2526206071
电　话	01065240430
传　真	01063587071
印　刷	北京长阳汇文印刷厂
开　本	710mm×1000mm　1/16
字　数	200千字
印　张	16.5
版　次	2013年4月第1版
印　次	2013年4月第1次印刷
定　价	28.00元
出版发行	北京燕山出版社　BEIJING YANSHAN PRESS

版权所有　盗版必究

目 录

一　遭洗劫古寺蒙难　避秘室兄弟结缘…………………… 001
二　诵偈语暗藏玄机　巧破解别有洞天…………………… 015
三　探秘境奇峰迭起　指迷津方丈留书…………………… 026
四　习弓弩苦练不辍　惩顽匪小试牛刀…………………… 040
五　陷囹圄意外脱险　逢奇缘力气大增…………………… 052
六　驭怪兽初战告捷　抱不平少女得救…………………… 063
七　临圆寂普惠收徒　报仇雠恶少伏诛…………………… 074
八　出奇兵兄妹奋勇　受重创土匪惊魂…………………… 084
九　攻顾府村民除害　救南泉尼姑重生…………………… 097
十　南泉庵屡有发现　众女尼喜得装备…………………… 114
十一　离家园村民出逃　举大刀壮士聚义………………… 132
十二　访祖越贼人绝迹　认师伯奇观再现………………… 143
十三　服解药众僧复苏　遭报应叛徒痴呆………………… 163
十四　送兵器兄妹灭火　掘陷阱又有收获………………… 175
十五　下钓饵鱼儿上钩　图钱财队员藏奸………………… 187
十六　占顾府嫌隙顿生　收弩弹队员重组………………… 197
十七　闻噩耗浪子悔悟　揭内奸迷途知返………………… 213
十八　为藏金贼心不死　蹈覆辙土匪中计………………… 222
十九　赠礼品军民齐心　逗野性群狼升天………………… 235
二十　扫战场烽火重燃　灭强贼匪首漏网………………… 248

一 遭洗劫古寺蒙难 避秘室兄弟结缘

龙泉寺坐落在群峰环抱的千山之中，斗拱飞檐，气势恢宏，因寺内有一引泉竹瓦形似蛟龙而得名。经年累月，寒来暑往，游人如织，香火不断，是千山五座最负盛名的古刹之一。

时令已是早春二月，江南正是万物复苏、草长莺飞、春光明媚的时候，而这里却依旧是天寒地冻、朔风劲吹、白雪皑皑的冬日景象。此刻在寺后一个略显偏僻的角落里，在一株银装素裹的桃树下，一个年龄大约十六岁的青年男子，正坐在鼓形的石凳上，手里捧着一本《梦溪笔谈》在专注地读着。只见他清癯的面庞，浓浓的眉毛下，一双又黑又大的眼睛，笔直的鼻梁，再配上薄厚适中的嘴唇，初见之下，便给人以睿智、干练、英俊的印象。也许是看到入迷的地方，他不禁读出了声。猛然间他开始咳嗽起来，而且越咳越厉害，直到满脸涨得绯红，喘得全身蜷作一团。

"公子的病还不见好吗？"一个须眉皆白的僧人快步走过来，用手轻轻地拍打着他的后背，渐渐地他开始平静下来。"吃了方丈大师的药，学生的病好多了。过去一到晚上，不要说躺下，就是坐着，也要咳个不停，现在每晚都能睡个安稳觉，真不知该如何感谢您。""感谢的话实不敢当，倒是自从公子来到敝寺后，带领僧人们将敝寺残存的一百二十八部经书，通过反复考证，比对誊写，使之恢复一新，阖寺上下对公子无不心存感激。"方丈禅师边说，边坐在了年轻人对面的石凳上，"传功师父前些日子曾跟老衲谈起过公子的病，他说假如公子不嫌弃的话，他愿意教给公子一些简单的关于吐纳方面的功夫，这样或许会给公子的病带来些益处，不知公子意下如何？"年轻人一听心中欢喜，急不可待道："若能如此，学生实在求之不得，但不知几时开始学起？"方丈禅师爽快地答道："老衲这便去跟传功师父讲，就定在明日吧！"

天黑得还是那样早，屋檐下垂挂着的一二尺长的冰凌，刚才还亮晶晶的炫人眼目，现在却隐没在黑暗里，让人分辨不清。年轻人匆匆用过晚餐，就回到了自己的下处。这是一间普通僧人住过的房间，主人稍加改动，便带了几分文雅。墙上挂着一幅主人自书的狂草，"客居龙泉观峰顶，但见云霞百余顷。撷来化作双飞翼，十万大山任驰骋"。床帏的悬钩上，一管洞箫飘着明黄色的流苏，显得格外耀眼。年轻人走近书桌，将油灯的芯向上挑了挑，房间里顿时亮了不少。他衣服也不脱，就径直躺在了床上，两眼盯着房梁，思绪便仿佛决了堤的洪水，一路飞到了他多灾多难的童年……

年轻人的童年时光是从风景秀丽的杭州西子湖畔开始的，在他呱呱坠地的时候，父亲就给他起了高经纬这个名字，希望他将来能以经天纬地之才，为天下苍生造福。他的家就建在西湖的边上，后花园与西湖著名景观"柳浪闻莺"相毗邻，"柳浪闻莺"成了他和儿时的伙伴嬉戏、玩耍的最佳去处。

西湖美景寓于湖光山色之间，一年四季，无论雨雪风霜，阴晴变幻，在他看来都是那样的赏心悦目，充满诗情画意。特别是雨天将至，湖面上大雾弥漫开来，湖水变得翡翠似的碧绿，远山近水忽隐忽现，若有若无，就像一幅浓妆淡抹的水墨画。人置身其中，大有超凡脱俗、飘飘欲仙之感，至今回想起来，仍然令他魂牵梦萦，刻骨铭心。

直到有一天，母亲告诉他，父亲出事了，他们要搬到一处新家去住,他幼小的心灵才开始不安起来,但他搞不懂究竟发生了什么。新的住处比原来的小了好多,那么多仆人、丫鬟一下子都不见了,就连他最喜欢的奶妈,也消失得无影无踪。没有了花园,远离了西湖,远离了形影不离的小伙伴,他感到异常的孤独。

这样的日子过了半年多,一天,家里来了个陌生的男人,是个二十多岁、长得脑满肠肥的大块头,母亲让他以舅舅相称。在他看来,尽管这个人脸上带着微笑,但一双小眼眨动起来却不时露着凶光,使人不寒而栗。母亲与舅舅似乎很亲近,在舅舅的主张下,母亲变卖了家中所有的家具,雇了一辆带轿厢的马车。母子俩跟随舅舅,经过四十多天的长途跋涉,从关内到关外,终于来到了母亲的家乡——位于东北千山脚下的沙柳村。

全新的环境在五岁孩子的眼里,显得既新鲜又陌生。就在他对周围的一切充满了好奇的时候,母亲与外婆的一次争吵,让他陷入了对外婆一家人的深深恐惧之中。外婆那凶巴巴的面孔,恶狠狠的语言,在他的心头留下了挥之不去的阴影。

第二天,母亲带他离开了外婆家,住到村中一处低矮简陋的泥坯房里。这房子被人弃置多年,冬天四处透风,夏天到处漏雨。一到雨天,炕上地上就摆满了接雨的坛坛罐罐,尤其是连雨天,为了不让接雨容器里的雨水溢出,母亲往往彻夜不眠。

母亲除了知书达理,还做得一手好针线。为了维持生计并攒钱供他读书,最初母亲在近处帮人缝缝补补,后来被人介绍到十里外一大户人家教习针线,每天须早出晚归,出于无奈,母亲只好将他托付给邻居照看。当时正值隆冬季节,户外北风呼啸,滴水成冰。他不习惯待在别人家里,更不喜欢看邻居一家人冰冷的目光,总是一个人默默地站在院子之中,忍受着寂寞的煎熬,承受着寒冷的侵袭。冬天就这样悄无声息地过去了,他的健康受到了极度的摧残,永无休止的咳嗽终日困扰着他,让他苦不堪言。母亲见此情景,慌了手脚,赶紧带他四处求医问药。后来病情虽有好转,但一到冬天就旧病复发,这种情况一直持续到现在。

　　随着岁月的流逝,高经纬一天天长大,求知欲也越来越强,母亲发现自己学识有限,教他常感力不从心。刚好邻村有一私塾,教书先生曾中过举人。此人虚怀若谷,胸藏万卷,只是腿有残疾,不便进京会试,是以埋没于民间。而他自重身价,索要的学费也高得惊人,母亲得知后,拿出手头全部积蓄,方在私塾为他求得一席之地。从那以后,他在先生的教诲下,在知识的海洋里尽情畅游,如鱼得水。高经纬才华横溢,文章诗词相得益彰,很快就得到先生的赏识,不仅免除了他的学费,还在生活上给予资助。而他也不负众望,十二岁便崭露头角,以优异成绩通过了县、府、院三级考试,拔得了童生试的头筹,中了秀才第一名……

　　山门前传来急促的敲门声,打破了夜的沉寂,也把高经纬从对往事的记忆中拉回到现实。他正想推门出去一探究竟,一个小沙弥风风火火地闯了进来,他连珠炮似的一口气说道:"高公子,官兵大队人马包围了寺院,说要追捕一名越狱逃犯,让全寺大小人等一律到前院集合,接受审查。为防万一,方丈大师命我带公子到一隐秘处暂避一时。"说完,拽起高经纬就朝后院跑去。

　　此时前院已是人喊马嘶,火光通天,抬眼望去,院墙外无数灯笼火把,已将寺院团团围住。

　　小沙弥拉着高经纬,俯低了身子,左拐右绕来到一个去处,正是高经纬经常光顾读书的地方。对这个地方,高经纬再熟悉不过了,四个石凳围绕着一张石桌,除此之外,别无他物。

　　就在高经纬充满疑惑的时候,小沙弥在石桌背部靠近中间的地方用力搬了一下,石桌缓缓移开,露出一个方形洞口,洞口下面的石阶隐约可见。小沙弥示意高经纬先下，随后自己也跟了下去。在洞口下方的石壁上有一明显凸起之处，上面刻有十字，小沙弥在上面用力一按，洞口又慢慢合上。

两人小心翼翼拾级而下，九级石阶之后是一个不大的平台，平台上方一人高的石壁上有一方形石龛。小沙弥从中取出一盏油灯，然后用打火石将其点燃，再经九级石阶便到了洞底。

透过闪烁不定的灯光，高经纬发现这是一个长约一丈五、宽约一丈、高约八尺的矩形石室，面积虽不算大，却匠心独具，做工非常精细，几面石壁都打磨得异常平整光滑。尤其是迎面石壁上那条尾上头下的飞龙浮雕，镌刻得更是栩栩如生，呼之欲出，乍看过去恰似一条神龙从天而降。最令人称奇的是，一道涓涓细流不停地从龙口注向地面一个一尺见方的水池，水面与地表总保持有一寸的距离，既不枯竭，也不溢出。飞龙对面的石壁上悬挂着一柄长剑，可能是长期不用的缘故，剑鞘已变得锈迹斑斑。剑下方是一铺东北常见的火炕，炕席上面除了一个吃饭用的炕桌，还整齐地码放着四套被褥。火炕靠近飞龙左侧的一端砌有炉灶，上置一铁锅。炉灶不远处，贴墙放有橱柜两个，一个盛满粮食，一个锅碗瓢盆应有尽有。小沙弥指着橱柜上面四个密封的罐子，告诉高经纬里面装着咸菜，又指着橱柜间的两个坛子，说里面装着灯油。橱柜至飞龙石壁间，是一顶天立地之通体木架，木架共分四层，每层都堆满二尺长的劈柴。飞龙右侧石壁和石阶间，有一与地表相平之木盖，掀开木盖，下面形状颇似马桶，内里还有一圆孔，黑黝黝的不知通往何处。小沙弥告诉他这是茅厕，每次用后只要使水一冲，既方便又干净。石室地上还有两个蒲团，一看便知是僧人打坐、参禅所用。经过这番查看，高经纬对石室周遭状况已胸中有数，如此完美的地下建筑为他生平所仅见，不由在心中赞叹道："真乃鬼斧神工，别有洞天也。"

小沙弥将油灯在石壁拐角处的石台上放好，便和高经纬一起并排坐在炕沿上。

　　"不知方丈大师他们怎样了，有无危险？我实实有些放心不下。"高经纬不无担忧地对小沙弥道。小沙弥轻轻一笑答道："高公子尽管放心，方丈大师他们不会有危险。我们在这里则更为安全，此地属本寺机密，只有方丈大师、传功师父和我知道。官兵一走，方丈大师就会通知我们出去，即使官兵一时不走，我们在此有吃有喝，又怕他何来？"

　　高经纬问起石室的来历，小沙弥对他言道："据方丈大师讲，此石室是祖师青灯长老所建，距今已有五六百年的历史，是当时青灯长老闭关修炼所用，后来竟成了危急关头避难的场所。"

　　两人越谈越觉亲密，高经纬又打听起小沙弥的身世。小沙弥满脸悲戚之色，哭述道："对身世我知之甚少，只知一岁时全家人惨遭土匪屠戮，除我之外，竟无一人幸免。恰遇普济方丈途经那里，将我从血泊中抱回，取名至善，抚养至今，已有十四个春秋了。方丈大师自幼研习易经八卦，极擅休咎之术，断言我六根未净，将来另有他遇，故没有剃度于我。但为了方便我在寺里出入，这才做小沙弥打扮。"言罢，两人相对而泣。

　　良久，高经纬对至善道："你的身世着实可怜，这世上我除了母亲，也无其他亲人，如果你愿意的话，我们结为兄弟，你意下如何？"至善大喜过望，赶紧跪倒在地，对高经纬道："大哥在上，请受小弟一拜。"高经纬急忙将至善扶起，并问他能否找到香烛。至善说道："你看我差点乐昏了头，大哥是读书人，最重礼仪，结拜大事自然一点马虎不得。"说着从橱柜下掏出一个油纸包，里面香烛纸马一应俱全。"就是缺少白酒。"至善有点难为情道。高经纬手指水池道："我们以水代酒也是一样。"

二人走到飞龙面前，点上香烛，对天跪拜，然后盟誓道："苍天在上，过往神灵做证，我二人孤苦无依，同病相怜，自今日起，愿效钟子期、俞伯牙知音之情，愿仿刘、关、张桃园结拜之义，从此结为骨肉兄弟，同舟共济，同甘共苦，同仇敌忾，同生共死，拳拳之心，天日可表，如违此誓，人神共愤，天地不容。盟誓人：高经纬，高至善。"接着二人将纸马焚化，而后举起水碗，一碗敬天，一碗敬地，一碗兄弟对饮，至此兄弟结拜仪式全部结束。

　　石室内温暖如春，结拜后的兄弟俩更觉其乐融融，二人都沉浸在结拜的喜悦之中。"我姓大哥的姓，事前也没征得大哥的同意，大哥不会生我的气吧？"高至善率先打破了安静，对高经纬道。"哪里！兄弟姓我的姓，足见兄弟对我的情分，愚兄高兴还来不及呢，怎会生兄弟的气？"高经纬朝高至善摆了摆手回答道。没等高至善做出反应，高经纬接着道："等日后有机会，我带兄弟去见母亲，她一定会非常高兴。"高至善道："我恨不得马上就能见着她老人家。"高经纬道："别着急，会有这一天的。"

　　兄弟俩躺在炕上，睡意全无，兴奋得只想说话。"我见大哥整天埋头读书，书里肯定有好多有趣的故事吧？""书里的东西包罗万象，上自天文，下至地理，诸子百家，三坟五典，古往今来，大事要事，排兵布阵，治国安邦，道德礼仪，行为规范，佛学经要，神农百草。五花八门，不一而足。至于小说故事、评书话本，更是举不胜举。兄弟倘若想学，为兄教你就是。""太好了，我一定尽心学，不让大哥失望。对了，大哥对武功感兴趣吗？""为兄过去一直发奋苦读，加之身边没有练武之人，即便想学，也无从学起。假如能有机会学习武功，固然为好，既可防身护身，又能强身健体，何乐而不为？本来方丈大师答应，明日起要传功师父教我一些简单的吐纳功夫，如此一来，不知是否要泡汤？""大哥不必发愁，兄弟从三岁起，就跟传功师父习练武功，内外兼修。传功师父原本少林僧人，法名普惠，因抱不平，犯了杀戒，被逐出寺门，遂于十二年前来到本寺。他武功高强，尤以内功见长，虽已至花甲之年，然数十人持械难近其身。我随师父勤学苦练，冬不畏严寒，夏不避酷暑，十数年如一日，内外功亦有小成，只要大哥需要，兄弟愿助大哥一臂之力。"

两人谈兴正浓，忽然上面传来一阵纷乱的脚步声，中间还夹杂着几声吆喝，又响起刀枪连续的撞击声。接着便是有人倒地的声音，再接着脚步声渐渐远去，四周又归于平静。

高至善觉得情况似乎有些不对劲，高经纬也开始警觉起来。二人来到出口处，仔细聆听外边的动静，结果什么也没听到。彼此都是既担心又紧张，紧张得甚至能听到对方的心跳。也许是第六感的作用，他们预感到大事不妙。终于两个人沉不住气了，决定冒险外出一看。考虑到高至善人小灵活，且身有武功，就由高至善出去打探消息。高经纬紧紧握着高至善的手，再三叮嘱他要小心，兄弟之情出于至诚。高至善的眼里噙满了感动的泪花，他一咬牙，果断地按动了机关，出口渐渐打开。

外面天已开始放亮，一缕微弱的光线投射进来，一只黑羽白腹的喜鹊抖动着翅膀，鸣叫着在他们眼前一闪而过，桃树那披霜戴雪的身姿，也映入他们的眼帘。

兄弟俩屏住呼吸，慢慢探出头去。两丈开外一摊血迹旁，横卧着一具尸体，身穿灰色直裰，头上披散着长发，长发下一双眼睛圆睁着，显见是死不瞑目。两人一下子就认出此人乃火工头陀悟纯。他四十多岁的年纪，平时待人和善，与世无争，兄弟俩都与他交好。目睹他惨死的场面，两人不禁潸然泪下。

高至善忍着悲痛，告诉高经纬立即关闭洞口，而后一个鲤鱼打挺，便跃到了外面，三下两下，已不见了踪影。高经纬也启动了机关，将洞口关上，在忐忑不安中，焦急地等待着高至善的归来。

高至善离开洞口，见四下无人，几个纵跃便来到了一个月亮门前。这里是前院和后院的分界处，也是前院到后院的必经之路。高至善不敢大意，躲在门后向前院观望。正殿前人头攒动，火光闪闪，一道浓烟冲天而起。

此刻天已大亮，太阳极不情愿地从两山之间，露出了它红彤彤的脸庞，将一抹金光照向正在经历劫难的青砖碧瓦上。

高至善刚想蹿向前院做进一步探查，有两个官兵打扮的人已向这边走来。高至善只好缩回身，打量了一下周围，竟然找不到一个藏身之处。紧要关头哪容片刻思考？情急之下，高至善几个箭步，冲进了距他最近的香积厨之中，又快速通过木梯爬上了阁楼，再把木梯拽上来藏好，自己也躲在了几个麻袋后边。

就在此时，那两个家伙也进了香积厨。听着他们往锅里倒水，往炉灶里添柴，高至善估计他们可能在烧开水。

两个家伙一边忙活，一边还不停地说着话。只听一个说道："这些秃驴忒地不识时务，大王好意劝他们入伙，他们非但不听，还恶语相向，出口伤人。当和尚有什么好？成天青菜豆腐，嘴里都能淡出鸟来。放着大碗酒、大碗肉和金钱美女，秃驴们愣是不为所动。奶奶个熊，换了我，别说青菜豆腐，就是成天阿弥陀佛地念着，也能让我憋出个球来。放着好日子不过，有福不会享，你说这些秃驴们不是蠢到家了吗？依我说，以后别叫他们秃驴了，叫他们蠢驴更合适。"另一个顺着他的话音，迎合道："我看也是，蠢驴们总说，不求今生但修来世，来世是何物？来世是子虚乌有，行乐须及时，今朝有酒今朝醉，这才是人间正道。大王也不知怎么了，以前待人心狠手辣，稍不如意就又杀又砍。这次不知吃错了哪味药，对和尚竟有那么多耐心，这不是邪了门吗？想当初老子入伙的时候，大王一会儿考察胆量,一会儿递投名状,都快把人折腾死了,一想起这些,我就气不打一处来。"第一个又道:"和尚们蠢是蠢了点,他们的骨气倒也叫人佩服。别看老和尚慈眉善目的,但一身正气让你不敢小觑。那个会武功的和尚也甚是了得,受了那么重的伤,硬是让他逃了出去。就连那个头陀也不含糊,自己不会武功,却去舍命保护老和尚,刀刃加身,竟连眼都不眨一下。"

"哎,快来看,这上面有个阁楼,怎么找不到梯子?"第二个家伙发现了阁楼,赶忙招呼自己的同伙,两人一齐向阁楼望去。阁楼离地面八尺多高,面积约占伙房面积的三分之一,上面靠后堆放着一排装得满满的麻袋,前面是几十个大小不等的瓷坛和瓦罐,空中则是一行行悬挂着的苞谷、辣椒及干菜。发现阁楼的家伙提议上去瞧瞧,于是两个人屋里屋外地找寻梯子,终究没有找到,只好搬来张桌子放在阁楼下靠墙的地方。在桌子上,一个家伙踩着另一个家伙的肩膀,顺着墙慢慢地爬上了阁楼。

高至善忙将蜷缩着的身体一点点展开,而后平躺下去,心随着敌人的临近,跳动得越来越快。上楼的家伙抽出佩刀,当空一阵乱砍,只砍得苞谷、辣椒、干菜纷纷扬扬,洒落一地,接下来又在每个麻袋上都狠狠地砍了一刀。嘴里还不停地嘟囔道:"混账大王,让你刁难老子。"看样子这家伙与土匪大王积怨很深,把但凡遇到的东西都当成了对土匪大王宣泄不满的对象。随着刀光,高粱米、小米、玉米和黄豆汩汩地流淌出来,流在高至善的脸上、身上。凶险而又幸运的是,敌人最后一刀就砍在离高至善头顶不到一寸的地方,把高至善惊出一身冷汗。

锅里的水已开始翻滚、沸腾,白色蒸气也在房间里四处蔓延。下面的敌人对上面喊道:"水开了,我们该回去了,免得回去晚挨大王训斥。"上面的敌人嘴里还在不干不净地骂着大王,但却不敢不下去。两个人找来水桶，装上热水，快速离去。

高至善觉得敌人确实去远了，这才从上面爬下来。他心里盘算道："现在前院到处都是敌人，白天出去侦察，无异于送死。寺里发生的事情，虽不能完全弄清，至少从敌人的对话中，也能了解个大概，倒不如趁无人之际返回秘室，同大哥商量后再图后策，也可免大哥悬望之心。"于是高至善小心翼翼潜回洞口，确定无人后，搬动了开关。

些许时间后，高至善已在洞中，洞口也已关闭。高经纬听到响动，早已跑了过来，兄弟俩相拥在一起，激动得说不出话来。不等坐好，高至善就急不可耐地把刚才的经历，一五一十地讲述给高经纬。

高经纬沉思了一会儿，分析道："看来官兵极有可能是强盗假扮的，目的是要霸占寺院，至于强迫方丈入伙，不过是他们想让自己的强盗行径变得名正言顺罢了。"高至善问道："那我们该如何应对？"高经纬回答道："进一步摸清情况，静观其变，伺机救出方丈他们。"高至善又问道："现在我们做些什么？"高经纬道："吃饭睡觉，养精蓄锐，以待晚上。""还有，兄弟不在时，我试着用锅灶做了些米饭，现在还不至于凉，我们抓紧吃吧。"高经纬又补充道。高至善从橱柜里取出一罐咸菜，打开泥封，一股清香扑鼻而来，里面装满了由扁豆、豇豆、小黄瓜、鬼子姜、芹菜、芥菜、地梨等十多种小菜腌制的咸菜，吃在口里咸淡适中，恰到好处，再加上焖得松软可口的小米饭，这顿饭要在平时，肯定算得上美餐，然而此时兄弟俩却难以下咽。想到方丈大师吉凶未卜，普惠师父下落不明，悟纯头陀命丧黄泉，二人都心急如焚。但考虑到下一步的行动，必须保持充足的体力，二人又不得不强迫自己多吃几口。

吃过了饭，高经纬让高至善睡觉，自己收拾碗筷。高至善哪里肯听，早已手脚麻利地抢先干了起来。收拾完碗筷，二人又开始清理炉灶里的灰烬，一点点将灰烬倒进马桶，再用清水冲下。

高经纬对高至善说道:"兄弟想过没有,这个秘室里有好多蹊跷的地方。我归纳了一下,大致有四处。其一,石室既然是青灯祖师为闭关而建,那么为何还要建炉灶、马桶呢?据我所知,所谓闭关,就是有道高僧不吃不喝,或坐禅,或入定,这期间需要辟谷,也许你会说,这是后来人为避难而建,但我观察的结果却是,这一切都带有最初的因地制宜的特征,应该来自于初建。其二,今天做饭,我发现炉灶特别好烧,一点也不倒烟,这说明炉灶有一个不错的通风口,而炉灶只与火炕相连,这也暗示我们,通风口就隐藏在火炕之中,而这些都离不开最初的设计,这也印证了我的第一个结论。其三,我从飞龙下面的水池里取水,不论一次取走多少,水池里的水总保持在距地面一寸的高度,而水池的面积又不大,龙口里流出的水也有限,我的判断是,水池与外界必然有着某种联系,说到是什么联系,目前还无从考证。其四,马桶里的洞有多深,通向什么地方?也是让人捉摸不透的谜。"

听着高经纬提出的疑问和丝丝入扣的分析,高至善心想:此前我和方丈他们也经常来这里,怎么就从来没想过这些问题?到底大哥是读书人,头脑聪明,见多识广,看问题深入透彻。大哥是我的亲人,更是我的良师益友,从今往后,我要多听大哥的教诲,唯大哥的马首是瞻。

时间在焦急的等待中似乎显得分外漫长,高至善觉得眼下反正无事,倒不如趁此机会教大哥学习武功。他告诉高经纬,本门武功以内功为根基,内外兼修,不拘一格,博采众家之长,是普惠师父在少林武功的基础上,糅进了朝鲜跆拳道和扶桑忍术的精髓而形成的独立门派,号称龙泉派。内功共分七个步骤,也称七个阶段,即吐纳、摒弃、汇聚、贯通、融合、收发及升华。几个阶段环环相扣,缺一不可,必须依序将前一个步骤练得滚瓜烂熟符合要求后,方能进入下一个步骤。

七个步骤的具体要求如下：吐纳阶段需通过呼吸中的吐故纳新，练到丹田里有真气生成；摒弃阶段需通过排除心中杂念，引导丹田之气向奇经八脉渗透；汇聚阶段需通过真气在奇经八脉中的累积，使之在各自的经脉里运行；贯通阶段需通过不断加大真气在任脉和督脉的运行速度，使之成为一种冲力，最终将其间隔打通，形成小周天运行；融合阶段需继续用真气冲击剩余的奇经八脉，使其相互间的阻碍全部贯穿，从而形成大周天运行；收发阶段需通过控制真气在奇经八脉各个穴位的进出，而达到收发自如的目的；升华阶段是让奇经八脉中的真气流向和打通其余十二道经脉，使全身所有经脉都融会贯通，形成全周天运行。真气的收发便可在任意穴位上随心所欲，这是修炼内功的最高境界。

至于拳脚兵器则不受内功修炼的进度限制，随时可以操练，但随着内功的不断深入，拳脚兵器会越发得心应手，以致事半功倍，无往而不胜。

高至善先教高经纬练第一个步骤——吐纳。两人盘膝端坐在蒲团上，闭目朝前，左手食指向天，右手小指向地，两只鼻孔用力吸气三次，然后用口将胸中浊气缓缓排出，循环往复，周而复始。

不知过了多长时间，高至善睁开了眼睛，推了一下还在练功的高经纬说道："大哥，咱们收吧，我饿得前胸都快贴到后背了。"高经纬一笑，站起来道："我的肚子也早就咕咕叫了，是该吃饭了。"两个人这顿饭吃得很香，可能是练功的缘故，也可能是身体发育对营养的需求，让他们暂时忘却了烦恼，风卷残云般地将剩饭打扫一空。

高至善叹了口气道："唉，要是不出去也能知道外面的时间就好了。"高经纬道："谁说不是呢？"当下走到洞口，侧耳谛听了好一会儿，下来对高至善道："外面静悄悄的，没有任何响动，凭直觉，我想天恐怕黑了。但稳妥起见，还是多等一等，最好是等到下半夜，敌人都疲劳了，放松了戒备，我们行动起来就方便多了。"高至善道："大哥言之有理，就依大哥的。"

又过了好长时间，高经纬对高至善道："我们该出发了。"高至善忙道："大哥看家，我一个人出去。"高经纬坚定地回答道："两个人一块出去，互相也有个照应，况且我们在暗处，敌人在明处，只要我们小心点，料也无妨。"兄弟俩确定上面无人后，毅然打开了洞口。

外面一团漆黑，一股冷风迎面扑来，高经纬忍不住要咳嗽，赶紧用手死命地捂住嘴，另一只手压紧领口，随高至善来到上面。高至善旋即关闭了洞口，二人立刻消失在浓浓的夜色里。

二 诵偈语暗藏玄机 巧破解别有洞天

两人首先来到悟纯头陀丧命的地方,血迹还在,尸体却没了踪影。

根据事先商定好的路线,二人先从后院查起,后院共有三排僧房、一排客房、一排斋房、一排伙房和四座粮仓。粮仓、伙房与斋房里听不到一点动静,客房和僧房里虽没有灯光,却有好多人在睡觉,从打鼾声和沉重的呼吸声以及偶有的粗俗梦呓判断,这些人绝非本寺的僧人,必是敌人无疑。

兄弟俩脚步轻轻地经过月亮门来到前院,正殿里灯火通明,两个偏殿也亮着灯光。他们疾速离开石子甬路,紧贴侧殿的后墙,将身体隐没在黑暗之中。从两殿的空隙处向前看去,三大殿及中央广场的状况一览无余。寺院的大门上挂着一盏"气死风灯",两个官兵打扮的彪形大汉挎着腰刀在门前警戒。中央广场上有一堆灰烬没有全部燃尽,经风一吹又有火苗蹿起。左侧偏殿里不时有人影在晃动,并传来吆五喝六的声音,好像有人在赌博;右边的偏殿里有人拖着大舌头高声划着拳,"五魁首""哥俩好""全来到"呼声不断,似乎有人在喝酒。

正殿里看不到人,但能听到有人含混不清地说着话,两人对视一眼,蹲下身去来到正殿窗下,又用舌尖舔手捅破窗纸向里望去。就见大殿正中供案前,有两个军官打扮的人,背对着殿门在讲着什么,供案旁边,方丈大师脸色苍白,面向殿外委顿在蒲团上。

兄弟俩又用目光将整个大殿搜索了一遍,未见其他人的身影,于是他俩溜进殿内，扑到旁边的帐幔之后，又沿着帐幔悄悄地移动到中间佛像的背后。借着明亮的烛光，他们终于看清了那两个身着军官服的人的脸，高经纬不由大吃一惊，原来其中一人竟是他的舅舅魏进财。

方丈大师可能是看见了兄弟俩的缘故，霎时来了精神，一挺身坐了起来。方丈大师的表现倒把两个土匪吓了一跳，魏进财用讥讽的口气对方丈大师道："咦，要诈尸咋的？适才还半死不活的，问什么都像没听见似的，现在想通了？那就请开尊口吧。"方丈大师大义凛然，回答道："你们假冒官兵的名义，以追捕逃犯为借口，一举占领了寺院，又强迫老衲等归顺就范，如若不从，你们就兵戎相见，大肆屠戮，可怜老衲合寺上下三十余口，尽皆死于你们的刀枪之下。这还不算，你们连寄宿在这里的高公子也不想放过，整日追问他的下落，老衲回道不知，你们就没完没了折磨拷打于老衲。你们还有一点人性吗？简直禽兽不如！"魏进财一听大怒，恶狠狠地给了方丈大师一记耳光，鲜血立即顺着方丈大师的嘴角流了下来。

高至善终于忍无可忍，跳起来就想去拼命，被高经纬死死拉住，并在他耳边轻声道："小不忍则乱大谋。"

另一个土匪见状，对魏进财道："军师老兄，我早就料到，在这种冥顽不化的老家伙身上下功夫，是瞎子点灯——白费蜡。"魏进财愤愤道："大王阁下，你以为我不懂这个道理？要不是想在他身上得到高经纬的下落，焉能让他活到今天？"

他又转身对方丈大师道："横竖你也活不长了，就让你死个明白。"他手指角落里一堆僧衣，接着道："你看那是什么？那是从你们僧人身上剥下的僧衣。别说你们不同意归顺，即便是同意，我也不会相信你们，对此我早有准备。自明日起，我就是本寺的方丈，我手下的三十三个弟兄就是本寺的僧人，我们同样会弘扬佛法，光大寺院，你就放心离去好了,阿弥陀佛。"方丈大师轻蔑地一笑,道:"狐狸再狡猾也终究要露出尾巴,恶人再伪装也终究会被人们识破。你们的一切卑鄙伎俩都将是一场徒劳,只能增加你们的罪业。善恶到头终有报,你就等着用你们的血,去洗刷你们的罪行吧。"

魏进财道:"你是一个将死之人,我也不跟你计较,就让你图个嘴上痛快。不过我还是可以再给你一次机会,只要你肯配合,讲出高经纬的下落,说不定我能改变主意,放你一马也未可知,你可想好了。"方丈大师道:"你为什么非要找到高公子不可呢?老衲不是早就告诉你,高公子一切都好,出家人不打诳语,难道你还不相信吗?真不知你找高公子的真正居心何在!"魏进财道:"我能有什么居心?不过时间长了,亲情所致有些牵挂,想见见他就是了。"方丈大师道:"即便如你所说,找来高公子,你又如何向他解释眼前发生的这一切?据老衲看来,高公子宅心仁厚,疾恶如仇,绝对不会跟你同流合污,说不定还要大义灭亲呢,老衲劝你还是不见为佳。"

听到这些,魏进财不禁恼羞成怒,他凶相毕露地对方丈大师嚷道:"你别做梦了,指不定谁大义灭亲呢!实话告诉你吧,我找高经纬就是为了要除掉他。"方丈大师不解地问道:"对自己的亲外甥你也下得了毒手?"魏进财把嘴一撇,道:"谁说是亲外甥,我母亲不是他亲外婆,是继外婆,你懂吗?我母亲早就视他母子俩为眼中钉、肉中刺,你说我能饶过他吗?"

方丈大师追问道:"老衲听高公子讲过,是你千里迢迢从杭州将他母子接回来的,既然如此,那又何必呢?"魏进财不耐烦道:"你只知其一,不知其二,我索性全告诉你吧。俗话说:'无利不起早。'你以为我是顾念亲情才去接他们的吗?我是冲他们家的钱财。高经纬祖上有个宝物,在他母亲手中。此物精美绝伦,价值连城尚在其次,主要是关乎一个宝藏的开启。本来他母亲只要将宝物拱手送给我,我倒也不一定非要取他们的性命，谁知我几番索要，都遭拒绝。他母亲还言道，此物务须传给高经纬，让我死了这条心。所以我必须将他除去，以绝他母之念。"

方丈大师长叹道："人心叵测，殊难预料，他人之物，取之何益！罪过，罪过。群山仰盼青龙吟，青龙翘首云雾中。左摇右摆七八载，尘埃落定降甘霖。"言罢，合上双目，任凭对方说什么、问什么，再也不发一言。两个土匪无可奈何，耳语了几句，当即离开，又一起进到偏殿之中。

兄弟俩认为时机已到，双双跃起，扑到方丈大师身边。方丈大师睁开双眼，见是兄弟俩，心里一阵激动，随即急切地说道："赶快离开这里，不要顾及老衲。"二人哪里肯听，高经纬忙俯下身去，在高至善的帮助下，将方丈大师背了起来，然后二人不顾一切地向来路奔去。

高经纬本是一介书生，身体文弱，情急之下尚不觉得，几十步跑下来，他已感到力不从心，两条腿就像灌满了铅，每挪动一步都十分艰难。忽然一个石子让他脚下一滑，身体一歪，重重地摔在了地上。多亏高至善手疾眼快，一把抱住了方丈大师，才没让方丈大师摔着。

响声还是惊动了寺门前站岗的敌人，其中一个举着灯笼，高喊道："是谁？怎么了？"快步向这边跑来。高经纬赶紧爬起身，背起方丈大师，拼命向前奔去。刚过月亮门，后边的敌人就发现了高经纬三人的身影，忙喊道："干什么的？站住！"高经纬哪敢耽搁，两个拐弯，甩开了敌人的追踪，同时一指前方，对高至善道："快！"高至善心领神会地向秘室方向跑去。高经纬靠在墙上喘息了一下，便又没命似的跑了起来。好不容易跑到洞口，就听后面脚步声、喊叫声此起彼伏。回头一看，只见前院里灯笼火把连成一片，敌人都已行动起来，正通过月亮门向后院拥来，后院的敌人似乎也有响动。

高经纬跌跌撞撞地进到了洞中，守在一边的高至善忙将洞口关上。二人将方丈大师放在炕上躺好，这才同时松了口气。

高经纬终于忍不住剧烈地咳嗽起来，他怕外边的敌人听到，赶紧拽过被子把头蒙上。高至善一边注视着方丈大师，一边用手拍打着高经纬的后背。过了好一会儿，高经纬不再咳了，二人立即去看方丈大师。方丈大师两眼紧闭，面白如纸，气若游丝。高经纬给方丈大师喂水，方丈大师牙关紧咬，水总是出得多进得少。高至善道："大哥，我看方丈大师的情形不妙，我们得想办法救救他啊！"高经纬点点头，道："谁说不是，但我们困在这里，两手空空，无医无药，出又出不去，这办法实在不好想。"两个人看着方丈大师那原本慈祥现在却充满痛苦的脸，想着方丈大师对他们的诸般好处，想到方丈大师需要救助，而他们又束手无策，两个人不由抽泣起来。

也许是方丈大师听到了他们的哭声，也许是回光返照的力量，使得他睁开了眼睛，并试图坐起来，兄弟俩赶紧过去搀扶。在二人的帮助下，方丈大师吃力地盘上双腿坐好，用手一指飞龙浮雕，断断续续说道："龙首……有秘……密……"便再也说不出话来。兄弟俩再看方丈大师时，方丈大师已溘然长逝。高至善将方丈大师双手合十，然后两人拜倒在地，顿时泪如泉涌，悲从中来。两天来的遭遇，无异于一场浩劫，千年古刹横遭蹂躏，可亲可敬的方丈大师撒手人寰，这突如其来的打击，给兄弟俩的精神以重创，让他们的身心感到前所未有的疲惫不堪，两人终于在极度的哀伤中昏昏睡去。

突然，上面响起一阵咚咚的沉重而又急促的脚步声，把兄弟俩从昏睡中吵醒，他们发现自己竟睡在了地上。听着脚步声持续了一会儿，又逐渐远去，兄弟俩这才起身找来香烛，在方丈大师身前点燃，又郑重地给方丈大师行了叩拜礼。接着草草地吃了点东西，就来到飞龙前，盯着龙头发呆。

高经纬对高至善道："方丈大师临终前告诉我们龙首有秘密，我想这秘密一定非同小可，一定关系着我们和寺院的命运。"高至善道："可惜的是，方丈大师来不及将秘密全部告诉我们。"高经纬信心十足地道："只要我们肯于动脑去想，不放过任何蛛丝马迹，有方丈大师在天之灵的护佑，我们一定能揭开龙头的秘密。"

忽然他灵机一动，想道：这秘密能不能是指龙头上有暗藏的机关呢？嗯，有这个可能，那么我何不一一试来。想到这，就去摸两个龙角，接着又用力去扳，一点反应没有。再去摸龙的鼻子，抠龙的两个鼻孔，仍然没反应。又去摸龙的两个眼睛，再用手指按压，这下有了变化。按压龙的左眼时，龙口里的泉水停止了流淌；按压龙的右眼时，龙口里的泉水又继续流出，反复按压了几次都是这样。只把个高至善高兴得连声叫道："太好了！好极了！"高经纬也兴奋地说道："后边可能还有更精彩的。"

龙口里没有了水，高经纬把注意力全部集中在龙的口腔中。高至善也不闲着，他按遍了龙头所有外部表面，又使劲摇了摇整个龙头，竟然纹丝不动，只好扫兴地退到一旁，去看高经纬。高经纬首先按了按龙的上下嘴唇，又扳了扳最前边的四颗獠牙，都不见动静。就从左到右依次去按龙下颌所有的臼齿，再依法去按龙上颌的臼齿。当按到右边最后一颗时，龙头出现了轻微晃动。用手去扳整个龙头，发现龙头可以轻易地左右旋转，最大幅度可让龙头旋转半圈。更让人叫绝的是，不管旋到何处，只要一松手，龙头就会自动返回到原位置。兄弟俩轮换着去转动龙头，不管他们怎样旋转，直到累得精疲力竭，一切还是老样子，并没有新的结果，兄弟俩只能暂时放弃。

经过短暂休息，两人又开始了新的尝试，高经纬继续在龙的口腔里探索。他触遍了龙上腭的每个部位，又开始检查起龙的舌头，终于在舌根部发现一处小小凸起，轻轻一按，龙头不再晃动，又变得同往日一样牢固。接下来，无论他们怎样努力，甚至反复重复以前的动作和步骤，除了现有的和已知的，再没有任何新的进展，他们的揭秘行动陷入了僵局。

高经纬沉浸在思虑之中，他把探索龙头的全过程从头至尾，每个环节、每个细节都仔仔细细、认认真真、反反复复地在脑海里过了数遍，始终不得要领。

在茫然无头绪下，他又把思路转向了昨日在大殿里，方丈大师所讲过的每一句话。他记得开始时，方丈大师借痛斥敌人的机会，将寺院里的遭遇、敌人的阴谋与凶残暗示给兄弟俩，接着又通过一问一答和步步紧逼的方式，诱使敌人说出了觊觎高经纬祖上宝藏的另一个险恶用心，后来方丈大师还念了一首诗。

高经纬突然意识到，方丈大师绝不会对牛弹琴念诗给敌人听，肯定是念给自己和高至善的，诗里一定暗藏玄机，极有可能与龙头的秘密相关。想到这里，高经纬不由念了起来："群山仰盼青龙吟，青龙翘首云雾中。左摇右摆七八载，尘埃落定降甘霖。"边念边分析道："第一句点出青龙；第二句暗指龙首；第三句……文理似乎有些不通，左摇右摆一般用来形容转头的姿势，应该用七八下表示，可干吗要用'载'？'载'在这里可当年讲啊！"突然他眼前一亮，一个念头掠过脑海：是了，这句是在告诉我们旋转龙头的方法。至于七八载，一定是七八下，"载"是用来迷惑敌人的。

想到这里他不由失声叫道："兄弟，快来，我们有办法了，方丈大师真是用心良苦。"高至善也高兴道："大哥，我一直都在你身边，始终没离开过。"高经纬指着龙头对高至善说道："兄弟，按我说的，你来操作。先按龙的左眼，对，再按龙上颌右边最后一颗臼齿，哦，龙头活动了。先向左旋转，旋到旋不动时松手，待龙头回归原处后，再向左旋转，一共七次。很好，然后用同样的方法向右旋转，总共八次。"当兄弟俩共同数到八时，飞龙右边的石壁上，一扇石门向里开去，现出一个紧贴地面、三尺多宽、一人多高的洞口来，一丝光线飘忽不定地射进来，让人感到有些神秘莫测。

兄弟俩先是一阵错愕，随后就是按捺不住的兴奋。高至善忍不住欢呼起来，高经纬一指上面，示意高至善小声，高至善还是忍不住在地上翻了个筋斗。为小心起见，高经纬爬上炕去，摘下长剑交给高至善，高至善将其挂在腰间。二人又走到方丈大师遗体前，恭恭敬敬地磕了三个头，然后向石门走去。

迈进石门，两个人的呼吸一下子变得通畅起来，在秘室里那种憋闷的感觉被一扫而光。眼前的光线虽不甚亮，但也足以让你看清四周的景物。兄弟俩真切地感受到，他们是置身于一个庞大的山洞之中。

山洞高约九丈，底部呈椭圆形，最长直径约为十五丈，最短直径也有十余丈。山洞靠秘室一侧约有不到一半的面积较平坦，石门附近地面的高度保持一致，山洞的洞壁和地面上长满了青苔，稍不留神就会滑倒。

二人沿石门一侧洞壁向前搜索，没走多远前边传来水流的声音，很快他们就看见一条四尺多宽的暗河，正波澜不惊地流进洞壁的下方。顺着暗河继续向前，大约走出三十步远，他们又见到了一个直径约一丈的水潭，而暗河就是从这里向下流去的。水潭上方高约五尺的地方，一道暗泉正喷涌而出，飞溅的水花全部流向下边的水潭。高至善指着有点发绿的潭水对高经纬道："大哥你来看，下面好像有东西在动。"高经纬仔细观察了一下，道："还是黄色的。"

再向前行，地面的坡度明显变陡，这时出现了整齐的石阶，显然是人力所为。石阶每隔八九级便是一个平台，有的平台上还建有长条石凳。渐渐地他们接近了洞顶，洞顶有一圈水平缝隙，光线从这里透进来，又散射下去，使得洞中充满了微弱的自然光。在他们的正前方，也就是石阶的尽头处，出现了一道石门。

高至善本能地抽出了长剑，别看剑鞘锈迹斑斑，剑刃却像一泓清水般晶莹透澈，显示着这是一把锋利无比的宝剑。只见他抖擞精神，抢到了高经纬的前面，右手持剑，左手轻轻一推，门毫不费力地被打开。两个人并不急于进去，而是在门外稍作停留，等到看清了门里没有人，也没有危险时，这才进入。

里边是一间开凿得十分精美的房间。房间呈正方形，每边长一丈三尺许，前后墙壁对称各开有一道石门，房间高一丈五尺余，屋顶造型奇特，像极了半个圆球。房间里陈设也很简单，只有一张长约四尺、宽约二尺、高约三尺的石桌和一把带靠背、扶手的石椅。石桌紧贴石壁，石椅安置在石桌前。高经纬拉开石桌下的一只抽屉，里面有两册簿子，一册严重泛黄，霉气扑鼻，似乎年代久远，一册纸张较新，散发着淡淡的书卷清香。另一只抽屉放满了各类大小不一、说不出名字及用途的工具。抽屉旁还有一个柜门，拉开一看，里面堆满了各种仪器。高经纬只认识一个带指针刻度的叫罗盘的物件，那还是他在书上看到的。高至善从中取出一个圆筒状的东西，拿在手里把玩。

高经纬很快就被石桌左上方石壁上的两个石盘所吸引，他走近前去仔细端详，每个石盘都有铜镜大小，上面都刻着箭头，且箭头方向一律水平朝左。他试着去转左边的石盘，先向左，转不动，再向右，便缓缓转动起来。这时只听高至善叫道："亮啦，天大亮啦！"高经纬抬起头向门外望去，原本混沌朦胧的门外现在已一片通明，亮如白昼。他赶快跑出门去，就见洞顶露出一块弧形的天，外界的光线正源源不断地倾泻进来。他一下子明白了，洞顶是可以活动的，刚才那个石盘就是控制它的开关。他返回石盘处，将石盘向右旋到旋不动为止，这时石盘上的箭头停在向右的水平处。他又去观察洞顶，就见洞顶露出的已是一片圆圆的天，山洞里也变得更加明亮了。

高经纬将有点发呆的高至善拉到石盘前，高至善揉了揉眼睛，对高经纬道："大哥，这太让人吃惊了，简直像在做梦。"高经纬道："恐怕还有比这更让你吃惊的呢！"说着就去转右边的石盘。有了刚才的经验，他径直选择了向右旋转，随着石盘的缓慢移动，房间里逐渐亮了起来。高至善又忍不住喊叫起来："太有趣了，这个屋顶居然也是活的。"高经纬将石盘上的箭头旋到右边水平处停了下来，上面的屋顶仿佛不翼而飞，整个房间一下子暴露在光天化日之下。

几天来一直生活在黑暗中的兄弟俩，此时在正午阳光的照射下，一阵目眩神迷，不由跌坐下去。高至善在跌坐下去的瞬间，右手不由自主地在石椅的左扶手上剐了一下，只见石桌右边的石壁上，忽然现出两扇石门，由中间向两边缓缓滑去。一股浓烈的油脂气息立刻扑面而来，让兄弟俩感到一阵窒息。高经纬爬起来，也顾不得去看新出现的石门，就去将另一头房门打开。渐渐的房间里的油脂气味消散了，变淡了，兄弟俩这才敢去观察新现身的石门。

原来两扇石门后是一个壁橱，壁橱高、宽均约六尺，深约二尺，壁橱共分三层，每层都整齐地摆放着一只只铁箱，中间层的铁箱稍大些，每个铁箱的表面都覆盖着有些发黑的黄色油脂。兄弟俩从每层上各取一只铁箱下来，铁箱没有锁，但关得很紧很严实。打开铁箱，每只铁箱里的物品上都涂满了黄油，上下两层的铁箱里都装满了铁质的弩箭，而中间层的铁箱里装的却是铁质的弩。弩和弩箭上没生一点锈，擦去外表的油脂，里面都闪着幽蓝的光。兄弟俩取出两张弩和十支箭，顺手把它们放在桌子上，然后将铁箱关好，放回原处，又到石椅左扶手的侧面找到壁橱开关，将其关上。

高经纬举目望向天空，对高至善道："趁天色还早，我们莫若把剩下的地方都走上一遍，至于这里，以后再来琢磨也不迟。"

三 探秘境奇峰迭起 指迷津方丈留书

高至善拿起圆筒，拉着高经纬往外就走。

门外也是一级级的石阶，只是这里的石阶不都是向下，而是高低起伏，有时还要向上走几级后，才转而向下。

正走着，高至善又有了新发现，他把手里的圆筒递给高经纬道："大哥，你把它举起来朝里看。"高经纬朝里一看，对面的景物一下子变得老远。高至善又对高经纬道："大哥，再倒过来看看。"高经纬再一看，远处的物体又变得很近，好奇怪的东西！他想拔开一端的盖，瞧个究竟，没想到一下子将圆筒拉出好长，他这才注意到，手上的东西是由多节粗细各异的圆筒套在一起组成的。他顺势举起圆筒往里看了看，啊！不得了，对面的石壁变得近在咫尺，好像触手可及。他又试着改变了一下长短，对面的石壁变得更为清晰，就连正在石壁上爬行的一只黑蚂蚁的腿脚和触须都分辨得清清楚楚。高经纬把它交给高至善道："这倒很像是传说中的千里眼。保管好，对我们今后的行动肯定会有帮助。"

前面没有了石阶，地势变得平坦且开阔。石壁上每隔一段距离便有一个大概六尺高、三尺宽的石门，数了数共有十二个。

前七个石门旁都开有窗户，推开第一扇石门，里边是一间长约两丈、宽约一丈、高约八尺的房间。房间里放置着四张石床，每张石床旁都有一个不大的石桌和石椅，窗户是木质，早已朽烂不堪。这七个石门里的房间基本雷同，看样子都是卧室。

第八个石门里的房间有四丈多长、两丈多宽，从石桌、石椅的密集程度看，应是一个饭堂。

第九个石门里的房间长约三丈，宽仍为两丈多，房门对面的墙上有一半人高的石槽，两端与左右石壁相连。石槽宽约两尺、深约一尺，中间有两道四寸余厚的石壁将其隔成长短各异的三段。右段石槽最短，约两尺见方，底面是个比寻常水桶直径稍大的圆石板，石板正中有个石把手，揭开石板，下面是口筒状的深井，井水清冽，井水面几与水槽底平齐。高经纬从一旁的金属架上取下一只铜水桶，由井里打上一桶水，顷刻间水面就又恢复到原来的位置。中段石槽长约一丈，高经纬认为是贮水用的，只是上面缺少盖板。剩下一段为左边石槽，中间有个拳头大小、垂直向下的深孔。高经纬心道："这石槽刚好可用来淘米、洗菜和刷碗。"房间的左侧贴墙立着一个一人高的金属架，金属架共分四层，除了那只铜水桶，上面还摆着好多青铜的锅碗瓢盆，只是都已锈迹斑斑。房间的右侧则分布着多个炉灶和石案，不言而喻，这里应是一间厨房。

第十和第十一两个房间可能是粮食或食品库房。

第十二个房间是工具库房无疑，里面堆满了铁质的锤、斧、镐、锹等多种工具，虽然上面见不到丝毫油脂的痕迹，但所有的工具都黑乎乎的，没有一点锈斑。在众多的工具中，高经纬一眼看到墙角有柄金色短斧，周围还散落着不少金色钉子。他捡起短斧，感到入手沉甸甸的，心想该不会是黄金打造的吧？又想如果不是黄金就应该是青铜，然而若说是青铜又不像，因为既然上面没有油迹，那么至少应该看到点绿色铜锈，实际是非但看不到，而且入眼处均是灿然生辉，所以他断定此物必为黄金打造。想到这里，他对高至善言道："兄弟，这柄短斧和这些钉子都是黄金做的，我们都带回去。"高至善打心眼儿里高兴道："今天又是稀奇事，又是宝物，我都快乐晕了。"

高经纬也跟着道:"这山洞真是宝地,新鲜事层出不穷,让人大开眼界。"钉子很快被捡拾一空,两人拍着鼓鼓囊囊的口袋,相视一笑道:"我们发财啦。"

稍后,高经纬道:"还有一件怪事。"他攥着一把大号铁锤手柄,接着道:"这铁锤是铁的不假,但也不至于重到让我们拿不动,适才我连续拿了三次,居然纹丝不动,不信,你来试试看。"高至善将信将疑地走到铁锤前,双手攥住手柄奋力向上拔,使出了吃奶的劲,也没让铁锤移动分毫。直到高经纬加入进来,两人一起使劲,铁锤才微微地动了动。高至善道:"这铁锤下边是不是有什么东西卡着,或者跟什么东西锈在了一块?"高经纬摇了摇头道:"我检查过了,都没有。更奇怪的是这儿所有的铁质工具,哪怕是一件最小号的手锤,你要想拿起来,都得费上九牛二虎的力气。"他指着脚下一柄小号手锤道:"你再来拿拿这个。"高至善满以为这下还不容易,可直等他累得满头大汗,气喘吁吁,才勉强将它拿起来。他不解地问道:"大哥,这到底是怎么一回事?"高经纬拍了拍高至善的肩膀道:"这初看起来是一件事,其实是两件事。其一,这些工具为什么会这么重?重得异乎寻常令人难以置信,普通的铁是不会这样的,唯一能解释得通的就是,这不是一般的铁,而是一种到目前为止我们尚不了解的金属;其二,这么重的工具什么人才能使得动?岂不是要天生神力?那么这都是些什么人?他们的神力又来自何处?我想只要有耐心,我们会找到答案的。"

高经纬手持金斧,高至善拿着千里眼,来到一个天然的山洞前。这个山洞比人高不了多少,洞口形状像一个不规则的圆。两个人向洞里走去,洞内也并不宽敞,很像一个狭长的通道在向前延伸,离洞口不到二十步的地方,已伸手不见五指。高经纬提议,过会儿拿了油灯再来,现在原路返回,于是两人摸索着走出洞外。

前边不远处的石壁上又出现两个相邻的一人高的石门，用力推开第一扇石门，一阵热浪夹杂着蒸气向他们袭来，险些让他俩站不稳脚。等到蒸气消散了，空气也不再灼人，两人方进到里面。

这是一个天然的洞穴，面积相当于前边所见卧室面积的四倍左右，顶壁高度参差不齐，最高处约有一丈。中间是一个极不规则的天然水池，面积大概占全部洞穴的四分之三。洞穴左边的岩壁上凿有一个直径约八寸的圆孔，一道石槽从中间通过，将水池中的水引向隔壁。水池中间有一泉眼，泉水不停涌出，因洞穴地面略向后倾，所以水池中溢出的水不断流向洞穴后面的沟渠之中。

高经纬将手慢慢伸向水里，手感到一阵灼痛，他本能地将手缩回，对高至善道："这就是传说中的温泉。"高至善道："有用吗？"高经纬道："用途大了，据书上记载，常在温泉中沐浴，可以治疗疾病，增强体质，延年益寿。"高至善联想到高经纬的咳嗽，道："大哥的病是否也能治？"高经纬道："可以试一试，即使治不好，至少还可以御寒祛湿，等有时间不妨我们都来沐浴一番。"高至善又道："水这么烫，人怎么下得去呢？"高经纬道："我们还是到隔壁看过再说。"

隔壁房间完全是人工开凿的，大小高矮与前面的卧室基本相似。房间里贴右墙建有一矩形水池，水池长约一丈五尺，宽约八尺，深约四尺。水池下，沿四壁建有一圈长凳，凳宽约一尺，处于水池侧壁一半高的位置。水池面与地表齐平，右墙上一道水槽通向水池，墙上一道石闸现已落下，将水槽隔开。水池底面向右下角倾斜，并凿有一圆孔，孔中不时有蒸气冒出，还隐约能听到水流的声音。孔外还有一个圆形的上面凿有圆环的石塞搁置在一旁，将其插入孔中竟然严丝合缝，分毫不差。高经纬将石闸提起，泉水带着热气源源不断地注入到水池之中。高至善拍手道："这下我们可以洗澡了。"高经纬道："现在还不行，必须等水放凉了。"接着又道："我们该回秘室了，这里就先这样，不必管它。"

两个人走出浴室，前边就是秘室的入口，不知不觉间，他俩已沿着石壁绕山洞走了一圈。

秘室里比他俩出去时亮了好多，燃烧着的油灯已失去了作用。两人将金斧、千里眼和钉子全都放在了供案上。参拜过方丈的遗体，两人带着油灯，重又回到那个狭长的山洞之中。

山洞很像地道，就是没有地道那般平直，而是弯弯曲曲，忽上忽下，叫人捉摸不透。很快他们来到一个岔路口，在这里山洞被分成左右两个方向，两人商量后，决定先走左边的山洞。

走出不到三十步的距离，山洞已到了尽头，岩壁上露出一个半人高的洞穴。高经纬用灯照了照，里边浅浅的，只能容下一个人。他忽然灵机一动，转身对高至善说道："让方丈大师在这里安息，倒不失为一个好的去处。"高至善点头赞同道："好主意。"高经纬接着道："既然如此，我们说干就干，抓紧时间，赶在天黑之前将大师安顿好。"

于是两人一路小跑返回秘室，看着方丈的遗体，两人又陷入了为难之中。方丈大师圆寂时，盘腿而坐，双目低垂，双手合十，一副庄严肃穆的有道高僧形象，如果因搬运不当，比如，采用简单的抱、背等方式，导致大师形象受损，那会让他俩抱憾终生。高经纬盯着木架上的劈柴想，若是再长些能做个担架就好了。不经意间他的目光扫到了木架上的搁板，不禁眼前一亮，用搁板抬岂不是一个好办法？两人当即挪开劈柴取下搁板，比量了一下，一块宽度不够，用两块拼在一起恰好合适。高经纬选出四段劈柴，拿来金钉金斧，将劈柴均匀地钉在两块搁板之间，又将方丈遗体放置其上，再将油灯香炉摆在方丈身前。

忽然有个问题让高经纬感到困惑，他思忖道：书上讲，纯金质软而重，钉子若果真为黄金所制，怎会有这般尖利，一定是别的金属，或者是黄金的合金。

　　高至善在先，高经纬在后，二人抬起搁板小心翼翼地走出秘室。一路上走走停停，费了约一顿饭的工夫，才将方丈的遗体运到洞穴处安置好。他们在香炉里燃起线香，然后长跪在洞穴前。透过袅袅升起的香烟，透过飘忽不定的灯光，凝视着方丈那慈祥而又略显憔悴的面容，二人早已是泪流满面，泣不成声。他们想着两天前寺里还是晨钟暮鼓，诵经声、木鱼声交相呼应，一派祥和升平的景象，而今随着方丈他们的遽然离去，这些都已成为往事，不复存在，而这一切都是万恶的敌人一手造成的。每每想到这些，兄弟俩就怒火中烧，愤恨不已，他们在心中暗暗发誓道：只要今生还有一口气在，就一定与敌人周旋到底，为方丈大师他们讨回公道。

　　再次返回秘室的时候，外面的天已向晚。二人将带回的搁板拆开放回原处，又将木架恢复成原状，腹中早已是饥肠辘辘，这时他们才意识到，已有一天多水米未进了。二人七手八脚地忙活起来，你倒水，我刷锅，你生火，我淘米，不多时，一锅香喷喷的小米饭已焖熟。二人又取来咸菜，饱餐了一顿。

　　吃过饭，稍事休息，高经纬说道："我们应将洞顶和屋顶关好，如若不然，虽不至于被敌人发现，但或许会有鸟兽乘机钻进来。兄弟你还累吗？"高至善蹦起来道："我一点也不累，大哥要是休息好了，我们现在就出发。"二人没有耽搁当即动身，高至善还不忘将宝剑系在腰间。

　　高经纬举着油灯，高至善紧随其后，两人重复着上午的路线。

　　前边就是暗河了，正当他们轻松地迈着脚步时，突然传来扑通一声，顿时把二人吓了一跳，原来有什么东西掉进暗河里了。二人立刻提高了警惕，高经纬举高了油灯，高至善也用右手紧紧地攥住了剑柄。眼看就要到水潭了，黑暗里好像有个东西正朝他们爬过来，兄弟俩的汗毛一下子竖了起来。高经纬忙将油灯向前平伸出去，一个二尺多长、黄色的、长着四条腿的、有些像鱼似的动物呈现在他们的眼前。他们刚想走近些看个仔细，那个动物仿佛受到了惊吓，有点笨拙地一转身，跳进了暗河里，激起一阵水花，随即就是几声类似老人的咳嗽声。高经纬脱口道："难道是耄耋鱼？"高至善道："什么耄耋鱼？"高经纬道："据古书上记载，有种耄耋鱼，乃旷古难逢之物，民间也称之为老人鱼，外观与娃娃鱼十分相像，只是颌下长须，皮肤上多有褶皱，性情暴躁，喜攻击人，能发出酷似老人的咳嗽声，传说是娃娃鱼的变种，通常都是黑色的，像这种黄色的倒是闻所未闻。"联想起上午高至善在水潭边指给自己看的东西，他又对高至善道："你上午在水潭里看到的可能就是这种动物。"高至善道："老人鱼我也听人说起过，但从未有人亲眼得见，想不到有机缘在这里碰上。"

　　踏进圆屋顶的房间，这里与中午相比简直判若两个世界，那时太阳高照，室内温暖如春，而现在孤灯如豆，寒风裹挟着山顶的积雪不时向他们袭来，使他们如坠冰窟。高经纬忍不住一阵咳嗽，高至善马上蹿向石盘将其转动起来，屋顶和洞顶相继合上，高经纬的咳嗽也逐渐平息下来。没有了寒风的侵扰，灯光须臾间亮了不少，灯光下，他们看见箭和弩还静静地躺在石桌上。高经纬拉开左边的抽屉，将里边的两本册簿揣入怀里，又将石桌上所剩的十支弩箭夹在腋下。而在此之前，高至善早已将石桌上的两张弩提在手中。

　　二人走出房门，准备沿原路返回秘室。高至善只顾端详手里的弩，脚下不留神踩了个空，一个趔趄险些跌倒，多亏他反应快，忙侧身倚在了岩壁上。高经纬赶紧跟了过来，看到高至善安然无恙，这才放了心。就在他用灯照向高至善的头部时，发现他身后的岩壁上有一处明显凸起，上边还刻有十字。高经纬用手按向十字，岩壁上登时出现一个一尺见方的洞口，一股凉气逼了进来。他试探着把头伸了出去，只见洞口开在峭壁之上，上边不远处就是山顶，下边则是刀削般的陡峭山壁，其险峻程度用李白的诗"猿猱欲渡愁攀缘"来形容，一点也不为过。稍远处，寺院的整个轮廓尽收眼底。高经纬转过头来对高至善道："这是个绝佳的瞭望孔，你来看看。"高至善看过后道："这下好了，不用走出秘室，就能看到敌人。"高经纬又按了一下十字将洞口关闭，说道："我们绕山洞走上一圈，看还能不能找到像这样的洞口。"

经过认真查找，他们总共找到二十四个一模一样的瞭望孔，全都分布在石阶平台的上方。两人不厌其烦地逐个进行了开合试验，结果表明所有瞭望孔上的机关都完好无损，这让兄弟俩喜出望外。高经纬道："通过这些瞭望孔，我们就能从不同的方位，不同的角度，居高临下地观察敌人。该死的敌人万万想不到，他们的一举一动都在我们的监视之下，我们要在敌人不知不觉中，送他们进十八层地狱。"

两人回到秘室之中，放下手里的东西，估计时间已来到下半夜。高经纬对高至善道："你该睡觉了，我还有两件事需要去做。"随后他就去了浴室。高至善说了句："我哪里睡得着？"也跟了出来。高经纬见水池里的水已注满，就把墙上的石闸放下，将下面的水槽隔断，又试了试水温，对高至善言道："明天我们就能好好洗个澡了。"

接着高经纬又回到秘室的门后，经过观察很快找到一个十字凿痕，按了按，石门开启自如，果然是石门的开关。两人又走进秘室中，高经纬思考了片刻，径直将手按向龙口的舌根处，龙头固定住了，石门也同时关上，再单击龙的右眼，泉水流了出来，秘室又恢复到最初的模样，他们这才同时松了口气。

身体刚一接触到炕上，还未等躺好，已是困意难挡，二人顿时进入沉沉梦乡之中。

从睡梦里醒来，高至善见高经纬已摆好了饭菜，连忙问道："大哥，你起来得好早，现在什么时间了？"高经纬放下手里的弩，回道："我起来不到一个时辰，现在大概是下午。"

两人吃过了饭，高经纬拿起一张弩，对高至善说道："这弩做得十分精巧，我琢磨半天才搞清楚它的用法。下边的暗匣是用来装弩箭的，可以顺着弩身两侧的滑道水平向前推，推开后一次最多能放十支弩箭，然后推回来，上边的弩弦用力一拽就卡在了后面的板牙上，板牙带动暗匣里的机栝，随即就有一支弩箭被弹出，挂在弩弦上，这时只要轻轻地勾动下边的钩手，板牙就会倒下，弩弦向前弹去，一支弩箭激射而出。每重复一次上面的动作，就有一支弩箭射出，直至暗匣里的弩箭全部射光，再重新装填。上边这个与弩身平行放置的是一个小千里眼，里面也有一个十字，我猜是用来瞄准的。"

高至善不等高经纬讲完，就迫不及待地拿起另一张弩，在手里摆弄起来。可不管他怎样用劲，就是无法将弩弦拉开，气得他一把将弩摔在了炕上。高经纬小心地将弩捡起来，仔细地检查了一遍，见没有损坏，这才试着用力拽了拽弩弦，也没拽动。他将两张弩放在一起认真比对，发现问题出在弩弦和弩弓上，拉不动的弩弦竟比拉得动的弩弦粗了三倍多，而且弩弓也粗大了不少。高经纬把这些指给高至善看，并耐心地对他说道："这是两类不同的弩，后一种弩吃劲大，射程远，大概就是书上所说的硬弩，是给那些力量大的人预备的。我们现在力气都还小，尚不具备使用它的条件，不过别着急，等咱们再长大点，武功再好点，说不定就能用上它了。"高至善羞愧地低下了头，说道："大哥，我错了，遇事不冷静，没怎么着就乱发脾气。"高经纬一拍高至善的肩膀道："这有啥？谁还没有个想不开的时候？"说着他启动了机关，打开了秘室的大门，又让高至善拿上千里眼，带上宝剑，自己则取来那张略重的弩，拉起高至善走出了秘室，顺手又关上了大门。

高至善问道："大哥，我们现在去哪？"高经纬道："去圆屋顶的房间。"走了一会儿，高至善见高经纬一直沉默不语，就问道："大哥，你在想什么？"高经纬道："我在考虑该给一些地方取个名字，这样叫起来方便些。比如，这个大山洞就像一个堡垒，又隐秘，又坚固，还能打开洞顶，宛如拨去头上乌云，我想叫它'拨云堡'；上面的圆顶房间，一经打开就可见到天日，我想叫它'见日厅'。别的地方我还在想，你看怎样？"高至善道："大哥不愧是读书人，取的名字既文雅，又有意义，就这样叫，我举双手赞成。"

两人走到石阶的一个平台处，高经纬想到了瞭望孔，不知白天看下去，又是怎样一番情景？于是他动手打开一个，只见外面阳光明亮，晴空万里。朝下望去，寺院的山门紧闭，门外有两个僧人打扮的敌人，手执木棍一动不动地站在那里。大门内有四个身穿官兵服装的敌人埋伏在门后，手中的钢刀在阳光的照耀下，时不时反射出夺目的寒光。正殿和偏殿里，不时有假僧人进进出出，有的径直走向了后院。

高经纬举起了手里的弩，试着瞄向敌人，通过弩身上的千里眼，敌人被拉得很近，只是有些模糊。几经钻研，他发现千里眼离他近的一端可以旋转，经过旋转，千里眼中的敌人就变得格外清晰起来。这时他突然意识到，从瞭望孔里将弩箭射向敌人，岂不是一个绝妙的主意。他眼盯着瞭望孔，将其慢慢合上，一个大胆的复仇计划在他的脑海里已悄然形成。

在见日厅里，兄弟俩先打开屋顶，而后将壁橱中间一层的铁箱全部打开，彻底清理了一遍。算上已取出的两张弩，共清理出普通弩十张，硬弩二十张。他们将带来的硬弩放回，又从中拿出一张普通弩，其余的分类装箱，还在铁箱上做了记号，并放归原处。他们又从下层铁箱中取出十支弩箭，然后将壁橱恢复原状。高经纬再把十支弩箭全都装进弩里，依旧提弩在手。不经意间，他抬头望了望天，太阳已走出了他的视线，但留下了它快要落山时所发出的血红色的光。高经纬合上了屋顶，同高至善离开了见日厅。

路过卧室等房间时，高经纬道："这里的房间比较集中，很像僧人起居的场所，我看就叫它'龙泉别院'好了。"高至善也道："大哥所言极是，别看敌人占领了我们的寺院，但我们还有别院，还有这城池般坚固的拨云堡，敌人的阴谋永远都休想得逞。"说完，兄弟俩忍不住仰天长啸。

浴室里的水经过数个时辰的冷却，水温已逐渐降了下来，虽然还是有些发烫，但足以让人承受得了了。兄弟俩商量后，决定在返回秘室前痛痛快快地泡个澡。浴室里的光线十分微弱，两人几乎是摸黑进入水池的。在这之前两人都曾无数次地洗过热水澡，但那感觉与在温泉里的却大相径庭。普通的热水只是单纯地让你感到发烫，而温泉的水在让你发烫的同时，却好像用无数细如牛毛的钢针一点点，一丝丝，绵绵不绝地刺入你周身的每个毛孔，把里边的寒冷、疲倦和不快都涤荡得干干净净。高经纬通过浸泡温泉更是受益匪浅，胸口不再憋闷，嗓子不再发痒，喘气也平静了许多，困扰他多年的气喘咳嗽，似乎在这片刻间被根除。他终于找到了治疗自身疾病的好办法，于是暗下决心，每天都来坚持泡澡，直至彻底赶走病魔。

高至善不甘寂寞，大声向高经纬发问道："大哥，你注意到没有？别处都长满了青苔，走在上面又湿又滑，稍不留神就会摔上一跤，而这里却一点都不长，岂非怪事？"高经纬不假思索地回答道："这有什么好奇怪的？你想这里通着隔壁的温泉，每天蒸气腾腾，热浪滚滚，温度低得了吗？这么高的温度青苔还长得出来？"高至善有些难为情地道:"这样简单的问题,我怎么就想不到呢?"高经纬安慰他道:"你现在还小,生活阅历也不多,只要你平时对周边的事,多留心,多观察,多思考,多积累,再多读些书,将来就什么事情也难不倒你了。"

油灯被移到了炕桌上,兄弟俩刚吃过晚饭,就在昏黄的灯光下各自干起了自己的事。高至善拿着一张弩,弩里的箭已全被取出,他一会儿开弓,一会儿瞄准,一会儿扳钩手,循环往复,乐此不疲。高经纬则从怀中掏出那两本册簿翻阅起来。他先打开那本发霉的册簿,从前到后逐页地浏览了一遍,里面竟没有一个汉字,都是些他从未见过的奇形怪状的神秘符号,工整流畅、排列有序地记满了整本册簿。他又翻开另一本较新的册簿,方丈大师那熟悉而又苍劲有力的笔迹跃然纸上。高经纬从头至尾一口气连读了两遍,而后陷入了沉思。

高至善问道:"大哥,那是什么?"高经纬答道:"方丈大师的遗嘱。"高至善追问道:"里面都写了些啥?"高经纬道:"原文晦涩难懂,不如由我用通俗的语言翻译过来读给你。上面写道:当你看到这份留言时,本寺一定面临着极大的危险,或者已遭到灭顶之灾,而你将成为老衲的嘱托人,肩负起保卫或再建寺院的重任,你也会由此获得必要的帮助和指点。

在这之前,老衲首先将山洞的来历交代于你。本寺是由青灯祖师一手创建的,而青灯祖师并非汉人,乃是地道的欧罗巴人。他幼时无意中看到了一卷手抄的玄奘法师的《大唐西域记》,对佛教产生了浓厚的兴趣,对东土也充满了好奇和憧憬。他收集到了许多佛家经典,从此潜心研究,一心向佛。数年间他曾到过印度的那烂陀寺——玄奘曾经一度求法、讲学的地方,也曾游历过尼泊尔、暹罗、缅甸,与各国成名的法师有过密切的接触和切磋,佛学理论日臻成熟，遂成一代高僧。在他孪生兄弟的全力支持下，经过三年的筹备，兄弟俩带了二十多个随从乘船扬帆远航，从海路驶向中国，去完成他东土弘扬佛法的夙愿。不幸的是，船在驶抵中国南海时，遭遇了连续三昼夜狂风暴雨的袭击，导致船偏离了航向，被冲到了渤海湾，在辽河入海口附近一暗礁密布的地方触礁搁浅。在当地人的帮助下，青灯祖师一行在千山深处一个半山腰的地方找到了一口泉眼，于是就倚山傍泉建起了这座闻名遐迩的龙泉寺。在建寺的过程中他发现了这个巨大的山洞，寺院建好后，祖师的胞弟就带领二十多个随从住进山洞，并把船上的东西悉数搬了进去。

千山地处关外苦寒之地，历来文化落后，民风剽悍，好多不安分之徒动辄便扯旗造反，啸聚山林，杀人越货、打家劫舍的事比比皆是。官府也奈何不得他们，只好睁只眼闭只眼，有的甚至和他们勾结起来，共同残害百姓。百姓们深受其害，痛苦不堪，只好忍耐。千山更是强盗山贼经常出没的地方，为了不让土匪洗劫和骚扰寺院，祖师的胞弟决定把山洞建成一个进可攻、退可守的暗堡，随时给敢于进犯之敌以毁灭性的打击。

祖师的胞弟是一个博学的长者，在天文、航海、建筑、机械、探矿、冶炼和铸造等诸多领域都有很深的造诣，尤其擅长各类机关秘道的设计和建造。他的那些随从既是他的同伴，又是他的助手，在他的指挥下，工程在缓慢地进行着。直到有一天他们遇到了一种神奇的动物，并利用了它，他们的身体竟出现了意想不到的变化，每个人都变得力大无穷起来。接着祖师的胞弟又在千山某个不为人知处，发现了一块从天而降的神秘巨石，用它冶炼出一种金属，从而打造了好多工具。如此一来，工程进度就有了翻天覆地的改变，很快山洞里的工程就进入了尾声。

就在此时一伙强盗闯进了寺院，不由分说便要行凶抢劫。祖师胞弟闻讯率领他的同伴，凭借暗道机关及时赶到，将敌人一举歼灭。此后，由于有祖师胞弟这支护寺队伍的存在，又先后消灭了几股来犯的土匪，致使龙泉寺威名大振，远近土匪闻风丧胆，祖师胞弟所率领的护寺队伍也获得了龙泉神兵的美誉。在以后的数百年间，土匪再也不敢来打龙泉寺的主意，寺院也就一直相安无事。

但为了预防万一，自青灯祖师起，就一代代将山洞的秘密传下来，传给下一代方丈，再由下一代方丈亲笔写好遗嘱，替换下上一代方丈的遗嘱，以备不时之需，今传至老衲已十二代矣。山洞看似简单，其实机关密布，老衲亦不能尽晓，现仅就老衲所知，告之一二。石椅左扶手外侧有一开关，按之，石壁上将出现一壁橱，内藏连弩及弩箭若干，即使不会武功者，亦可用之杀敌；山洞四周岩壁上，凡刻有十字标记之处皆藏有一能开合之洞口，既可用来观敌，又可用来放箭；再者，水潭里有一种特异之老人鱼，食之可使人力气与体能均达到异乎寻常之境界。老衲以为出家人应学会变通，切不要拘泥于形式。当此危急存亡之秋，只要做到心中有佛，时刻以天下众生为念，即使需要自己付出破戒的代价，但能换来寺院的安宁与重生，那也十分值得。愿佛祖保佑，阿弥陀佛。"

高至善虽是俗家弟子，但从小在寺院里长大，耳濡目染都是佛家的经典伦理，不杀生已在他的心中根深蒂固，是以扑闪着两只大眼睛道："想不到老人鱼还有这么大的作用。大哥，你答应我，不到万不得已的地步不要去伤害它，好不好？"高经纬道："好，我们一言为定。"

四　习弓弩苦练不辍　惩顽匪小试牛刀

第二天，兄弟俩在开启拨云堡堡顶时，于见日厅里找到一把锯子。回到秘室中，高经纬从劈柴里挑出几块二尺左右长的木板，精心制作了一面五尺高的箭靶，又用木炭在上面画了五个同心的圆圈，然后将箭靶摆在拨云堡一个地势平坦的开阔处，两人便在距箭靶六丈的地方开始专注地练习起射箭来。

高经纬试着将千里眼中的十字对准靶心，随后连发十箭，居然有半数射中了靶心。高至善也用此法，十箭中竟有七支射中。两人越练情绪越高，直至天色转暗，仍然欲罢不能。

从这以后，兄弟俩每日天不亮就起床，先花一个时辰修习吐纳气功，接下来除了吃早饭，整个白天都用来拉弓放箭，吃过晚饭必定到浴室洗浴，接着在灯下高经纬教高至善读书认字，一个时辰后入寝。

如此匆匆过了半月有余，高经纬的病情基本得以痊愈，所练气功也有了提高；高至善已学会了近二百个汉字，还能熟练背诵《三字经》和《弟子规》；兄弟俩的射箭本领也有了长足的进步，不仅在六丈内百发百中，后来将靶子移到十丈开外，依然能做到箭不虚发。在此期间，兄弟俩还总结出一些小窍门，譬如，随着箭靶的逐步移远，千里眼中的十字也要相应地瞄向靶心的上方，等等。高经纬还不无担忧地说道："到外面射箭还要考虑风力等因素的影响，要想射中目标，就要学会随机应变，适时调整瞄准方向，只有这样才能做到随心所欲，收发自如。"

　　这天晚上，正要入寝，高经纬对高至善道："多日来，我们一直躲在下边，对上面的情况一无所知，兵法云：'知己知彼，百战不殆。'我们必须随时了解敌人的动向，方能把握有利战机，适时消灭敌人。我想不如趁今天的夜色，咱俩到上面打探一番，你意下如何？"高至善道："正该如此，事不宜迟，咱们说走就走。"于是各自拿起一张普通连弩，又仔细检查了一遍机栝，确认一切正常，二人方将连弩端在手上，高至善仍不忘将宝剑挎在腰间。兄弟俩在洞口处谛听了好久，直至断定上面无人后，这才打开洞口。

　　外面大概是阴天，伸手不见五指。高经纬的病确实大好了，一阵冷风吹过，竟不为所动。

　　关闭了洞口，二人尽量不让自己发出一点响动，贴着墙角慢慢向月亮门方向移动。刚绕过一排僧房，就听见甬道上传来一阵脚步声，二人立即蹲下身去，双手举起连弩做勾射状。脚步声渐渐远去，月亮门的方向响起口令的问答声，一会儿脚步声彻底消失，四周又恢复了平静。

　　兄弟俩正想起身，忽听房门一响，一个身形高大的土匪晃晃悠悠地走近他俩的藏身处就要小解。高至善一动，正想放箭，被高经纬及时制止，土匪一点没有察觉又返回了房间。高至善小声道："好险，差点就尿到我身上。"高经纬示意高至善别作声，两人继续向月亮门方向摸索。就快接近月亮门了，凭直觉他们感到敌人就在面前，可是用眼睛丝毫看不到敌人的影踪。他俩全神贯注，弩在手中一触即发。

　　这次出来给他俩最大的感受就是，敌人比以往明显地加强了戒备，他俩不约而同地想到，这一切都与他们营救方丈大师的行动有关。

　　敌人终于有了动静，两个身材瘦高的土匪不声不响地从门后走到了门前，十分默契地分站在月亮门的两侧。就在他们转身的一刹那，手中的兵器白光一现，兄弟俩明白，这是两个训练有素的土匪。高经纬用手指了指自己，又指了指左侧的敌人，再用手指了指高至善，接着又指了指右侧的敌人。高至善会意地点了点头，随即兄弟俩举起了连弩，同时瞄准了土匪。只见高经纬头猛的一点，两支带着复仇怒火的弩箭，呼啸着直奔两个土匪的面门。只听噗噗两响，两个土匪连吭都没来得及吭一声，就双双倒毙在月亮门前的石阶上。兄弟俩赶紧上前，把两个土匪的尸体拖到围墙的一角，顺手将射中土匪头部的两只弩箭拔出，又将土匪掉在地上的两把腰刀藏到一边，然后回到原地继续埋伏，静等土匪巡逻队的到来。

很快就响起了土匪巡逻队的脚步声，脚步声快到月亮门时，突然间戛然而止。沉默了一会儿，一个破锣似的嗓门喊道："汪福兆，谭书文，你们两个狗娘养的睡着了吗？怎么连口令都不问了？"说着，四个人影七嘴八舌地从月亮门里走了出来，只听那个破嗓门又叫道："哎，你们俩到哪挺尸去了？赶紧给老子滚出来，听到没有？"

高经纬深知此机会稍纵即逝，于是当机立断将右边的两个土匪指给高至善，高至善马上点头示意。说时迟那时快，高经纬把头一甩，兄弟俩连勾带拽，但见四支弩箭先后飞射而出。四个土匪还没等反应过来，就糊里糊涂地送了命。兄弟俩不敢怠慢，抢到土匪尸体前将四支弩箭一一拔出，连同前边的两支用土匪的衣服擦拭干净，分别装进两张弩身里，又各捡起三把腰刀，然后飞身返回秘室。

高经纬按捺不住复仇的激动，看着满脸都是喜色的高至善道："敌人现在肯定乱成了一锅粥，带上我们的千里眼，到瞭望孔去瞧瞧热闹。"不出高经纬所料，从瞭望孔望下去，土匪们简直像炸了窝，看架势似乎倾巢而出。整座寺院到处是灯笼火把，到处是乱窜的人影，还不时传来吆喝声、叫骂声以及翻箱倒柜声。足足折腾了两个多时辰，也许敌人筋疲力尽了，也许搜查毫无结果，寺院逐渐归于平静。兄弟俩也带着满足的神情回到了秘室，不久就酣然入睡。

　　与土匪第一回合的较量很快就被兄弟俩淡忘了，他们又回到平常习文练武的日子中。因为他们知道，更艰苦的战斗还在后面，特别是目前他们就两个人，还不足以与敌人正面交锋，他们必须积蓄力量耐心等待，等待下一次战机的降临。

　　一天吃过早饭，高经纬拿出两个事先准备好的火把，这是他特地从劈柴里精挑细选的、由富含油脂的松木做成的。他对高至善道："还有几个地方我也取好了名字。秘室设施齐全，很像一个别致的房间，叫它'精舍'好了；水潭和暗河因为老人鱼的关系，一个叫'老人潭'，一个叫'老人河'；方丈大师安身的山洞很像一个地下通道，就叫它'地道'；他老人家所在的洞穴取名'涅槃塔'。今天我想咱们一起去地道探索一番，你看行吗？"高至善道："太行了，这些天不是练功，就是习文，射箭也到了练无可练的地步，再不弄点新鲜的，我都快憋闷死了。大哥，你真会雪中送炭呀！"兄弟俩说笑着，一人拾起一把腰刀挂在腰间，又各自拿起一支火把，高高兴兴地向地道进发。

　　来到地道的岔路口，两人向"涅槃塔"方向行了叩拜礼，然后点起一支火把向右边的地道走去。

　　山洞始终保持在一人左右的高度，宽度也能容纳下两个并肩而行的人，路面虽算不上平整，但也不觉得崎岖。在火把的照耀下，依稀可以看出山洞有人工雕凿的痕迹。山洞的走向好像因山势而定，兄弟俩忽高忽低，忽左忽右，宛如穿行在群山之中。

　　大约走了半个时辰，山洞一下子变得豁然开朗起来，迎面和两侧均出现一道宽高皆约六尺的石门，门旁都有一个十字形的凿痕。高经纬按了一下左侧的十字，石门向左侧缓缓滑动，露出一间长约三丈、宽约两丈、高约一丈的房间。里面很像是铁匠的作坊，摆满了锤子、斧子、叉子、钳子等工具，还有砧子、案板等用具。从入手异常沉重的感觉判断，这些工具与龙泉别院的工具一样，都是用神秘矿石打造的。高经纬又打开了右侧的石门，里面是一个和左侧大体相似的房间，所不同的是，房间里堆满了斧子、锯子、锤子、刨子、凿子等工具，倒像是一间木匠作坊。

高经纬自童年起，就喜欢小玩意儿、小制作，随着年龄的增长，又喜欢上做木匠活，甚至曾到过痴迷的程度。读书之余，他不是看一些《梦溪笔谈》、《外物志》之类的书，就是动手做一些异想天开的小物件，周围的人都说他不务正业。开始的时候，他母亲也有些替他担心，也劝过他，但随着每次考试他都能名列前茅，母亲也就不再管他了。这次他一见到这么多木匠工具，不禁欣喜若狂，但经检查，发现这些工具也是用神秘矿石打制的，因无法使动又让他大失所望。

最后他们走进迎面的石门，这个房间较大，高矮与刚才所见房间相差无几，但面积是它们的二倍还要多。里面从前到后依次排列着三行共六只怪物，第一行是两只站立着的无头人形怪物，第二行是两只各有四个轱辘的车形怪物，第三行一只是牛形怪物，一只是马形怪物。怪物身高四至八尺不等，外面都涂着一层发光的油漆。房间四个角落，有两个摆放着各类叫不出名的工具，有两个堆放着黄色金属制成的各种零件。高经纬一眼就认出，这种金属便是最初被他们误以为是黄金的那种物质。

高至善走近一只人形怪物。这个怪物有身子、有四肢，身子是一个边长约为六尺的正方体，四肢酷似人的四肢，手、脚、关节一应俱全，上肢长约八尺，下肢长约三尺。后面身子的左下角有一方门，方门下面有两级悬空脚镫，随手拉开，人可以钻进去。他对高经纬一招手，两个人都相继进到了怪物的身体里。里边有两个一人高、用金属板卷成的大圆盘，四周挤满了大大小小、黄色带齿的轮子，它们相互间紧密地咬合在一起，又有几十根黄色的金属杆从这里伸向各处，把怪物身体的各个部位连接起来。方门的右侧固定一躺椅，其下设有两只脚踏板，脚踏板通过连杆与齿轮相连。前面身子的内壁上方悬着一双带连杆的金属护腕，下面摆着一双带连杆的金属拖鞋。四面内壁上都有两三个能够开合的可视窗口，整个内壁也都涂着发光的油漆。高经纬拿手轻轻敲了敲，断定里面全是木头。他又坐在躺椅上，奋力去踩踏板，齿轮艰难地转动起来，大圆盘似乎也跟着在一点点缩紧。一会儿的工夫，高经纬就浑身冒汗，全身软瘫，不得不站起来。高至善也试了试，结果也没能坚持多久。两个人又去扳护腕，一人一只，使出吃奶的力气，怪物的上肢才动了动。歇了歇，两个人又去扳拖鞋，还是一人一只，这次居然被他俩扳动了，怪物摇晃着身体向前迈了两步。高经纬高兴地说道："我懂了，拖鞋是控制怪物行走的开关，圆盘齿轮是怪物行走的动力，护腕是操纵怪物手臂的机关。"转而又道："只是眼下我们力气尚小，还不足以驾驭这个怪物。"两人不无遗憾地爬出了怪物的肚子。

　　高经纬举起火把照向前面的墙壁，墙壁上也有一扇石门，只是这石门又高又宽，足以让怪物通过。打开石门，一条笔直的通道呈现在他们的眼前。向前走了大约三十步，又是一面石壁，又是一扇与刚才十分相近的石门。按下十字，石门朝前开去，在与石壁垂直的位置停下。前面不远处是地道的尽头，好像也是地道的出口。出口处是一堵用石块垒起的墙，上面约八尺高的地方有一个指头大小的洞口，阳光从洞口投射进来，形成一道细细的光柱，离光柱稍远的地方则显得有些朦朦胧胧。高经纬举高了火把，回过身来在凹凸不平的石壁上仔细搜寻石门的开关，终于在石门的右上角离地面约九尺高的地方，找到一个很小的十字，一般情况下很难被人发现。

高至善踩着高经纬的肩膀够到了开关,用力一按,石门渐渐合上。石门外部没有雕凿的痕迹,一经合上与整个石壁融为一体,浑若天成,就连兄弟俩也找不到石门移动的蛛丝马迹。高经纬熄灭了手里的火把,又让高至善踩着自己,将上面的洞口掏大,直至能钻出人去。然后蹬着掏下的石块,兄弟俩慢慢爬出洞口。

洞口位于山下一个极其隐秘的所在,一块巨大的岩石横在眼前,挡住了洞口,洞口周围长满了半人高枯黄的蒿草。绕过巨石,便是一条东西向,能行车马的土石路,这条路往东,直通山下的官道。东面不到二里的地方有一丁字路口,沿上山的路北行,半个时辰许便可抵达龙泉寺。高至善指着巨石道:"这里我一点也不陌生,和师兄们打柴曾多次路过这儿,去年秋天我还靠着它休息过,谁能想到它背后还隐藏着山洞?"

他的话音刚落,西边忽然传来一阵急促的马蹄声,两人赶忙躲到岩石的后面,偷偷向路上观望。一众人马由远及近,一色的官兵打扮。马上分别驮着猪、羊、鸡、鸭,后面的几匹竟然驮着几名年轻的妇女。还是高至善眼尖,一眼就认出跑在最前边的就是那天晚上见到的土匪大王。他们目送着敌人逐渐远去,直到不见一点踪影。高至善跺着脚懊恼地说道:"早知如此,就该把连弩带来,我们错失了一次绝好的灭敌机会。"高经纬冷静地分析道:"未必如你所说,你想,今天我们就两人,需要面对七八十个敌人,处于绝对的下风。一旦与敌人交上手,不要说消灭敌人,就连我们脱身都很困难,不能有效地保存自己,消灭再多的敌人又有何益?至于敌人,躲过了初一,躲不过十五,消灭他们的机会,以后肯定少不了,兄弟你就拭目以待吧!"高至善在高经纬的开导下,如梦方醒,连声道:"是我把事情想简单了。"

高经纬正要转身,旁边一株枝繁叶茂的小松树吸引了他的注意力，他灵机一动，将小树连根拔起，抖掉根上的泥土，将它带回洞中。为了不让山洞暴露，兄弟俩又把掏下的石块，一块块砌上去，使洞口恢复了原貌。二人打开石门，燃起火把，带上小树抽身返回，一路上将所有石门逐一关好。

在关石门的过程中，他们又发现一个小秘密，凡能自动开合的石门在它的内侧，与十字对称的右部，都有一个不显眼的小圆圈。只要按下圆圈，该石门将不再自动开合，无论你怎样用力去按该石门内外的十字，只有再次去按圆圈，此石门的开合功能才恢复如初。

就快到岔路口了，第二支火把也已燃烧殆尽，二人放慢了脚步，摸索着走出了地道。根据拨云堡里的光线判断，现在的时辰应该是下午。

两人回精舍取出千里眼，然后来到一个能观测到寺院全貌的瞭望孔前。打开孔门，高经纬将小树一点点伸出，接着探出头去，又将千里眼架在小树的枝权间，凭借着小树的掩护，放心大胆地观察着寺院里的状况。最先进入他视野的还是寺门前两个手执木棍、僧人装束的土匪，紧闭的寺门后看不出有土匪埋伏。再看大殿前的广场上，摆放着三行三列共九张桌子，每张桌子前都坐着十来个官兵打扮的土匪。桌子中央均放着一只烤乳猪，四周除了每人面前的酒碗，余下的地方则布满了盛着鸡、鸭、鱼、肉的小盆和大盘。土匪们或站或坐，或对饮或群饮，兴高采烈的脸上冒着贼亮的光，油水混合着酒水从他们的嘴角流向下巴，好不令人作呕。穿着僧衣的土匪不停地穿梭于前院和后院之间，流水似的把酒和肉送到他们的桌上。月亮门前看不到有敌人站岗，也看不到其他敌人的踪迹。随后高至善又观望了一次，也没有发现新的情况。

关上瞭望孔后，两个人商量了一下，觉得敌人已放松了戒备，决定乘敌人狂吃滥饮之际，给敌人一次出其不意的打击。兄弟俩说干就干，从见日厅又搬来两张连弩和一箱弩箭。吃过饭，休息了片刻，估计外面天色已晚，两人准备行动。

　　为稳妥起见，他们又到瞭望孔后做最后一次侦察。外面果然已是黄昏时分，寺门前两个执棍的土匪换了班，换了四个官兵服饰持刀的家伙。寺门两侧各多了一盏气死风灯，将寺门前十几步开外的景物照得一目了然。透过灯光一眼就看出这四个家伙刚喝过酒，而且喝了不少。只见他们东倒西歪，连站都站不稳，有两个家伙索性坐到了地上。广场上点起几十支明晃晃的巨烛，把院子照得犹如白昼。土匪们酒兴正酣，大有彻夜狂欢之势。兄弟俩从两个瞭望孔望去，仍不见有任何异常。他们回到精舍，各自将两张装满弩箭的连弩，一张背在后背，一张拿在手里，然后走出洞口。

　　苍天对兄弟俩似乎格外眷顾，刚才还见一轮满月，毫不吝啬地一股脑儿将清辉洒向人间，转瞬间就被厚重的云层严严实实地遮挡起来，再也难睹它的庐山真面目。借着夜色的掩护，兄弟俩先到几排僧房看了看，里面空无一人，又到客房看了看，里面也不见人影，再走近伙房后窗，透过窗缝向里张望，里边人头攒动，烟雾缭绕，一派繁忙的景象。十几个僧人装扮的土匪或站在桌案旁整治菜肴，或站在炉灶前煎炒烹炸，一显身手。对面的角落里，十几个年轻妇女或蹲或坐，正在做着洗菜和给鸡、鱼拔毛去鳞的活计。旁边还有一个满脸脂粉，打扮得妖里妖气的中年女人，叉着腰不停地走来走去，好像在监督她们。

　　看罢，两人又直奔月亮门。月亮门上挂着一盏气死风灯，不时有端着食盘的僧人模样的土匪从这里经过。高经纬抓住两边无人通过的间隙，举起连弩，只听嗖的一声，灯笼应声而灭。就在此时月亮刚巧钻出云层，恰好有两个一来一往的土匪走近这里，见状同时

"咦"了一声。高经纬哪容土匪再出一声，一指前面的土匪给高至善，自己则瞄向了后面的土匪，两支箭几乎同时射出，箭到处两个敌人双双毙命。兄弟俩旋即将两具尸体拖向一边，又转身潜伏起来。就这样，他们用相同的方法，在短短的时间里共射杀了从这里经过的十二个土匪。

他们将最后一具匪尸移开，又等了一会儿，不见再有土匪经过，两人一跃而起，动作敏捷地将土匪头上的弩箭全部拔出，又一一在土匪的衣服上擦拭干净，再分别装进二人的弩身里。高经纬有点惋惜地低声说道："可惜那支射灭灯笼的箭已无法找回。"接着又道："抓紧行动，留给我们的时间已经不多了。"于是兄弟俩掉转身躯，直奔伙房。

伙房里的土匪们对外面发生的事情一无所知，还在心无旁骛地忙碌着。一个小头目土匪高声说道："弟兄们，适才大王发下话来，说要给伙房的弟兄们以重赏，咱们可得加把劲，好好干哪。"伙房里传出一阵欢呼声。

欢呼声尚未停歇，兄弟俩早已飞身而至。时不我待，他们旋即由近及远向土匪们展开了一轮猛射，土匪们纷纷中箭倒地身亡。最后只剩下两名土匪，由开始的惊愕一下子清醒过来。一名土匪操起一把菜刀，向兄弟俩冲了过来；另一名土匪将手里的炒勺连同里边的东西，劈头就掷向兄弟俩。说来也巧，土匪的炒勺刚好扣在了持刀土匪的头上，只烫得他哇哇怪叫。就在此时，兄弟俩的弩箭也闪电般地射进两个土匪的头部，登时让他俩了了账。兄弟俩在伙房认真检查了一遍，确定无一土匪漏网，伙房里共有十四个土匪当场殒命，当即快速将射出的弩箭收回放好。

就见那个女监工吓得魂不守舍，跪在地上裤子湿了一大片，嘴里还一个劲地嘟囔道："大爷饶命，菩萨保佑。"高至善在她的身上狠狠踢了一脚，骂道："你这个老猪狗，再敢助纣为虐，帮土匪做事，让我碰上定斩不饶。"女监工连声道："不敢，不敢。"高经纬一拉高至善道："我们走。"

离开伙房，就听见前院有人一连声催促道："快，快去后院，别让他们跑了。"兄弟俩意识到敌人已发现了土匪的尸体。这时就见前院灯笼、火把潮水般地向后院涌来，有的已越过月亮门。

高经纬挽着高至善的手臂道："为方丈大师他们报仇的时刻到了，今天我们索性大干一场，让敌人见识见识复仇者的力量。"两人跑向月亮门，对着敌人就是一番猛射，须臾间门前的敌人被射倒了一片。有些不知死活的家伙，还一个劲地往前跟进，直到有人喊："敌人弓箭厉害，赶快卧倒！"这才想起往回跑，可是为时已晚，土匪又丢下几具尸首。余下的土匪躲在门后只是聒噪，不敢前进。

高经纬对高至善耳语道："不可恋战，见好就收。"说着两人向后就撤，待到远离敌人，两人便是一路狂奔，直到返回精舍。

两人在油灯下拉开弩匣，四张弩里只剩下五支弩箭，高经纬两支，高至善三支。兄弟俩无暇计算战果，立刻打开铁箱将四个弩匣装满。然后拿上油灯，带着四张连弩径朝瞭望孔而去，两人各选了一个瞭望孔向下观望。

此时土匪们正在后院走马灯似的乱窜，忽然从中分出一队土匪向前院开去，灯笼、火把下清晰可见，一些土匪手里还举着盾牌。寺门前的四个土匪早已没有了酒意，正瞪大了眼睛注视着周围的动静。很快这伙土匪就从寺门里一拥而出，一个土匪头目走上前来向四个土匪问话。

高经纬觉得这又是一个攻敌良机，赶紧给高至善打了手势。兄弟俩毫不迟疑，几乎同时抠动了钩手，真个是弓响如急雨，箭去似流星，眨眼间山门前的土匪又死伤大半。有几个手持盾牌的土匪，由于猝不及防也未能幸免。土匪头目在几个反应灵敏的持盾土匪的挡护下，跌跌撞撞爬进了寺门，直到此时土匪们尚不知晓弩箭来自何处。兄弟俩借着灯光仔细搜寻受伤的土匪，找到一个就是一弩箭，当他们认定眼前的土匪已无生还可能时，立即撤离瞭望孔，重新回到精舍之中。

精舍的灯光有些发暗，兄弟俩谁都无意去管它，因为他们实在太兴奋了。这次作战让他们的复仇计划取得了初步的成果，根据射出的弩箭粗略地统计下来，大致消灭土匪在七十名以上，大大地超出了兄弟俩的意料。惊喜之余，高经纬对高至善言道："此次行动虽然给土匪造成惨重伤亡，但也使土匪对我们的武器和人员有所了解，这样必然导致土匪更新装备，加强防范，从而使我们今后的行动举步维艰。"高至善道："既是这样，我们多加小心就是了。"

一连几天，兄弟俩都从瞭望孔观察土匪的动静。土匪撤去了寺门前的警卫，寺门后的两侧，土匪用木材各搭建了一座一丈五六尺高的箭塔。箭塔周遭布满小孔，土匪躲在里面既可观望，又可放箭，再也不用担心外面的弩箭了。因施工都在白天进行，兄弟俩怕暴露自己，只好任由土匪修建。也许土匪认为这是一个好办法，接下来又在月亮门旁也建了一座同样的箭塔。此外土匪还制作了相当数量的盾牌，在院子中行走的土匪，不管白天晚上人人手持一个，有些土匪甚至在室内也不让盾牌离身。穿僧装的土匪不见了行踪，兄弟俩所能见到的都是清一色的官兵服装的土匪，偶尔还出现几个年轻妇女的身影。

五 陷囹圄意外脱险 逢奇缘力气大增

这天又是一个月黑风高的夜晚,兄弟俩决定出去闯一闯,每个人都带了一张连弩,一把腰刀。

从精舍出来,两个人选择了去粮仓看看。四座粮仓虽然完好无损,可是地上散落着好多粮食,兄弟俩明白,这里曾遭到过土匪们多次大规模的翻寻。

两人又来到伙房,里面亮着灯光,从后窗缝中他们看见十多个妇女正在紧张地忙碌着,看样子是在给土匪们准备第二天的早餐。

只听见一个妇女打着哈欠,说道:"这么晚了也不让人睡觉,简直困死我了。"另一个妇女愤愤道:"睡觉有什么好?我要不是因为睡觉能叫畜牲们糟蹋吗?现在一提起睡觉,我的气就不打一处来。"话音未落,一个声音哽咽道:"人总不能一辈子不睡觉吧?再说不睡觉管用吗?我和翠兰她们,大白天众目睽睽之下,不是照样被畜牲们所糟蹋。"又有一个妇女无可奈何地说道:"到了这种地方还想保住清白,那不是白日做梦吗?"于是妇女们七嘴八舌议论开了,有的道:"好死不如赖活着,在人屋檐下怎敢不低头,俺还想活着再见俺家狗剩他爹一面。""见了面有什么用?他要是知道你这个样子还不把你休了。"一个柔弱的嗓音带着被刺痛的伤感,低声道,"唉,这样的鬼日子也不知啥时是个头?"说着忍不住哭出了声。"别着急,他们迟早要遭报应的,你没见上次那两个……""嘘……你不要命了?"伙房里终于沉寂下来,只余下断断续续的抽泣声催人泪下,兄弟俩明白她们口中的"上次那两个"指的就是自己，想到土匪对她们的兽行，两人不约而同攥紧了拳头。

斋房和库房一片漆黑，倒是头排左数第二个僧房里传出一丝光亮。兄弟俩穿过甬道，正想凑近前去看个究竟。刚到第一间僧房门口，突然高经纬脚上被什么东西绊了一下，随之从房上落下一团黑乎乎的东西，将兄弟俩罩个正着。无论他们怎样挣扎，不仅无法挣脱，而且越挣越紧，直到这时他们才知道自己是被一张大网套住了。

就在他们惊恐万分的时候，大概是听到了响声，几乎所有僧房的门都打开了，从里面呼啦啦拥出二十多个土匪。兄弟俩被土匪手里的灯笼、火把晃得睁不开眼睛，就听土匪们你一言我一语骂个不休。有的嚷道："好小子，这回看你们还往哪儿跑，老子非活剥了你们不可。""对，给两个王八羔子来个大卸八块。""让他们生不如死。""点兔崽子们的天灯。"接着就是一阵劈头盖脸的拳打脚踢，只打得兄弟俩鼻青脸肿，遍体鳞伤，双双昏死过去。

不知过了多久，两人渐渐苏醒过来。他们发现自己已被关在一间牢房之中，套在他们身上的大网不见了，刀和弩也不见了，两人都有一只手被置于手铐之中。通常的手铐是一人一副，不知土匪是就只有这一副手铐，抑或还有别的用意，总之土匪用这一副手铐分别铐住了兄弟两个人。高经纬强忍住剧烈的头痛，试探着用那只自由的手去碰了碰手铐，这才感到这手铐的与众不同。手铐一经戴上，戴手铐的手就不能轻易活动，手铐的上半部分就像一块活动的跷跷板，随你哪边一动，另一人的手腕就像是触到了刀刃，疼痛难当，所以要想减轻痛楚，两人便必须相互配合，使"跷跷板"保持平衡才行。

他们小心地坐了起来，让手铐平躺在地上，顿感全身其他部位火烧火燎般的疼痛。两人挣扎着向门口爬了爬，从门缝里瞧出去，外面有两个土匪背靠着门正在喝酒，面前的地上放着一张炕桌，桌上摆着一坛酒和两只烧鸡。

高至善大声道："给我们倒点水。"一个土匪踹了踹门，嚷道："少他妈啰唆，快给老子闭嘴，都要死的人了，还喝什么水？"另一个土匪斜着眼睛，大着舌头道："叮叮当当的声音听见没有？那是在给你们搭升天台呢。到了晚上，天一黑，把你俩坏小子用白布一缠，吊在架子上，浑身再淋透了油，拿火这么一点，那叫什么？那叫一个好看，你俩就赡好吧。正月里来头一天哪，少的给老的拜年啊……"这土匪越想越高兴，竟忍不住哼起了东北颇为盛行的二人转。

兄弟俩往回爬了几步，仰面朝天躺在地上。他们知道今天晚上自己大限将至，死对于他们倒没有什么可怕，但一想到复仇计划才刚刚进行，方丈大师重建寺院的嘱托还没有完成，兄弟俩就感到一阵阵心绪难平。尤其当高经纬想到含辛茹苦的母亲晚年无人侍奉，孤苦无依的情景，内心不由一阵撕心裂肺般的难受，大滴大滴的泪珠沿着他的眼角不断涌出。高至善道："大哥别伤心，不管去哪里，兄弟都陪着你，在阳间我们没做完的事，到了阴间就是化成厉鬼，兄弟也帮你完成。"高经纬紧紧地握住了高至善的手。

中午的阳光，从牢房那装着几根铁栏杆的不算忒大的窗户里，毫不吝啬地照射进来，把整个牢房照得一片通明。牢房的面积并不算大，却铺着约一尺半见方的石板砖。

既然命运已经定了下来，兄弟俩也就听之任之，不再为晚上的事发愁。思绪稳定了，两个人对外界的观察也变得敏锐起来。高至善很快就认出这间牢房是由库房改建而成的，高经纬也无意中瞥见墙壁的一角有个异常模糊、但又非常熟悉的十字符号，这让他眼前一亮，心中不禁一阵狂喜。

他凑近高至善的耳朵，用小得不能再小的声音说道："天无绝人之路，我们也许还有救。你什么都不要问，也不要说话，只要跟着我就行。无论发生什么事情，你都千万不要出声，切记，切记。"说着兄弟俩平端起手铐，艰难地站了起来，慢慢向墙角摸去。稍不留神，高经纬的脚尖踢碎了一个破瓦罐，发出哗啦一声，他们马上站住脚，内心扑通扑通跳个不停。站了一会儿，见土匪没有任何反应，两人又加倍小心地向前走去。到了墙角，高至善也看见了十字，若不是高经纬事先反复叮咛，高至善差点叫出声来。两人将手铐贴在墙上，高经纬腾出手来颤抖着按向十字。兄弟俩都清楚，他们的命运成败在此一举，高至善紧张得闭上了眼睛，高经纬也在心里不停地祈求着佛祖保佑，奇迹终于在兄弟俩的忐忑不安中如期而至。

随着嘭的一声闷响，在他们眼前的地面上，一块厚厚的方砖向上弹出，露出了一个黑黝黝的洞口和一排整齐的石阶。

两人生怕响声会惊动外面的看守，赶忙用"哎哟、哎哟"的呼痛声加以掩饰。所幸的是两个土匪只顾了喝酒，对牢房里的动静压根没有在意，一个土匪还用嘲弄的口吻道："两个小兔崽子只管折腾，过了今天晚上你们就老实了。"

洞口刚好能容一个人通过，高至善在先，高经纬押后。借着牢房里的光线，高经纬又在石阶两侧的石壁上，分别找到了十字和圆圈。

就在此时牢房门口有了情况，一个土匪头目正高声训斥着两个看守道："叫你们看押犯人，你们怎么喝起酒来了？犯人要是跑了怎么办？"两个土匪赶忙为自己辩解道："我们一直守在门口，寸步未离，光天化日，犯人就是插上翅膀也休想逃出去。"土匪头目道："就算逃不掉，要是犯人自尽了呢？晚上的戏拿什么唱？"两个看守道："这倒没想过，得，我们这就进屋瞧瞧。"随后，就传来土匪开锁的声音。

高经纬立即按下十字，待洞口关闭后，又按了一下右边的圆圈，如此一来上面的人即使触到了十字，机关也动不了，两人这才长长地舒了一口气。他们靠在石壁上，想象着土匪们踏进牢房的那一刻所表现出来的惊诧、沮丧和气急败坏，就开心得不得了。

石阶有二十六级之多，然后就是一人高的笔直通道。兄弟俩在黑暗里摸索着朝前走走停停，大约走出二百步，又出现了向上的石阶，石阶只有八级，兄弟俩拾级而上，头顶就应该是洞口。正当高经纬为找寻开关犯难时，高至善从身上摸出一块打火石交给高经纬，高经纬用它在一侧石壁上打着火，借着微弱的光亮，很快找到了十字。打开洞口来到上面，透过朦胧的光线，他们发现自己竟然回到了拨云堡，而洞口就在精舍与老人潭中间一处石壁的脚下。在距地面约三寸高的石壁上，兄弟俩找到了十字与圆圈，他们合上洞口，又切断了开关，然后返回精舍。

五六天的时间让兄弟俩的伤势基本得以康复，但时刻伴随着他们的手铐，却给两人的生活带来无穷的烦恼，动作稍不得当，其中一人就会遭受钻心般的疼痛。他们也想过好多办法，最终不是工具不称手，就是两人力气过小，始终无法摆脱手铐的困扰。

高经纬非常清楚，目前的状况下，只有通过食用老人鱼这条唯一的途径，才能使他们走出困境，但这样做又势必会让高至善感到伤心。高至善是一个比自己亲兄弟还亲的人，他又怎能忍心呢？就在他举棋不定的时候，一天晚上，高至善主动对高经纬说道："大哥，我知道这些天你一直在想什么，也知道你怕伤害我，始终不肯讲出来。好在眼下我也想明白了，我不肯伤害无辜，若不是形势所逼，大哥何尝就肯呢？你说过，举大事可以不拘小节，为了寺院的安宁与重建，别说需要我克制慈悲之心，就是让我下地狱，我也不会皱眉头。事不宜迟，我们现在就去老人潭。"高经纬感动得热泪盈眶，道："知我者，莫过于我的好兄弟。"

兄弟俩将油灯挑亮，放在老人潭与老人河之间的一处高岗上，自己则隐蔽在旁边蹲守。说来也怪,过去只要是夜间经过这里,每次都能见到一两条老人鱼在岸边行走,现在将近午夜,仍不见一条老人鱼的身影。兄弟俩怀疑是不是油灯太亮,老人鱼受到了惊吓,正打算起身去将油灯调暗,这时就见三条老人鱼相继爬上岸来。兄弟俩瞄准两条个头大的,将箭射了出去,两支箭都射中了老人鱼的头。两条老人鱼没有即死,都在做垂死挣扎,并发出撕心裂肺般的咳嗽声,剩下的一只早已逃之夭夭。

在灯光下,高经纬看见高至善的眼里晶莹发亮,也看见他的一只手放在胸前,似乎在为两条老人鱼念诵着往生咒。

手铐给兄弟俩的行动带来极大的不便,他们往返三次才将连弩和老人鱼带回精舍。

两条老人鱼大小差不多,每条都有五六斤重。兄弟俩将它们开膛破肚,冲洗干净,然后连夜刷锅生火。两人正要将老人鱼放入锅中,就见从老人鱼的眼中和口中均有若隐若现的红光射出。兄弟俩觉得很奇怪,就用刀将其头部剖开,此时红光更盛,再将脑部扒开,里面露出鸽卵大的一颗红珠,拿在手里红光四射,满室生辉。他俩又将另一条的头部剖开,同样取出一颗光彩照人的红珠。高经纬赞叹道:"一看便知,该红珠乃稀世珍宝,旷世难寻,吾猜度老人鱼之神奇功效,盖源于此。"接着对高至善道:"我们每人一颗,立即将其吞下,必有好处。"说着他们各取一颗,张口就吞,但觉入口绵软,喉咙处一团火烫,随之滚滚而下,胸腔里顿时生出一股暖意,刹那间传遍四肢。

接下来,兄弟俩将两条老人鱼放入锅中清煮。不到一个时辰,精舍里就充满了一种淡淡的香味,这香味让他们如痴如醉,食欲大增,仿佛天下美味尽聚于此。于是他们坐到锅边,迫不及待地吃了起来。此老人鱼堪称肉中极品,肉质滑嫩鲜美,肉味清洌悠长,兄弟俩大快朵颐,欲罢不能,不仅吃掉了所有的肉,又一鼓作气将锅里的汤喝光,这才如释重负地躺到了炕上。

到了第二天,两个人觉得该起床了,可是无论如何也睁不开眼睛,勉强睁开一道缝,就见对方的头变得有笆斗大,活像一个大头娃娃,两人都以为是在梦中,就又睡去。不知过了多久,两人再度醒来,还是一动不能动。朦胧中感到对方的头已恢复了原状,但对方和自己的身子却变得又粗又壮,就似两口大缸,这情景愈来愈模糊,两人又昏睡过去。

又过了几个时辰,两人蓦然被巨痛所惊醒,就看见彼此的身子都已复原,但两人的四肢却肿胀起来,特别是那副让他们寝食难安的手铐竟被彻底撑开,离开了两人的手腕。这突如奇来的惊喜对于兄弟二人当真非同小可,两人想坐起来,但办不到,想说话,又张不开口,只能把这一切当作幻境,神思恍惚里重归梦中。

这一次,兄弟俩是真的醒过来了,因为他们可以活动自如。谈起梦中的情景,两人都觉得匪夷所思,但相同的场面,特别是那个被挣脱的裂成上下两半的手铐,却让他们觉得似梦非梦,亦真亦幻。兄弟俩都站了起来,各自活动了一下腿脚,觉得身体轻松了许多。

高至善一眼瞧见那副裂成两半的手铐,想起这几天吃尽了它的苦头,不由心下大怒,满怀憎恶,对着手铐就是一脚。这一脚力道大得出奇,就见半个手铐直飞出去,嵌入石壁影踪全无。高经纬对着余下的手铐也是一脚,这半个手铐同样以强劲的势头打入石壁。兄弟俩这才明白他们已具备了超人的神力。

两个人认真地做了一顿饭,吃过后,按高经纬的要求,兄弟俩各自背起一张连弩,挂上一口腰刀。接下来,高至善拿过油灯,高经纬抱起一捆火把,两人高高兴兴地走进了拨云堡。

高经纬看了看四周道:"从现在光线的强弱来分析,应是午前时分,我们的意外逃脱必然使土匪乱了阵脚,可惜没能看到土匪们当时的狼狈相。"他停顿了片刻，语气有些严肃地说道："还有一件事，令我们很被动，那就是我们有两张连弩落到了土匪手里，他们一旦掌握了用法，将对我们十分不利。因此我们必须倍加小心，谨慎行事，一般情况下，尤其是白天，我们不要使用瞭望孔，因为土匪利用千里眼，要想发现我们易如反掌。"高至善道："那我们该如何应对？"高经纬道："送你十六个字：顺其自然，静观其变，积极筹备，另辟蹊径。"又一指地道的方向道："我们再去会会怪兽。"

轻车熟路，兄弟俩一路上连跑带颠，仅用了半个多时辰，就到了怪兽的房间。他们先点起一支火把插在墙壁的缝隙中，然后留下他们上次曾进去过的人形怪兽，而将其余的五只怪兽统统拖到房间后壁的两个角落，房间登时空出了好大一块。

两人拿着油灯钻进了人形怪兽的肚子里，尔后将油灯固定好。高至善坐到了躺椅上，试着蹬了蹬踏板，两只踏板异常轻快地动了起来，两个金属大圆盘也开始逐渐缩紧。高至善感到快活极了，他一边若无其事地蹬着，一边情不自禁地叫道："好玩，太好玩了。"高经纬将四壁的可视窗口尽皆打开，通过可视窗口，房间里的情形尽收眼底。高经纬走到前面，将双手伸进两个护腕之中，又把双脚套入两只拖鞋里，先动了动手，怪兽的上肢也跟着轻松灵活地动了起来。接着他又动了动脚，这下可不得了，也许是高经纬的脚抬得太高，怪兽竟向前跑了起来。幸亏高经纬反应得快，赶紧将脚放了下来，怪兽踉跄了一下猛地站住，身体距墙仅有不到一寸的距离。兄弟俩连连说道："好险，好险。"不由都惊出一身冷汗。

有了这个教训，高经纬变得格外小心起来。他开始一点点将脚提起放下，又慢慢地将脚或向前或向后，或向左或向右，反反复复、细致入微地体验着使怪兽活动的规律，从而总结出一套切实可行的操纵怪兽的方法。

此刻高至善也有了新发现，他发觉怪兽之所以能活动，主要靠踏板的运动，踏板的运动不仅能为怪兽的活动提供动力来源，而且还能通过两个金属圆盘将动力储存起来。如果在怪兽活动前，先让两个金属圆盘储满动力，再在怪兽活动中不断通过踏板的运动加以补充，那么怪兽就能永远活动下去。

经过整整一个下午的时间，兄弟俩相互配合，已能够熟练自如地操纵怪兽做各种动作。高经纬提议休息一下，高至善兀自有些兴致未尽。高经纬将操纵怪兽的方法原原本本、不厌其烦地传授给高至善，高至善也将自己的发现讲给高经纬，然后他们交换了位置。

高至善自小生活在寺院，从来没有享受过童年的乐趣，更不知道玩具为何物，突然接触到怪兽这样的东西，对于他无异于一个超级玩具。越操纵越觉得其乐无穷，越演练越感到兴致高涨，直至深夜仍旧乐此不疲，浑忘了身在何处。若不是高经纬下了死命令，高至善说什么也不肯罢手，都离开怪兽房间好远了，高至善还恋恋不舍地频频回头张望。

在高经纬的坚持下，第二天起，他们又开始重温过去习文练武的日子，只不过将开弓放箭换成了操纵怪兽。

一眨眼十天过去了，兄弟俩操纵起怪兽，已到了娴熟无比、指挥自如的境地。高经纬还给怪兽的手臂安上一柄开山巨斧，并演练得有板有眼，像模像样。

这天早晨刚用过餐，高至善就吵着让高经纬给人形怪兽起个名字。高经纬思来想去，觉得这些天与怪兽朝夕相处下来，两人已经越来越喜欢它，离不开它，甚至把它当成自己的朋友和亲人。因为它身材高大，巨斧一舞虎虎生风，活像一个八面威风的大将军，于是兄弟俩决定就叫它"大将军"。

高经纬认为经过多日的酝酿与筹备，让"大将军"一显身手的时刻已经来临,他打算今天就带"大将军"出去闯闯。

兄弟俩先拆开一床棉被,用被里做了一面旗帜,再折好揣入怀中,接着去龙泉别院拿上锹镐,然后来到地道出口。像上次一样,高至善踩着高经纬的肩膀,从洞口爬了出去,在周围转了一圈,看到一切正常就返回洞中。于是两人挥动锹镐,在石块堆砌的墙壁上扒出一个与出口石门大小相当的豁口,将地面清理干净后,两人回到怪兽房间。高经纬从怀中取出旗帜,在地面铺好,正面用木炭写上"进山还愿"四个大字,然后把旗帜挂在"大将军"手中那柄大斧上。

兄弟俩爬进"大将军"的身体里,在油灯的光亮下,做出征前最后一次准备。他们共带了两张连弩,两把腰刀和一捆五十多支的弩箭,另外还有一罐供饮用的清水,无误后,高至善带着油灯钻了出去。只见他高擎油灯在前带路,高经纬独自操纵着"大将军"随后紧跟,几步就走到了出口的最后一道石门前。高经纬探出手去朝高至善摆了摆,示意他等一下,然后坐到躺椅上,用双脚飞快地踩动起踏板来,一会儿工夫两个金属圆盘已经紧得不能再紧。高经纬站起身来,走到可视窗口前,正前方留下两个,其他三面各留下一个,剩余的全部关上,这才朝高至善招招手。高至善按下十字,打开石门,闪到一边,并将油灯熄灭,放在地上。高经纬让"大将军"走出石门,停在豁口处,然后爬下去,兄弟俩用老办法关闭了石门,接着便相继钻进了"大将军"的肚子里。高经纬将房门关上,并用门闩插好,随后按照事先约定,高经纬在前,高至善在后,兄弟俩各就各位,"大将军"蓄势待发。

"大将军"走出豁口,绕过巨石,一股暖风从几个窗口鼓荡而进,仿佛在向兄弟俩传递着春天即将离去的信息。高经纬透过眼前的窗口向外望去,但见远处蓝天深邃,白云朵朵,近处则峰峦叠嶂,满目葱茏,心头不禁为之一振。他舞动了一下"大将军"手中的巨斧,

但听得挂在上面的旗帜在空中飒飒作响，他又让"大将军"甩开大步迈上土路，然后朝着龙泉寺的方向飞奔而去。

六　驭怪兽初战告捷　抱不平少女得救

一路上兄弟俩配合默契，"大将军"操纵起来得心应手。

快到前面的丁字路口了，迎面来了一群扶老携幼敲锣打鼓的人，他们有的捧着龙王的牌位，有的背着香烛纸马，有的挎着馒头糕饼，还有的抬着三牲供品，一看便知是到龙泉寺求雨的香客。照理求雨应该去龙王庙才对，可当地百姓觉得龙泉寺既然沾着个龙字，这泉眼必与龙宫相通，因此通常就把这里当成了最佳的求雨场所。

香客们看到"大将军"，最初着实吃惊不小，随后又瞧见那面写有"进山还愿"的旗帜，遂以为它是进山拜佛的，也就释然了，接着又亲近起来，于是结伴而行。"大将军"放慢了脚步，走在前面，一队人马在"大将军"的引领下，吹吹打打，浩浩荡荡，直奔龙泉寺而来。

高经纬估计已进入龙泉寺匪徒的视野，为了不使众香客在即将到来的厮杀中受到伤害，他让"大将军"飞快地向前奔驰，与众香客拉开距离，只一会儿工夫，便跑到寺门前，将众香客远远抛在身后。

龙泉寺里的土匪大概是得到了岗哨的报告，一下子从寺院里拥出三十多个身着僧装的土匪。也许他们还没来得及剃掉头发，也许他们压根就不想剃，总之他们每个人都戴了一顶尼姑的帽子，这帽子也不知土匪从何处弄来，让人觉得不伦不类。"大将军"的到来并没有引起土匪们的怀疑，他们一定以为是山下哪个社团或戏班等民间组织，为增加喜庆气氛而搞出来的类似耍狮子、舞龙灯之类玩意儿，他们只感到新鲜、刺激、好玩，围着"大将军"一个劲地傻笑。

高经纬为了吸引更多土匪的围观，故意将巨斧舞得呼呼作响。土匪们见巨斧舞动起来轻松自如，毫不费力，都猜想巨斧是纸糊的，看舞得有趣，都忍不住拍手叫起好来，甚至有些官兵打扮的土匪也跑出来瞧热闹。

高经纬认为杀敌时机已成熟，忙对高至善使了个眼色，高至善点头表示明白，兄弟俩随即对土匪展开了一场大屠杀。只见"大将军"的巨斧突然向土匪的头砍去，它的脚也用力踩向土匪，身体更是在土匪群中横冲直撞，如入无人之境。

土匪们被这突如其来的打击，搞得目瞪口呆，晕头转向，不知所措。片刻间，有的被砍得身首异处，有的被践踏得血肉模糊，有的被冲撞得骨断筋折，纷纷倒地不起。有反应快的，连忙跑回寺里去取武器；有反应迟钝的，就像没头的苍蝇乱飞乱扎，竟而自行送到"大将军"的斧下，做了无头之鬼。

众香客远远瞅见寺门前"大将军"又跳又舞，群僧又是击掌，又是喝彩，都不想错过这难得一见的热闹场面。正想加快步伐朝前赶去，就见寺门前风云突变，原本祥和热闹的景象，转瞬间变成了一场大厮杀。烈日下，只见血光飞溅，尸横遍地，群僧哭爹喊娘，叫苦连天，只把众香客吓得魂飞魄散，转身就往山下逃窜。不多时，早已逃得无影无踪，只丢下遍地的锣鼓家什、馒头糕饼和三牲供品。

再看寺院，就在这纷纭混乱之际，从偏殿里走出一个顶盔戴甲的彪形大汉。但见他七尺多高的身材，满脸络腮胡须，两只眼睛精光四射，手持一把宽背鬼头大刀，有四个双手持盾的土匪簇拥在他的身边。就见他一个大鹏展翅，飞身来到寺外，以迅雷不及掩耳之势，对着"大将军"的右臂就是一刀。"大将军"猝不及防，右臂连同巨斧被一起砍落在地。

高经纬不等土匪的第二刀砍来，立即操纵"大将军"抽身就走。

五个土匪在后紧追不舍，那些躲在院里的土匪也挥动着刀枪剑戟，乘机冲了出来。高至善见情况危急，不等高经纬吩咐就离开座位，捡起一张连弩，从后窗口里射向打头的彪形土匪。这家伙武艺高强，反应灵敏，听到有弩箭射来，忙将头一偏，弩箭贴着他的头盔呼啸而过，他马上站住脚，停下不追，跟着他的四个土匪立即走上前来，用一人高的盾牌在他身前竖起一道屏障。

高经纬也让"大将军"停下，拾起一旁的弩，走到高至善的身边，一起向后观望。

双方僵持了一会儿，五个土匪龟缩在盾牌后，缓缓朝前走来。高经纬对高至善耳语了几句，就回到了自己的位置上。土匪们加快了移动脚步，当土匪们走到距"大将军"不过三丈远的时候，高至善从后窗口走到前窗口，高经纬操纵"大将军"猛的一转身。五个土匪同时一跃而起，前四个用身体抵着盾牌拼命向"大将军"压过来，彪形土匪则迂回到右侧，举起鬼头大刀砍向"大将军"的双脚。就在这千钧一发的关口，"大将军"接连向后倒退了十来步。四个土匪收脚不住纷纷跌倒，彪形土匪鬼头大刀落空，险些砍到自己人的身上，他恼羞成怒大吼一声，飞身急转，直扑"大将军"。兄弟俩一齐扣动钩手，两支弩箭分别从两个窗口向他射去，他再想躲哪里来得及，面部被同时射中。这个彪形土匪凶悍至极，死到临头还在"大将军"的身上劈了一道裂缝。此时几个摔倒的土匪早已爬起来，也顾不得去捡地上的盾牌，回身就往寺里跑。

兄弟俩赶忙各就各位，操纵着"大将军"，朝逃跑的土匪就追，四个土匪被"大将军"左冲右撞，碰倒在地，然后"大将军"一脚一个将他们全部蹂压致死。

寺门前的土匪见状，一个个只吓得面如土色，赶忙溜进寺院，紧紧关闭寺门，浑身仍旧颤抖不止。

"大将军"从容不迫地走到寺院前，在血泊里拾起那柄巨斧，自己被砍断的半截右臂仍然牢牢抓住斧柄不放。"大将军"正想抬脚去踹寺院的大门，就听院内一声呐喊，顷刻间，砖石火把隔着院墙下雨般投向"大将军"，寺门旁两个箭塔里也有箭矢纷纷向"大将军"射来。尽管"大将军"撤退及时，周身还是被砸得伤痕累累。一支火把从前窗口里掷入"大将军"体内，火焰烧着了高经纬的左衣袖，他赶紧用右手去扑。就在此时，又有两支弩箭从前窗口里射进，一支紧擦着高经纬的右耳根，一支紧贴着高至善的左上臂，箭头都射进了操作室的内壁，箭身露在外面，发出铮铮的响声。

高经纬忙让"大将军"回过身来，朝山下跑去。跑到五个土匪丧命的地方，"大将军"停下了脚步。兄弟俩回头望了望，见土匪没敢追出来，就从"大将军"的肚子里钻出，先将彪形土匪的盔甲扒下，连同鬼头大刀一起送进"大将军"的肚子里，又转身去捡盾牌。

忽听箭塔里有人大声叫道："是他们，是那两个跑掉的坏小子。"叫声未绝，寺门应声洞开，跑出二十多个土匪，这些家伙半数以上官兵服色，一少部分僧人装扮。其中十几个土匪一手执盾，一手持砖石，蹲在前列；七八个土匪手举弓箭，站在后排；箭塔上又走下两个手擎连弩的土匪，眼睛紧贴着千里眼，作势欲射。

兄弟俩装作没看见，继续若无其事地将盾牌往"大将军"的肚子里搬。十来个不知死活的土匪以为有机可乘，大着胆子朝下就追。兄弟俩扔下手中最后两个盾牌，迅速爬进了"大将军"的肚子里。"大将军"霍地转过身去，拔步就往山上赶。双方相距仅十六七丈，土匪们慌忙将砖石羽箭投向和射向"大将军"，然后撒丫子便朝回跑。高经纬一边追赶土匪，一边不停地向土匪放箭。

再看寺门前，余下的土匪早已撤得一个不剩，或躲进院中，或登上箭塔。眨眼间，山路上又新增添七具土匪的尸体，只有两名土匪侥幸逃回。土匪们再次关紧了寺门，箭塔里再度向"大将军"射出了密集的羽箭，院子里的土匪也曾试图向"大将军"投掷砖石瓦块，但因为够不着，只能作罢。

"大将军"避开土匪的箭矢，在原地稍作徘徊，便毅然掉头，向山下驰去。

这一次土匪们被吓破了胆，兄弟俩走出老远，还不见有土匪从寺院里追出来。"大将军"放缓了步伐，一路上优哉游哉，好不潇洒。途经香客们逃跑的路径时，兄弟俩走出"大将军"的腹中，将香客们遗弃在路上的锣鼓家什，馒头糕饼尽皆拾起，悉数搬进"大将军"的肚子里。

他们驾驭着"大将军"一路返回。高至善蹬着踏板敲着鼓，高经纬一边踏步，一边敲锣，一边对高至善言道："兄弟，你说我们这叫什么？"不等高至善回答，高经纬接着说道："就像评书话本里写的，我们这叫'鞭敲金镫响，齐奏凯歌还'。"两人忍不住放声大笑。

兄弟俩将"大将军"送回怪兽室，来不及清理战利品，就匆忙回到地道出口处，搬动石块去堵豁口。眼看还差一块就砌完了，外面忽然传来说话声："咦，明明看着他们朝这来了，怎么一下子就不见了呢？""是有些蹊跷，但我料定他们走不远，咱俩就在这附近搜搜看。"

高至善急忙从高经纬的肩上跳下，高经纬拿起油灯，两人关上洞门就朝怪兽室跑。高至善从"大将军"的肚子里取出两把连弩，递给高经纬一把后，两人又快步跑回洞口，各自选好位置然后将弩端起。高经纬一口吹灭了油灯，又毅然按下十字，将石门合上。

外面的土匪已发现了洞口，土匪移开石块跳进洞中。就在他们借着外面的光线用心打量洞口石壁的时候，石门猛的向外一开，一个土匪当即被撞倒，又痛又吓竟然晕了过去，另一个土匪傻愣在一旁，没等缓过神来，两支弩箭早已射进头颅。高经纬对着被撞昏的土匪又是一箭，两个土匪不费吹灰之力就被兄弟俩送了终。

兄弟俩从他们身上得到两把长剑，两张连弩，还有两个装着弩箭的箭筒。两张连弩的失而复得让兄弟俩喜出望外，两个箭筒的缴获更让兄弟俩产生雪中送炭之感。看情形，两个土匪一直尾随着兄弟俩，并欲借助千里眼找到兄弟俩的藏身处，没想到"偷鸡不成，反倒蚀了把米"。

兄弟俩从土匪头上拔出弩箭，为了防止土匪的伤口流血，他们脱下土匪的外衣，将土匪的人头紧紧地裹了起来。又撕下一片土匪的内衣将弩箭和地面的血迹擦干净，再找来锹镐，然后把土匪尸体拖出洞外。兄弟俩一人一个，将其扛到远离洞口的隐蔽处，挖坑掩埋好，又返回洞口，把豁口堵上，这才回到怪兽室清点战利品。

此次战斗他们从土匪手中共夺得盔甲一副、鬼头刀一把、盾牌两个、长剑两把、连弩两张和箭筒两个。此外他们还捡到锣鼓家什一套、馒头糕饼若干以及熟猪羊牛头各一个。兄弟俩决定带上所有吃的，立即回到精舍，好好庆祝一番。

一觉醒来，已是第二天的中午时分，兄弟俩虽然不觉得饿，还是草草地吃了点东西。他们很想知道一场战斗下来敌人的情况，于是带上千里眼，前往瞭望孔。打开瞭望孔，高经纬将小树伸了出去，然后架起千里眼朝外观察。

寺院里较之昨日没有太大变化，院子里不乏有土匪在进进出出，但每个人都有盾牌护身。高经纬正想换个角度去看看牢房，就见两个顶盔挂甲的土匪从正殿里走出，随后又跟出两个土匪，用盾牌护住了穿盔甲土匪的脸。尽管土匪的动作很快，但两个身披铠甲土匪的脸还是没能逃过高经纬的眼睛，他认出一个是土匪大王，一个正是土匪军师魏进财。

仇人见面分外眼红,高经纬顾不得去关瞭望孔,一把拉过高至善就往见日厅跑。到了见日厅,二话不说就去开壁橱的门,很快取出两张硬弩,装满弩箭,然后一人一张,重又跑回瞭望孔。高经纬将已打开的瞭望孔让给高至善,自己则另外打开了一个,一边将弩朝外伸,一边对高至善道:"快,你瞄准正殿前左边穿盔甲的土匪,右边穿盔甲的我负责解决。"等到他将千里眼瞄向正殿时,哪里还有穿盔甲土匪的身影,只有三个手拿盾牌的家伙正提着食盒向外走来,看样子是往伙房里送。

高至善问道:"还射吗?"高经纬语气坚定地回答道:"射,消灭一个少一个,仍旧是左边的归你,右边的归我,然后再一道对付中间的。"兄弟俩果然今非昔比,硬弩在他们的手中轻而易举地就挂上了弦。弦响处,左右两个土匪尚来不及做出反应就都一命呜呼,手中的食盒也都应声而落,里面的残羹剩饭洒了一地。只有中间的土匪举起盾牌卧倒在地,才躲过一劫,但兄弟俩接踵而至的弩箭穿透盾牌,兀自在他的头顶前行了一段距离,还是让土匪倒吸了一口凉气。

兄弟俩正想再射,就听见寺门旁的箭塔中有人喊道:"山上有人,他们在山上。"接着就有弓箭朝兄弟俩的瞭望孔射来。幸亏兄弟俩撤身及时,但是瞭望孔中的小树还是被拦腰射断。

打这以后,白天院子里再也见不到土匪的身影,只有那些年轻妇女不停地在前后院间走来走去。兄弟俩有了上次被俘的经历,夜里从不敢轻易出来冒险,倒是土匪们把夜晚当成了他们活动的时机。

这一天,曙光初现,万里苍穹一碧如洗,兄弟俩驾驭着修理好的"大将军"向龙泉寺进发,预备向土匪再发动一轮攻击。行到距寺门将近二十丈时,寺门忽然分开,先是十几个妇女手擎盾牌,在寺门前一字排开，接着二十来个土匪一拥而出，将滚木、礌石抛向"大将军"。高经纬见状，忙让"大将军"掉转身躯，一溜烟朝山下逃去。刚躲进一拐角处，滚木、礌石就轰然而降，跌进一旁山谷之中，路边一株拳头粗的银杏树也被齐根截断，坠落山下。兄弟俩都捏着一把汗，暗道："好险。"走出老远，依然心有余悸。

快到洞口了，巨石前忽然人影一闪，兄弟俩立即提高了警觉。正待上前搜寻，迎面过来一伙手拿棍棒的人，领头的是一个衣裳光鲜，二十多岁的年轻人。此人长得肥头大耳，其貌不扬，手里摇着把折扇，一副旁若无人的架势，很像戏台上的恶少衙内。他瞥了一眼"大将军"，不知道为何物，更不懂得害怕，压根没把"大将军"放在眼里，而是满不在乎地对十几个黑衣短打扮的人吼道："一个破木头人有什么好看的？还不赶紧给我搜，今天要是找不到她，小心你们吃饭的家伙！"这些家丁模样的人立即散开，围绕着巨石展开了搜寻。

很快一个家丁喊道："她在这里。"接着一个十六七岁的女孩被拖到恶少的面前。恶少不由分说狠狠地给了女孩一记耳光，女孩俊俏的面庞顿时红肿起来，一缕鲜血也顺着她的嘴角淌出。

兄弟俩不由大怒，高至善当即就要发作，被高经纬拦了下来。只听那恶少气势汹汹地问道："你们究竟把他藏到了哪里？再不说，老子活活地剥了你的皮！"少女初时脸露恐惧之色，接着心一横，脖颈一挺，回答道："随便你怎么处置好了，不知道就是不知道，就是知道也不告诉你！你们为虎作伥，坏事干绝，将来注定不会有好下场。"

恶少正想挥拳再打，高经纬一声怒喝："住手！"就像晴空里响起一声霹雳，倒把这帮家伙吓了一跳，半天才缓过神来。

恶少凑近"大将军"，前后左右端详了半天，又伸手拍了拍"大将军"的身体，然后说道："哟嗬，癞蛤蟆打哈欠，好大的口气，也不打听打听老子是谁，就敢管老子的闲事，我看你们是活得不耐烦了。识相的，走你的路，不然有你好瞧的。""大将军"轻轻一脚，恶少被踢了个仰面朝天，就听他连声怪叫道："反了，反了，快给我打，狠狠打！"那些家丁们的棍棒一齐朝"大将军"招呼过来。"大将军"一抖手中的巨斧，轻轻一个横扫，就见家丁们躺倒一片，手中的棍棒也被震飞到半空中。

家丁们挣扎着爬起来，架起恶少，拖着少女就想逃窜。高经纬喝道："放下少女，饶尔等不死，否则叫尔等死无葬身之地！"说着"大将军"将巨斧劈向家丁们身边的一块石头，只听砰的一声，磨盘大的石头齐刷刷地从中间裂成两半。家丁们吓得"妈呀"一声，扔下少女，抱头鼠窜而去。

兄弟俩从"大将军"的肚子里走出，少女身体本就虚弱，再加上土匪的一番折腾，心力交瘁已然晕了过去。高经纬从操纵室里端来一碗清水，小心地给少女喂了几口，少女呻吟一声醒了过来。她眨动着两只大眼睛，望着身边的两个陌生男子，问道："是你们救了我吗？"高经纬答道："区区小事，不足挂齿。"少女又问道："你们都是什么人？为何会在这里？"高经纬道："我是在龙泉寺避难的读书人，他是寺里的俗家弟子，寺院被土匪强占，我们只能四处躲避。姑娘情况若何？可肯告之一二？"少女目光一亮，忙问道："你们一个叫高经纬，一个叫至善，可对？"兄弟俩惊诧莫名，一头雾水道："姑娘怎么知道我们？"少女坐起身来，激动地说道："谢天谢地，总算找到你们了。"说罢，忍不住轻声抽泣起来，大滴大滴的泪水就像断了线的珍珠，从少女的眼睛里不停滚落，霎时将地面打湿了一片。

兄弟俩默默地站在一边，一时束手无策，不知如何是好。少女终于停止了哭泣，抬起头来对高经纬道："大哥，有吃的吗？我已两天多没吃东西了。"高经纬当即从操纵室里取回一袋糕饼，递到少女的手中,少女迫不及待地吃了起来。兄弟俩背靠背地站在土路的中间,警惕地监视着周围的风吹草动。少女吃过东西,身体马上有了力气,她走到兄弟俩的身边,想告诉他们有关自己的情况。高经纬道:"姑娘,这里很危险,敌人随时可能出现,不如你跟我们去驾驶舱里,那里比较安全,你看可好?"少女回答道:"都听大哥的。"

在兄弟俩的搀扶下,少女和他们一起进入了操纵室。"大将军"迈着坚实的步伐,走到了巨石的后面,兄弟俩端着弩,从各自的窗口向外瞭望。

少女用凄婉的声音给兄弟俩讲述了自己的身世和经历,她讲道:"小女子叫霍玉婵,祖上因逃荒,举家从山东蓬莱迁至这里,住在距此不到十里的顾家屯。到这一代只剩下父亲、姐姐与我三人相依为命。本来靠着几亩薄田,再加上父亲采点草药人参,一家人倒也过得衣食无忧。谁知近来匪患盛行,百姓们频遭烧杀抢掠,度日如年,我们父女也深受其害。

"今年二月间,姐姐被一伙土匪抢走,至今杳无音信,当时我刚好和爹爹在山中采药,才躲过一劫。

"也就在那天,我和父亲在一处山坳里发现了身受重伤、奄奄一息的普惠长老。父亲当即将普惠长老背回家中,在我们父女俩的精心照料下,"加上草药、人参的功效"。普惠长老的伤势好不容易有了转机。谁承想邻居赶来通风报信,说顾家少爷,就是你们见到的那个坏蛋,要来我家抓普惠长老。原来顾家少爷的叔叔就是强占龙泉寺的土匪大王,他接到叔叔的密报,让他追那龙泉寺逃脱的僧人,这天他听到风声,正要来我家拿人。我和爹爹连夜将普惠长老转移到一个秘密的山洞里。普惠长老经不起挪动,第二天凌晨伤势恶化,高烧不止。爹爹潜回家中去取草药,被顾少爷发现逮回府中,用尽了种种酷刑,想逼他说出普惠长老的下落,可爹爹咬紧牙关坚决不说,最终被他们活活打死。我在山洞中左等右等不见爹爹回来,无奈之下只好偷偷回到家中,从邻居那里知道了爹爹的死讯,我拿了点草药马上返回山洞。

"普惠长老生命已然垂危,他给我描述了你们的情况,并告诉了我地洞的秘密和开启的方法,让我伺机混进寺内,设法找到你们并带到他的面前,他有重要的事情要交代给你们。我遵照普惠长老的嘱托,来到龙泉寺。想不到寺里戒备森严,我在周围转了两天两夜,也找不到进入寺内的机会。今天我正想返回山洞吃点东西,路上就碰到了这帮坏蛋,以后的事情你们都看到了。"

高至善一跺脚道:"早知如此,就不该放过那帮家伙。"高经纬咬牙切齿道:"他们一个也休想跑掉。"接着又对少女道:"事不宜迟,我们现在就去接普惠长老,你看行吗?"少女沉吟道:"就我们三人,万一遇见他们……不如夜里行动稳妥些。"高经纬一挥"大将军"手中的巨斧道:"姑娘不必多虑,眼下我们已今非昔比,我们正在一步步地向敌人讨还血债,你就等着瞧吧。"

有了上次"大将军"受损的经历,为了应对再有此类事情发生,也好及时对其修复,高经纬特地在驾驶舱里安置了一只工具箱。此时,他便利用这些工具,伐下一株碗口粗的红松,为少女赶制出一把坐椅,固定在驾驶舱的前面。待少女在椅子上坐定,又打开她面前的可视窗口,然后兄弟俩各就各位,在少女的指引下,朝普惠长老的藏身之所挺进。

少女看到窗外的景物一闪而过,自己好似腾云驾雾一般,这让她感到既神奇,又不可思议,就像进入了梦幻世界。

七　临圆寂普惠收徒　报仇雠恶少伏诛

普惠长老藏身的山洞在半山腰一处极不容易被发现的地方，"大将军"蹒跚着脚步，艰难地停在了一株枯死的小树旁。一行三人走出操纵室，正午的阳光格外强烈，晃得他们有些睁不开眼睛。少女走上前，毫不费力地连根带泥拔起了小树，露出一个勉强能爬进一个人的洞口，她率先爬了进去，兄弟俩也相跟着来到了洞中。

在他们头顶靠近洞口的石壁上，有一条一尺多长、半指来宽的裂缝，光线投射进来，虽不甚亮，洞里的景物倒也分辨得清清楚楚。这是个不太高，也不太深的山洞，但容纳十来个人也绰绰有余。沿着洞里的石壁用树枝和蒿草铺着三张地铺，其中一张有被褥的地铺上静静地躺着一个人，他的头前放着水罐、水碗和一些点心，不用说，这个人肯定是普惠长老。

兄弟俩不等少女发话，早已扑了上去，一人一声"师父"才一出口，已是泪如雨下，泣不成声。

少女走上前去，凑近普惠长老的耳边柔声喊道："长老快醒一醒，他们来了。"此时的普惠长老已处于弥留之际，只是一心想见到兄弟俩，口中的一道真气始终提着，不肯咽下。听到少女的喊声，他精神一振，睁开眼来看到兄弟二人，也不知从哪里来的力气，让他一下子坐了起来。

他爱怜地摸着高经纬和高至善的头，说道："傻孩子，别难过，我有话对你们说。"又一指少女道："你也过来。"然后继续说道："你们都听好了,从现在开始,你们三个人就是我的正式弟子,我把全部的武功心得都传授给你们。"说着从怀中掏出两包东西。打开第一包是一本武功秘籍,普惠长老将它交给高经纬道:"这上面凝聚着我一生的心血,至善曾跟我练过一些,苦不太深,入门的功夫可找他切磋,剩下深奥的,等你参详透了,再教给师弟师妹。你肩负着传承龙泉派武功一脉和代师授艺的双重任务,希望你不要辜负我。"高经纬跪叩道:"弟子谨遵师父的教诲,敢不尽心竭力,虽肝脑涂地亦在所不惜。"普惠长老点点头,颇感欣慰地说道:"不用这样,为师相信你就是了。"他接着打开第二包,里面露出三棵有如三朝未满的婴儿状的人参和一块写满字迹的黄色软缎。

少女眼前一亮,对普惠长老道:"师父有这么好的人参,为什么不早点拿出来?吃了它您的病会好的。"兄弟俩一听,抢过人参就要往普惠长老的嘴里送。普惠长老大怒道:"都给我放下,你们好大的胆子,不经我的允许,就敢擅自拿我的东西,你们的眼里还有师父吗?"三人登时傻了眼,不约而同跪了下去,颤声道:"弟子们错了,请师父责罚。"

普惠长老有些不忍道:"唉,都起来吧,我岂能不知你们是为师父好?但你们险些误了我的大事,你们根本不清楚它的价值,这是为师穷尽毕生精力才寻找到的希望之所在。至善知道,我本少林僧人,十二年前因救一个被仇家栽赃陷害的风尘异人,一连杀了八个贪官,我也因此得到了一个珍贵的秘方,这块缎子上记载的便是。后来少林方丈为了开脱我,假意将我逐出师门。我表面上是为避祸,实则是为了寻找秘方上的东西,才来到关东这苦寒之地。东北人常讲,关东有三宝,一说人参、貂皮、鹿茸;一说人参、貂皮、乌拉草。据秘方上记载,正确的说法应该是关东有四宝,人参、貂皮加鹿茸,外带乌拉草。如将这四种东西弄全,再按秘方上的方法炮制,练武的人一旦吃了，就会得到意想不到的结果。四种东西关键在人参，起码要在百年以上，千年以上的效果尤佳。经过不懈的寻找，也是机缘巧合，总算被我找到了这三棵千年老参，在我的心目中，它们远比我的性命更重要。本来我想慢慢物色三个徒弟，再将人参炮制好给他们吃下，尔后逐步加以调教，将来光大我们的武功门派，怎奈寺院遭逢大难，我也身陷不测。经纬青年美质，天分极高，况且又是读书人，是我看好的第一个徒弟人选，我把这个想法曾告诉过普济方丈，他也很赞成，当然至善和玉婵也都是我选中的好徒弟。"普惠长老说罢，将人参和秘方一并交到高经纬的手中，然后盘上双腿，两手合十道："上天待我不薄，让我终有所托，后继有人，我好开心，好快活，哈，哈……"笑声未止，普惠长老已闭上了眼睛。

高经纬试了一下他的鼻息，对高至善和霍玉婵道："师父他老人家已然圆寂。"三人注视着普惠长老的遗容，想着他临终前的殷殷嘱托，内心不禁一阵大恸。

责任感让高经纬很快冷静下来，他想现在还不是伤心的时候，还有多少事情等待着他们去做，特别是穷凶极恶的土匪随时都有可能向他们发动突然袭击。想到这里，他将普惠长老交给他的两包东西放入怀中，对高至善和霍玉婵道："咱们都振作起来，趁顾家屯的敌人尚不一定有准备，狠狠地敲他一下，给师父和师妹的父亲报仇。"

他们恭恭敬敬地给普惠长老遗体磕了头，然后走出山洞，霍玉婵用小树堵住了洞口。三人默默地站了一会儿，高经纬一挥手臂道："出发。"

在霍玉婵的指点下，"大将军"风驰电掣地向着顾家屯逼近，路上扬起一股滚滚烟尘。偶尔碰到一两个过路的行人，不是躲过一边，就是在一旁驻足观看。

有两个家丁模样的人，骑着马从村子里扬鞭驰来，迎面见到"大将军",迟疑了一下,转身就往回跑。霍玉婵告诉兄弟俩,他们都是顾家的打手。高经纬一听怒不可遏,追上前去就是一板斧,当即将一个家丁劈于马下。另一家丁见势不妙,照着马后狠抽一鞭,正想落荒而逃,"大将军"板斧已然顺势砍下。家丁但觉脑后生风,身子向下一伏,"大将军"板斧走空。随即板斧一招斜劈,家丁再想躲,势比登天,连人带马被劈成四半。

有些在外面活动的村民见了这般光景,纷纷溜回家中紧闭大门,有些胆子大的,隔着门缝偷偷向外张望。

顾家少爷的府邸,在这深山村落里果然不同凡响。四进的院落里,一色青砖到顶的瓦房鳞次栉比,六尺多高的围墙显示着宅第的戒备森严。府门前两只半蹲半卧的汉白玉狮子,远远望去威风凛凛,六丈多高的旗杆顶端一面黑色大旗迎风招展,上面斗大的"顾"字在阳光下格外醒目。

霍玉婵告诉兄弟俩,顾家在这里独霸一方,横行乡里,强取豪夺,私设公堂,无恶不作。十里八乡的村民饱受欺凌,敢怒而不敢言,先后有数十户村民因不堪忍受顾家的荼毒,而逃亡他乡。

面对着土匪的巢穴,兄弟俩的眼中仿佛要喷出火来,"大将军"狂奔几步来到旗杆跟前,一亮手中的巨斧直劈旗杆,旗杆晃了晃齐根倒下。"大将军"正待去劈大门,只听门里一声令下,"哐"的一声,大门打开,里面跑出三十多个土匪,高举兵刃冲向"大将军"。这下"大将军"有了用武之地,它横过巨斧正面一推,左右一挡,土匪被逼退三四步,趁土匪立脚未稳,它又抡起巨斧朝着土匪密集处,一阵暴风骤雨似的猛劈猛砍,土匪挡者披靡,只被杀得血肉横飞,人头翻滚,三十几个土匪无一幸免。

就在"大将军"奋展神威之时,高至善瞧见顾少爷躲在门后探身向外观望,他拿起连弩对着恶少就是一箭,恶少终于恶贯满盈死在箭下。"大将军"踏着血泊,将大门连同上面的砖瓦尽情劈落,整个顾府大门顷刻间已不复存在。"大将军"在霍玉婵的点拨下,向牢房走去,但凡有挡路和不顺眼的地方就是一顿猛砸,"大将军"所过之处一片狼藉。

牢房里关着十多个五花大绑的村民,每个人都被打得体无完肤,遍体鳞伤。霍玉婵走下去将他们一一开释,并告诉他们顾家土匪已全军覆没,引来他们一阵欢呼。有两个伤重的,霍玉婵托付人将其护送回家。她还让这些人捎话给所有的村民,叫他们立即到顾家大院分财物。

接着三人找到粮仓,将两袋大米搬进操纵室,又从伙房中搬来四坛咸菜和四盏油灯。就在此时,得到消息的村民陆续走进顾家大院,他们见到自己喜欢的东西随手就拿。顾家的内眷和家人原本都躲藏在各自的房间里,见状赶紧出来制止,但他们一看到"大将军"的身影,立刻吓得缩了回去。

村民们越聚越多,大有兵来如山倒之势,顾家的人已丝毫奈何不得他们,"大将军"这才缓缓地撤离了顾家大院。霍玉婵又回家取来个包裹,"大将军"于是甩开大步,扬长而去。

暮色苍茫中,"大将军"回到了地道的出口。兄弟俩把豁口用石块堵好,然后操纵"大将军"进入怪兽室。

霍玉婵瞪大了眼睛,看着兄弟俩井然有序地开启和关闭一扇扇石门,不时地提些问题,高经纬一一予以解答。

兄弟俩将粮食和咸菜全部搬出"大将军",霍玉婵也把包裹背在身上。高经纬将两盏油灯交给霍玉婵,自己则与高至善每人都提起一袋大米和一坛咸菜,霍玉婵也要抱一坛,被兄弟俩制止。高经纬道:"师妹的任务是尽快熟悉环境,剩下的两坛咸菜以后再说。"高经纬一边指挥霍玉婵怎样走,一边给她讲解所经过的地方,很快他们返回了精舍。

兄弟俩放下手里的东西，马上着手做饭，霍玉婵也想插手，遭兄弟俩断然拒绝，高经纬还强迫她上炕休息。他们用新弄回的米焖了一锅米饭，米是正宗的朝鲜稻米，闻起来香气扑鼻，吃在嘴里黏软可口，三人有生以来第一次吃到这样好的米饭。他们又打开一坛咸菜，里面竟然是朝鲜泡菜，此泡菜色香味俱佳，堪称咸菜中之上品，好饭好菜，让他们觉得自己像是在过年。

吃过饭后，高经纬将精舍里的情况详细地介绍给了霍玉婵，包括出入方法，并指明这里从今天起就成为她以后的住处，然后与高至善各拿起一套被褥，提起油灯前往龙泉别院。

在龙泉别院，他们挑了一间紧靠饭堂的卧室作为安身之所，草草打扫了一下，将被褥放在了临近门窗的两张床上。按照惯例他们先去浴室泡了澡，回来温习了一会儿功课，然后两人上床就寝。

高经纬听到高至善发出轻微的鼾声，确定他已入睡，便一个人悄悄起身，带上油灯走出卧室。他轻擦了一下打火石将油灯点燃，接着就向见日厅走去。在见日厅，他取出一张普通连弩，并给它装满了弩箭，然后拿起它，直奔老人潭。像上次一样，高经纬将油灯挑亮，将其放在老人潭与老人河之间的高岗上，尔后俯卧在暗处，端起连弩静等老人鱼的出现。已经是下半夜了，阵阵困意向他袭来，让他有些睁不开眼睛。就在他即将昏昏睡去的一刹那，忽然传来哗啦一声水响，他顿时清醒了不少，就见一条老人鱼正朝岸边爬来。他不敢怠慢，一个疾射正中老人鱼的头部，他提起还在挣扎的老人鱼，一路小跑来到精舍。

精舍的门没有关，脚步声惊醒了酣睡中的霍玉婵。她蜷缩在被窝里，有些害怕地问道："是谁？出了什么事？"高经纬气喘吁吁地答道："师妹，我是师兄，别睡了，快点起来。"

不大的工夫，霍玉婵穿好了衣服，精舍里随之亮起了灯光。她对外说道："师兄，进来吧。"就见高经纬一手提灯，一手提着个黄澄澄的东西走了进来。她忙问道："这是什么？"高经纬道："你先替我拿着，什么都别问，一会儿自然就明白了。"他将老人鱼递给霍玉婵，自己则去找刀。

霍玉婵接过手中，掂了掂估计有五斤重，她借着灯光反复打量，对高经纬道："师兄，这东西很像娃娃鱼，但怎么是黄色的，还有胡子？再说我也从未见过这么大个的。"高经纬取过一把刀，说道："这不是娃娃鱼，而是老人鱼，两者相比不仅外观上有区别，而且它啼叫起来很像是老人在咳嗽。"

此时老人鱼已没有了生气，他用刀取出老人鱼的内脏，又用水将老人鱼冲洗干净，然后小心地剖开头部，从脑中取出一颗流光溢彩、鸽卵般大小的红色珠子。

霍玉婵简直被眼前这一幕惊呆了。她神思恍惚地看着高经纬将珠子送入她的口中，又听从他的指示把珠子吞下，但觉咽喉处火辣辣的，一股暖流霎时游遍周身，暖洋洋的舒畅极了。

高经纬将锅里的剩饭铲进盆里，再把锅刷干净，倒入清水，然后将老人鱼放进锅中，接着便生起火来。一个时辰后，高经纬将煮熟的老人鱼用大碗盛出，端到霍玉婵的面前。霍玉婵表示要给兄弟俩留出，高经纬告诉她锅里还有，霍玉婵这才张口吃了起来。她越吃越想吃，不到片刻，一条老人鱼被她全都纳入腹中。高经纬又将锅里的汤全部盛给她，也被她喝得涓滴不剩。高经纬吩咐她在炕上躺好，又拽过被子给她盖上，然后告诉她无论发生什么事情都不用害怕。说完便走出精舍，外面天已放亮。

高经纬伸了个懒腰，朝卧室走去，没走出几步，迎面就见高至善慌里慌张地跑了过来。他一把拉住高经纬说道："原来你在这，可吓死我了。早晨醒来，不见你在房间里，出去四处寻找，又不见你的踪影，我想一定出事了，没料到是虚惊一场。大哥你也是，出去也不跟我说一声。"高经纬道："我以为神不知鬼不觉就能把事情办了，没想到事情远没有我预期的那样顺利。说实话，我是为师妹捕猎老人鱼去了，直到现在才搞定。本来怕惹你伤心，想等事情过去了再跟你讲，既然你有误会，我也就不瞒你了。"高至善忙问道："师姐她怎样了？""吃过后，已然睡下。"高经纬回答道。高至善："我们能为她做些什么？"高经纬道："常过去看看，适当喂她些水喝。"

经过三天的昏睡，霍玉婵也经历了头、身子、四肢又肿又消的过程，到第四天，她才彻底清醒。她告诉兄弟俩自己做了个怪梦，一会儿梦见全身肿胀，一会儿又梦见身处云端，还梦见兄弟俩给她喂水，再就是想动动不了，想喊喊不出，诡异极了。

兄弟俩忙着扶她起身，又将饭菜摆在她面前，她也顾不得谦让，就像几辈子没吃过东西似的，大吃特吃起来，面前的饭菜被她风卷残云般地吃得罄净。她似乎仍有些意犹未尽，兄弟俩含笑看着她，并摇手表示不能再吃了，这才作罢。她站起身来，感到自己从头到脚都充满了活力。

高经纬让她试着提了一下米袋，没想到二百多斤的米袋，她提起来又举过头顶，就像摆弄小孩玩具似的轻松自如。她怀疑这一切是否是真的，于是使劲掐了一下自己的手臂，疼得她差点蹦起来，这才意识到自己并非在梦中。

她将疑惑的目光投向高经纬，问道："师兄，你能告诉我这究竟是怎么一回事吗？"高经纬让她坐下来，将最近一段时期，寺里发生的和兄弟俩经历的所有事情，原原本本地叙述给她听，包括方丈大师的遗嘱和老人鱼的奇特功效，霍玉婵这才恍然大悟。

接下来兄弟俩带她参观了拨云堡、见日厅、龙泉别院、温泉浴室、老人潭、老人河及瞭望孔，就连通向牢房的秘道也没忘介绍给她。

不久霍玉婵就学会了使用连弩，并能熟练驾驭"大将军"，闲暇时间辄与兄弟俩一道习文练武。

这天上午，霍玉婵练了一会儿开弓放箭，觉得有些乏味，决定一个人去秘道看看。她顺利地打开了洞口，又用火石点亮了油灯，沿石阶而下，很快到了秘道之中。她将油灯高举过顶，发现秘道异常平整，显系人工开凿而成。过去在她眼里像这样的工程，一定会耗费大量的人力物力，工程的繁浩和艰巨必是常人难以想象的。但自从她吃了老人鱼之后，龙泉别院库房里那些原本沉重的工具，在她的手里却变得比鸿毛还轻。她曾用巨斧对拨云堡一处石壁信手一劈，轻而易举就劈下一块斗笠大小的石块。以她和兄弟俩目前的功力而言，要开凿一条这样的秘道绝非一件难事。

她一路查看过去，走出大概四十步远，看到左侧石壁的下部有一道凹槽，刚好能容下两只手。她把手指伸进去向上一提，一扇石门被她提了上去，露出一人高的洞口，里面又是一个人工开辟的秘道。霍玉婵向前走去，约莫走了三百步，到了秘道的尽头。她在迎面的石壁上几经寻找之后，又在下部找到了一道凹槽，很显然这又是一道石门。霍玉婵提起石门后，进入了下一段秘道之中。前面十多步远是一个十字路口，她决定选中间的路去碰碰运气。走出四十多步，便是一排石阶，拾级而上，二十几级后，上面就是洞口。她在两侧石壁上顺利找到了十字和圆圈刻痕，正想去按十字，猛然想到上面十有八九是寺院的某处，这样冒失地打开，万一被土匪发现怎么办？她赶紧缩回手，不由惊出一身冷汗。

她沿原路返回，兄弟俩也正在四处找她。霍玉婵向兄弟俩讲述了自己的新发现，高经纬听后分析道："洞口上面是寺院这一点没错，师妹没有打开洞口做得很对，否则贸然打开，一旦与敌人遭遇，后果不堪设想。"他思索了片刻,又道:"夜里天黑便于行动,尤其后半夜,土匪人困马乏更容易放松警惕,那么我们就选择下半夜出去一探究竟。先把武器准备好,然后回去做饭,饭后马上睡觉,半夜在精舍外会合。"

八 出奇兵兄妹奋勇 受重创土匪惊魂

午夜时分，精舍外三人整装待发。霍玉婵第一次像兄弟俩那样身挂腰刀、手持连弩参加行动，显得既兴奋又紧张。高经纬高举油灯走在最前，时间不长，他们就来到了霍玉婵所说的洞口下。

高经纬找到了十字，将油灯吹灭放在地上，一手紧握腰刀，一手按动十字。高至善和霍玉婵则端起连弩对准洞口。洞口慢慢打开，外面一团漆黑。高经纬首先走了出去，用手四处摸了摸，感觉周围都是墙壁，似乎空间很小，赶忙回到洞中，拿起油灯，用火石点燃，然后三人相继来到洞外。

外面的空间的确不大，很像是一个圆形碉堡，而且墙壁凹凸不平，一处墙壁的下方还有一扇小门，低着头可以容一人通过，内部则用石闩插着。高经纬示意仍由自己先出去，高至善和霍玉婵待在里面等他的消息。待到高至善和霍玉婵都已举起连弩,高经纬遂拔下石闩，再次将灯熄灭放在地上，然后一挺腰刀，推开小门走出洞口。

透过不甚明亮的光线，高经纬一眼就认出这是正殿，而洞口就在释迦牟尼佛像的内部。他回头招了招手，高至善和霍玉婵也跟了出来。

高经纬伏低身子，从两尊佛像的间隙中张眼望去。看到殿门两侧分别站着一个身披盔甲手持长枪的土匪，其中一个有点犯困，不停地揉着眼睛；另一个一动不动站在那里。佛前供案上点着两支小儿胳臂粗的蜡烛，蜡烛的火焰伴随着若有若无的气流有些吞吐不定,使得整座大殿里的光线变得忽明忽暗。稍远地方的景物虽然略显模糊,但仔细看去倒也依稀可见。大殿两侧各有一张双人木床,床帏低垂,里面不时传出粗重的打鼾声,从床前脱下的两双鞋子推断,每张床上都睡着两个人。

  就在此时,高至善用手触了触高经纬,高经纬转过身子,顺着高至善手指的方向看去,就见不远处,贴着大殿的后墙一溜摆放着四只箱子。近前观察,每只箱子都用牛皮覆面,铁皮镶边,并且皆上着锁。高经纬用手轻轻一扭,将锁扭开,掀起箱盖朝里看去,竟是满满一箱珠宝,其他三箱依次装着白银、黄金和绫罗绸缎缝制的四季服装。高经纬让霍玉婵监视敌人,自己和高至善则用外衣蚂蚁搬家似的将四箱物品依次搬进秘道之中。搬完后,兄弟俩又箱里箱外仔细查看了一遍,确定没有遗漏后,把箱子盖好,又尽量将锁复原。尔后三人返回秘道之中,高经纬断后,先将佛像的小门关紧再插上石闩,后将地洞的门合上。

  三人从正殿的出口到龙泉别院,经过二十多次往返,才将四箱子物品全部搬到龙泉别院。时间已是第二天的黎明,再看三人的外衣已是破烂不堪。吃过饭后,他们轮班到浴室洗了澡,接着到龙泉别院挑选适合自己的衣服换上,三人从里到外焕然一新,这让他们感到前所未有的舒适和惬意。

  当天夜里,三人全副武装,霍玉婵还特意背上箭筒,通过秘道来到了正殿里。情形同前一天差不多,四个箱子一如往日摆放在原来的位置,看光景土匪并未察觉。

  按照高经纬事先的部署,霍玉婵负责监视东西两侧睡在木床上的四个家伙,兄弟俩负责干掉大门两侧站岗的土匪。他们同时举起弩,高经纬头一点,两支弩箭直奔两个站岗土匪的面门。土匪做梦也想不到,敌人会从天而降,神出鬼没地出现在大殿里,两个家伙尚在浑浑噩噩中，便被兄弟俩送进了鬼门关。

两声沉闷的倒地声惊醒了床上的土匪，只见东边床上跃起一个人影，顺势钻到了床下；西边床上一个人影，身披棉被直扑供案。没等三人反应过来，供案上的两支蜡烛已被来人扑灭。

霍玉婵手里的弩始终瞄着来人，见状一弩箭射过去，就听一声女人惨叫，应声倒地，扑腾了几下，便再也没有了动静。霍玉婵见自己射死一个女人，心神大乱，她僵在了那里，不知如何是好，嘴里一个劲地自语道："我杀死了一个女人，这可怎么办？"

就在此刻，一股刀风向霍玉婵兜头袭来。高经纬从旁早有防备，左手拽过霍玉婵，右手横刀一挡，只听"当啷"一声，火星四溅，土匪的刀拿捏不住，被震飞到半空中。高至善借着火星的光亮，捕捉到土匪的位置，顺势一箭，土匪当即毙命。

三人刚要向东边搜索，就听院子里有土匪大叫大嚷道："敌人在正殿里，弟兄们，赶紧给我围住，别让他们跑了，杀死一个敌人，赏银千两。"喊声未绝，从东西两个偏殿里一下子跑出二十来个土匪，将正殿团团围住。

兄妹三人靠近东边木床，高经纬低声喝道："赶紧出来，我们早就看见你了，不然可要放箭了。"就听床下窸窣作响，一个女人颤抖着声音道："别放箭，我马上就出来。"等到她爬出来，兄弟俩立即认出她就是伙房中那个女监工。她也认出了兄弟俩，忙不迭地说道："两位大爷，我可什么坏事也没干，天地良心。"霍玉婵道："那你在这干什么？"女监工道："我能干什么？还不是陪大爷们睡觉，我要是不来，说不定哪个姐妹就要遭殃。"霍玉婵听了这话，只羞得满脸通红，半晌说不出话来。

高经纬接着问道："你陪的男人是谁？睡在那张床上的又是何许人也？"女监工回答道："跟我睡在一起的男人是这里的军师，叫魏进财；那边的男人是这里的大王，叫顾孔方，陪他睡觉的女人是他的姘头，叫叶里香。"高经纬随即用刀在床上划了划，见上面没人又问道："魏进财去了哪里？"女监工道："乘乱跑出去了，适才在外边喊话的就是他。"

正说着，门外有数道白光晃动着正向大殿这边推进，高经纬看出那是手拿兵刃的土匪。他碰了碰高至善和霍玉婵，兄妹三人同时端起连弩，对着门口就是两轮点射，门口随之响起四五声惨叫。没被射中的土匪转身就往回跑，一边跑一边喊道："敌人弓箭厉害，快用盾牌。"

兄妹三人正想乘胜追击，女监工不知哪来的勇气，朝着门外就跑。还没等她跑出门去，就见地面闪过两道白光，女监工一声"啊"字刚出口，身体已被斩成三截。原来有两个身中弩箭，但未致命的土匪，看见人影飞奔而来，以为是敌人，这才奋力一击，没想到给女监工送了终。

兄妹三人勃然大怒，对着门口地面就是一番猛射。兄弟俩还不放心，走上前去，用刀对着地面又是一阵乱剁。霍玉婵趁机将射出的弩箭尽量收回，放进箭筒。

就在这一刻，外面的土匪已经亮起了火把。兄妹三人看见，一人高的铁皮盾牌像一堵墙矗立在正殿前，土匪们龟缩在盾牌后，好像正在策划着什么阴谋。兄妹三人预感到事情不妙，迅速撤到佛像背后。与此同时土匪们一声呐喊，十几支火把纷纷投向正殿之中。在明亮的火光里，兄妹三人瞅见大殿门口躺着七八具尸体，已变得支离破碎，血肉模糊，禁不住一阵恶心。

高经纬低声道："我们走。"三人当即回到秘道中。为防不测，高经纬按下了洞口的圆圈。三人又将弩匣里的箭填满。高至善一边从霍玉婵的手里接过弩箭，一边道："还是师姐想得周全，及时收回了这里的弩箭，不然回头我们又要跑冤枉路了。"

随后他们来到十字路口，高经纬指着左右两边秘道，说道："这两条肯定通向两个偏殿，我们从左边的偏殿出去，绕到土匪的背后，打他个措手不及。"

秘道的出口与正殿极其相似，也是开在佛像之中。三人走出佛像，发现偏殿里空无一人，偌大的房间里靠南、北两墙共搭着十多张地铺。佛像前后堆满了酒坛，房间的正中有两张八仙桌，每张桌子中间都有一个红铜的火锅。火锅中汤汁翻滚，香气四溢，火锅烟囱里炭火噼啪作响，轻烟袅袅，火锅四周摆满了丰盛的菜肴。桌子旁边零乱地放着十多把椅子，供案上十多支巨烛把房间里照得如同白昼。高经纬拿起一壶凉水，对着巨烛泼去，偏殿里顿时一片漆黑。

兄妹三人隐在门后向外望去。十几个土匪躲在盾牌后，除两个从盾牌的小孔中监视着正殿外，其余的都在往箭头上绑着什么。高经纬思忖道："如果我和土匪们易地而处，为了避免人员伤亡，首先我不会采取强攻，其次我不会让敌人溜掉，那么我只有牢牢地守住门口，这样一来既耗时又耗力。为了让自己占据主动，就要先发制人，使用火攻倒不失为一个好办法。对，土匪一定是要用火攻，那他们往箭上绑的东西就是硫黄、松明等易燃物。绝不能让大殿毁于一旦，必须马上阻止他们。"

高经纬对高至善和霍玉婵道："我们把前面的土匪分成三份，左边的一份归至善，中间的一份归玉婵，右边的一份归我，现在就打发他们回老家。"兄妹三人各自选好位置，然后卧倒、端弩、瞄准、放箭，一气呵成。第一轮过后，三个土匪倒地身亡，第二轮又有三个土匪丧命，在间不容发之际三轮已过，共有九个土匪成了箭下之鬼，余下的土匪，齐向右偏殿逃去，奔逃中又有三个土匪被弩箭追上，成了名副其实的僵尸。逃进右偏殿的土匪，立即熄灭了屋里所有的蜡烛，从右偏殿又传来关门上闩的声音。

兄妹三人重新回到秘道之中，佛像和地洞口也恢复了原貌。他们又来到右偏殿的地洞口，打开后，兄妹三人进入佛像的内部，缓缓地取下门闩，再轻轻地拉开佛像上的小门。

就听见北边的角落里有土匪在窃窃私语，一个土匪道："这一带山头无数，什么山不能占，偏要占佛门寺院；什么人不好得罪，非要得罪神佛，我看大王简直昏了头。"另一土匪道："依俺看大王不是昏了头，是叫死催的。这下好，不但自己送了命，还连累一百多弟兄跟他一起下了黄泉，真是报应不爽啊。"又一土匪道："军师也不是好东西，倘若不是他从中挑唆，大王也不会鬼迷心窍到这般田地。"一个沙哑的声音道："现在说什么都晚了，还是多替自己想想辙吧，我早听说军师要和仙人帮联手，这回没准他要带咱们去投靠仙人帮。""要去，你们去，俺再也不给他卖命了，假如能逃过眼前这一劫，俺他娘的就去后院抢上两个美貌的小妞，躲到深山老林里打猎种地生孩子。""我没你那么贪心，能抢到一个中意的，也就心满意足了。""咱早就相中了一个，和她已几度春宵，每次都令咱销魂，你们可不要打她的主意。""你们尽管去挑去选，剩下的都归我，我是来者不拒，多多益善。""真够意思。""真仗义。""够哥们。"

兄妹三人根据土匪的对答，大致确定了他们的方位。三人耳语了一下，各自锁定了目标。两轮速射之后，三个土匪没有了声息。一个土匪"妈呀"一声怪叫，直奔大门，正要去拉门闩，兄妹三人的弩箭已飞驰而至，立刻将土匪钉死在房门之上。

兄妹三人吸取了在正殿中的教训，小心翼翼地走近三个毫无声息的土匪，高经纬怕他们没有死透，用刀斩下了他们的首级。

三人挪开房门上的土匪尸体，正要去开大门，就听院子里响起一阵马蹄声。兄妹三人推开大门，悄悄来到门外，就见寺门大开，十几个人骑着高头大马，伴随着女人的惊呼，朝山下绝尘而去。

兄妹三人又走回右偏殿，见供案前也有两张八仙桌，桌上也有两个炭火正红的火锅。兄弟俩把弩背上，一人端起一个火锅就向秘道里走去。霍玉婵也不怠慢，将四盘菜肴摞成一摞，抱在胸前，尾随兄弟俩走进秘道，并顺手关上了小门和洞口，只是腾不出双手使用火石，只好提着未点燃的油灯。炭火的光亮虽然不大，但就是这点微光也足以让三人看清秘道里的情景。

三人来到十字路口，兄弟俩放下手中的火锅，接过霍玉婵手里的油灯并用打火石点燃，霍玉婵也将一摞菜肴靠墙放好。

三人重新回到右偏殿里，将所有菜肴捡拾一空，全部搬进秘道之中。然后三人再度来到左偏殿内，如法炮制，将两个火锅和所有菜肴几次搬运，全都搬进秘道里。

霍玉婵还找到一只口袋，装了满满一袋木炭，兄弟俩每人又提了两坛白酒，也都带回秘道里。接下来三人经数次往返，将秘道里所有物品搬回精舍之中。

拨云堡外依然夜色浓重漆黑无光，估计再过一个时辰，天才能放亮。兄妹三个都有些饥饿难耐，四个火锅里的木炭已经燃尽，霍玉婵挑出一个火锅，很快将木炭填满点燃，火锅里的汤汁又翻滚起来，精舍里飘散着诱人的香气。兄弟俩拣喜欢的菜肴摆满了一桌，高经纬又给每个人倒了少许白酒，霍玉婵和高至善则不停地把菜肴往火锅里夹。高经纬举起酒碗说道："师妹、师弟，土匪们大势已去，龙泉寺已经回到了我们手中。来，让我们共同举杯，庆祝这一时刻的到来。"三个人端起酒碗，每人都咂了一小口，也许是初次喝酒的缘故，三人顿时从脖子红到耳根。高经纬满脸放着红光，道："这顿饭我们要多吃菜，少喝酒，待会儿，大家还要到上面打扫战场，等晚上闲下来，我再陪你们喝个一醉方休。"

吃过饭，稍事休息，兄妹三人便带上兵器，精神抖擞地向着秘道进发。

三人从左偏殿的秘道口出来。外面的天已大亮，偏殿里的情形看得一清二楚，十多张地铺上除了被褥外，有的上面还堆着崭新的盔甲。他们将被褥和盔甲集中起来，全部送回秘道之中。

由左偏殿出来，兄妹三人瞧见正殿门口、右偏殿门口还有盾牌后面，土匪尸体横躺竖卧，寺院大门向内敞开，两个箭塔门都虚掩着。三人关闭寺门，并上好闩，然后登上左侧箭塔。塔顶空无一人，只有东、南、西、北四个窗孔旁挂着四张强弓和八个箭筒，再有就是地板上堆着几百支羽箭。右侧箭塔与此如出一辙。

三人经过月亮门，来到后院，后院里冷清极了，找不到一个人影。前一排僧房成了饲养场，第一间里关着两头黄牛，第二间里关着六口黑猪，第三间里关着十八只山羊，第四间里关着三十多只家鸡，第五间里放着各种饲料。几间客房的床上零乱地摊着崭新的被褥，桌子上摆着铜镜和各类首饰，一看便知是女人的住处。伙房里挂着两扇牛肉、四扇猪肉、八扇羊肉，还有三十多只白条鸡，案板上摆满了洗好的蔬菜。斋房成了仓库，里面堆满了大米、白面、豆油还有十二筐鸡蛋。

土匪对牢房进行了精心的布置，房门外，土匪吊起了一个碌碡，只要有人从里开门，碌碡就会落下将他砸得脑浆迸裂。兄妹三人拆除了碌碡，推开房门，三人愣在了当地，只见地面上到处都是钉板和铁蒺藜，黑暗中谁要不留神一脚踏上去，后果不堪设想。高经纬寻思道："那天我和至善逃离了牢房，土匪们一定怀疑牢房里有暗道，但一时又寻找不出，或许他们以为我们每次行动，都是从这里出入，这才设下如此毒计，专候我们上钩。"三人立即动手，将钉板和铁蒺藜清除掉。

剩下的时间里，霍玉婵登上箭塔站岗放哨。兄弟俩先确认了一下死去土匪的身份，其中包括土匪大王顾孔方，却找不到土匪军师魏进财，他肯定是在女人们的掩护下骑马逃了出去。兄弟俩将土匪尸体上的兵刃和盔甲卸除，再把尸体运到寺外一空旷处挖坑掩埋，然后将前院所有的兵器、盔甲、盾牌、蜡烛、油灯、酒坛、被褥和衣物一件不落地送入秘道之中。

接下来，兄弟俩又对后院的东西进行了清理，他们将斋房和伙房里的大米、白面、豆油、鸡蛋、牛肉、猪肉、羊肉、白条鸡和蔬菜统统搬到精舍之中，放不下的就临时放到拨云堡里。接着又将后院各房间里凡能拿的物品也都带进拨云堡内。为防止肉类变质，他们还在各类肉上抹了一层食盐。

时间在兄弟俩忙碌的身影里悄悄流逝，太阳拖着疲惫的脚步正在向地平线靠拢，兄弟俩沐浴着晚霞的余晖去和霍玉婵会合。在箭塔内，霍玉婵告诉兄弟俩未发现任何异常。然后兄妹三人将两个箭塔里的所有弓箭和箭筒都抱进秘道之中。霍玉婵想起动物们还没有喂，三人又回到后院，给所有动物的食槽都加满饲料。然后对秘道洞口是否关好逐一核对，无误后方返回精舍。

晚饭准备得非常丰盛，兄妹三人各尽所能，共做了十二道菜。精舍里点起四支巨烛，一下子变得灯火辉煌，两张炕桌拼在一起，中间摆上火锅，周围是各色菜肴。兄妹三人团团围坐，高经纬给每个人都倒了一小碗酒，然后说道："今天晚上是我们的庆功宴，能取得对敌作战的初步胜利，师弟、师妹劳苦功高，我代表方丈大师、普惠师父谢谢你们。"

想起方丈和师父，三人都忍不住流下泪来。霍玉婵和高至善哽咽道："要论功劳，师兄比我们谁的都大。"高经纬道："快不要这样说，方丈和师父把重任交给我，无论做什么我都责无旁贷，假如没有你们，我将一事无成。在我的心目中，你们比我的同胞手足还亲，甚至胜过我的生命。我和至善已结拜过了，倘若师妹愿意，我们三人再结拜一次，结成异姓亲兄妹，你们以为如何？"高至善道："我举双手赞成。"霍玉婵道："就是不结拜，我也早把你们当成自己的亲兄弟了。"于是三人在精舍中举行了结拜仪式。结束后，兄妹三人开怀畅饮，直至酩酊大醉。

第二天日上三竿了，兄妹三人才清醒过来，头兀自感到隐隐作痛。三人吃了点粥和咸菜，又活动了一会儿，身体已无任何不适。在高经纬的带领下，三人利用上午的时间，将秘道、精舍、拨云堡里的物品分门别类放入龙泉别院。

中午，三人将昨日的剩菜剩饭打扫一空。

下午，三人首先来到箭塔中，四处观察后未见敌人的踪迹，霍玉婵手持连弩仍留在箭塔里做警戒。兄弟俩到后院，先给动物们喂了水和饲料，然后打开四个粮仓，将所有粮食一股脑儿搬到精舍洞口上面，再经精舍将它们运到拨云堡中。做完这些后，兄弟俩又走出精舍，用扫帚将地面上的粮食打扫干净，一直打扫到粮仓，不给外人留下一点精舍的线索。

两人走到前院，叫上霍玉婵，一起将正殿里的四只空箱子搬到后院，比量一下，精舍的洞口刚好能让箱子通过。兄妹三人将箱子都送到龙泉别院，再分别装上金、银、珠宝和原来的高档衣服。回头又把拨云堡里的粮食全部集中到龙泉别院。如果没有上面的牲畜和家禽，兄妹三人已完成了对龙泉寺的坚壁清野。

黄昏时分，外面刮起了大风，只刮得飞沙走石，天昏地暗。兄妹三人正准备去给家畜家禽喂食，就听见远远传来一阵马蹄声，这声音越来越清晰，眨眼间就到了寺门前。接着传来巨大的撞击声和门闩的断裂声，中间还夹杂着犬的狂吠。从接下来的声音判断，一伙人进了三大殿，一伙人朝着后院而来。

兄妹三人哪里还顾得上去喂动物们，旋即返回精舍，装备上武器后，直奔拨云堡的瞭望孔。从瞭望孔望下去，天已完全暗下来，整座寺院一片漆黑。高经纬思索道：来人一定晓得连弩的厉害，是以不敢举灯火。由此观之，来人是敌非友确凿无疑。再有，来者若非敌人，也不会破门而入。联想起土匪曾说过，魏进财要和仙人帮联手，或许他这次去投靠了仙人帮，那么来者极有可能是仙人帮的匪徒。他又想道：魏进财对寺院的情况较为熟悉，他肯定认为牢房中暗藏秘道机关，说不定他还认为三大殿中也有存在秘道的可能，但精舍的洞口是他绝对想不到的，那么我们就从那里出去，偷袭匪徒。

果然如高经纬推测的那样，匪徒包围了这四处地方，其中牢房是他们重点防御的目标。

匪徒这次是有备而来，特地选择了阴天的晚上。为了便于识别敌友，每个匪徒都在脖子上系了条白领带。为了尽快发现敌人，他们还带来几条训练有素的猎犬。

兄妹三人趴在一处角落里，远远地用千里眼观察牢房附近的匪徒。有数十条白领带在那边晃动，马的嘶鸣声、匪徒的咳嗽声与吐痰声清晰可闻。

根据高经纬的提议，兄妹三人都穿上了厚重的盔甲，高至善和霍玉婵尽管挑的是最小号的，仍旧感到有些大，穿在身上虽然不觉得沉重，但又热又闷。

三人刚站起身，预备换个地方再行观察，就见三四个黑影低吼着向他们扑来。高经纬和高至善应变能力很强，拔出腰刀，奋力一劈，两条猎犬登时被劈成两半。霍玉婵稍一迟疑，被两条猎犬一左一右牢牢咬住了小腿。情急之下，她左右开弓，拼命甩开两腿，这两腿力道大得惊人，就见两条猎犬随着两只甲靴早已飞到半空之中。

猎犬的惨号惊动了匪徒，他们将注意力转向了兄妹三人所在的位置。兄妹三人转身就朝精舍方向跑，刚迈出一步，就听霍玉婵轻呼一声险些摔倒。高经纬这才意识到霍玉婵是光着脚板，他当即走上前去，不容霍玉婵拒绝，背起她就跑，高至善紧跟其后。很快他们跑到了精舍的洞口处，回头一看，就见他们原来所在位置，人喊马嘶已被匪徒们团团围住。兄妹三人不敢停留，立刻开启暗门回到精舍之中。

兄妹三人脱去盔甲，换上便装，感觉甬提有多舒服了。

他们带上硬弩重回瞭望孔前。匪徒们终于耐不住黑暗，点起了自带的灯笼、火把，把整座寺院照得一片通明。高经纬根据灯笼、火把的数量推断，此次匪徒们出动的人数至少在二百人以上。就在高经纬陷入沉思谋划对策的时候，霍玉婵一拉高经纬的袖口，高经纬顺着霍玉婵手指的方向看去，就见寺门前的山路上，灯笼、火把不计其数，组成了一条蜿蜒数里的长龙，估计人数超过千人，正朝寺院方向移动。

高经纬道："敌人大举来犯，是想彻底消灭我们，但是却给我们创造了绝好的杀敌良机。我们必须牢牢把握住这一千载难逢的机遇，力求先发制人，充分利用我们在地理和武器上的优势，不给他们喘息的机会，趁他们立足未稳，打垮他们，打烂他们，让敌人以后一提起龙泉寺就胆战心惊，闻风而逃。"

兄妹三人到见日厅搬来三箱弩箭，分别放在自己的瞭望孔前。然后三人从前院开始，对匪徒展开了猛烈的射击。弩箭像漫天的飞蝗，在毫无防备的匪徒身边飞来飞去。匪徒被这突如其来的弩箭射蒙了，他们搞不懂这弩箭来自何方，又不敢贸然进入三个大殿，只能在院子里撞来撞去，成为兄妹三人的活靶子。

霎时匪徒们纷纷坠落马下，死伤大半。个别匪徒见机得快，一拉马缰绳驰出寺院，一边向山下奔去，一边喊道："敌人弓箭厉害，可要了命啦。"

山路上的匪徒见势不好，也往山下奔去。山下的匪徒不明所以，继续朝山上赶来。两股人流碰撞在一起，好多人仿佛下饺子一样被挤进山谷，侥幸没掉下去的，也被践踏得非死即伤。等到山下的人也掉头往回跑的时候，山路上的匪徒已伤亡过半。

后院的匪徒还蒙在鼓里，仍在四处搜寻敌人，直到兄妹三人在前院已找不到活靶子，转而将射击目标移向后院，这里的匪徒才如梦方醒。等到他们灭掉手里的灯笼、火把时，后院又有三成的匪徒倒在血泊之中。

高经纬不无担忧地说道："匪徒们遭此惨重伤亡，一定心有不甘，也许他们会狗急跳墙，我们要特别警惕匪徒纵火。"话音未落，就有两个匪徒在僧房前纵起火来。火光一闪，兄妹三人的弩箭接踵而至，顿时将两个匪徒射落马下。其余匪徒发声喊，纵马向前院聚拢，稍作停留，便在匪首的带领下沿着来路逃窜而去。

兄妹三人生怕匪徒去而复来，始终瞪大眼睛守候在瞭望孔前，直到晨曦初现，东方泛白。

九　攻顾府村民除害　救南泉尼姑重生

兄妹三人抓紧时间洗漱、吃饭，又用一个时辰打了个盹，这才回到瞭望孔。

蓝天白云下，整个寺院就像经历了一场浩劫，寺内寺外随处可见横躺竖卧的尸体。有百十来匹健马散落在寺院周遭的草地上，悠闲地啃食着青草，山上山下目力所及不见一个人影。

兄妹三人明白，要掩埋这么多尸体，耗时耗力不说，倘若匪徒趁虚来攻，他们根本无法应对。如果这些尸体得不到及时处理，必然会腐烂发臭，弄不好就会导致一场瘟疫，后果不堪设想，况且还有那么多马匹也需要给它们找到新主人。

高经纬道："我倒有个主意，就是不知道你们想不想听？"高至善道："大哥，快点讲吧，都急死我了。"霍玉婵道："大哥什么时候学会卖关子了，你再这么着，我可不理你了。"高经纬道："逗逗你们都不让，我说还不行吗？我想这件事必须依靠乡亲们，我们现在就去顾家屯，一是看看他们过得怎样，有没有受到顾家的欺负；二是发动他们前来掩埋尸体，过后再将马匹分给他们。"两人一听齐声赞成道："这样做一举两得，何乐而不为。"

说完，兄妹三人全副武装，赶往怪兽室。一个时辰后，三人操纵着"大将军"出现在通往顾家屯的土路上？

顾家屯一如往昔那样宁静、安谧，只是房前屋后不再有村民活动。路上偶遇几个村民，远远望见"大将军"，立刻躲得无影无踪。

"大将军"迈着阔步来到顾府门前,顾府大门早已修缮一新,也许是里面的人发现了"大将军",顾府大门紧闭,门前空无一人。门前的旗杆重又立了起来,而且比原来还高,杆顶又增添了一个刁斗,其上挂着的一面绣有"顾"字的黑色大旗正在空中迎风飞舞。

"大将军"一晃手中巨斧正要再次砍断旗杆,就听一声锣响,从府内飞出无数砖瓦、石块、火把和石灰,纷纷投向"大将军"。"大将军"掉头就撤,可还是被一些东西砸个正着。有一包石灰还打进了可视窗口,若不是霍玉婵手疾眼快用盾牌将其挡了出去,石灰一旦在操纵室里散开来,后果还真难预料。

"大将军"跑到投掷范围之外站下,霍玉婵通过千里眼观察到有三个家丁扒着院墙正探头向外张望。把情况跟兄弟俩一说,三人当即各占据一个可视窗口,用弩瞄向三个家丁。高经纬一声令下,弩箭射出,三个家丁顿时毙命,墙内一片哗然。

"大将军"缓缓向旗杆挪动,待到近处觑准方位,对着旗杆手起斧落,只听咔嚓一声,就见碗口粗的旗杆顺着风势倒向顾府大门,将顾府大门砸出一个豁口。门后的家丁猝不及防,登时被砸倒了七八个。霍玉婵又伺机一阵猛射,须臾间又有十来个家丁被撂倒。余下的家丁只恨爹娘少生了两条腿,刹那间跑得干干净净。"大将军"走上前去对着残垣断壁就是一顿板斧,再瞧顾府大门早已土崩瓦解,荡然无存。

"大将军"又来到顾府的私牢前,私牢比上次扩大了三倍,由原来的一间变成了现在的三间,里面关满了附近的村民。"大将军"劈开了牢门,一问才知道他们都是上次来顾府拿过东西的。顾府不仅让他们悉数退回所拿的东西,还对他们处以二倍的罚款,交不起罚款的,就让他们典房卖地,或者给顾府做苦役。拒不执行的就关起来,整天严刑拷打,至今已经有近二十个村民被他们活活打死。

高经纬问他们道："作恶的顾府少爷不是死了吗？"村民道："少爷死了，还有大老爷和二老爷，作恶的是他们整个顾家，其实顾家真正主事的是大老爷顾金方。""顾孔方是老几？"高经纬问道。村民回答道："他排行老三，老二叫顾银方。"高经纬道："上次都怨学生思虑不周，才让乡亲们遭受如此苦难，学生这里给乡亲们赔礼了。这次我们一定要除恶务尽，现在大家就回去，通知所有的乡亲们都来顾府，有冤的报冤，有仇的报仇，我们帮大家彻底讨回公道。"

不多时，就见村民们手持叉耙棍棒从四面八方拥进顾府大院。有些目光短浅的村民上来就想抢东西，高经纬摆手制止了他们，说道："乡亲们，请少安毋躁，听学生讲几句肺腑之言。大家先不要忙着分东西，上次大家倒是都分了，结果还不是给人家追了回去，好多人并因此搭上了性命。为什么会这样，大家想过没有？学生以为关键的问题就在于我们没有铲除这罪恶的根源，如果还任由顾家这股恶势力存在，你们分到再多东西又有何用？到头来还不是照样被他们变本加厉地夺回去，所以当务之急就是先要解决这个问题。你们听我的指挥，到各个房间里将顾家上上下下、老老少少，包括家丁仆妇全部集中到院子里来，不能漏掉一个。"

在村民们骂骂咧咧、推推搡搡的动作下，顾家全家连同奴仆上百号人都被驱赶到院子中间。高经纬又让村民们将其中干过坏事的家伙全部指认出来，这包括了顾家的两个老爷、四个管家、二十二个打手和三十五个家丁。高经纬让他们站过一边，并叫村民们找来绳索将他们逐个绑缚起来，剩余的人关进牢房。

接着高经纬让那些受到过迫害的村民去执行恶棍的死刑。没等高经纬下令，怒不可遏的村民早已按捺不住，他们一哄而上，手里的棍棒上下翻飞，六十三个恶棍顷刻间死于非命。有的村民怕这些恶棍没有死彻底将来留有后患，又用铁棒在每个恶棍的天灵盖上奋力击打，直至头颅碎裂脑浆迸出这才作罢。

高经纬随后组织村民选出六个德高望重的当地人做头目，在他们的带领下，除了按高经纬的吩咐给顾家人留够必需的生活品外，将其余的财物全部分光。

有些村民将所得财物送回家中，又重新回到顾府，主动帮兄妹三人捡回所有射出的弩箭，擦拭干净后送至"大将军"腹中。

高经纬又告诉村民头目，顾孔方已被击毙，还让他们发动村民前往龙泉寺帮助掩埋匪徒尸体，并说事后有马匹分给村民。当选的头目们随即组织了一百个身强力壮的村民，携锹带镐外，还扛上从顾府缴获的大批弓箭和兵刃，兴高采烈奔赴龙泉寺。

村民们的确是一支生力军，太阳下山前匪徒的尸体已全部被他们处理掉，有血迹的地方他们还用清水冲洗干净。他们不仅把兄妹三人射出的弩箭全部收回，又将土匪散落的武器集中起来，与顾府搬来的堆在一起。当然他们也没忘将尸体上的钱物纳入自己的囊中，好多村民见尸体的衣服质地好，也不管有无血迹尽数剥下来套在自己的身上。

在村民头目的主持下，每个村民都分到了一匹马，只是有些人嫌自己的马身体不够健壮、毛色不够光鲜而感到愤愤不平，甚至口出怨言。兄妹三人当即将家畜、家禽一并交给头目，让他们对分马时吃了亏的村民给予补偿，力求做到公平和公正。

高经纬还一再叮嘱村民头目，回去后务必和村民们保持联系，加强团结，必要时到龙泉寺寻求帮助。村民们对兄妹三人感恩戴德，千恩万谢，然后在头目的带领下踏上了归途。

兄妹三人站在寺门前，目送着他们离去，他们越走越远，渐渐融入了茫茫的暮色之中。然后兄妹三人用了将近一个时辰，才将堆得像小山似的武器转移到拨云堡中，当然还包括那些弩箭。

这一夜高经纬辗转反侧不能入睡，他从前到后梳理了一遍自己的思路，发觉自己一直在孤军作战，疏忽了与其他寺庙、庵院的联络。远的不说，与龙泉寺同处千山北沟的祖越寺和南泉庵就都是佛门一脉，本该与自己同气连枝，遥相呼应，可是许多天来本寺屡遭土匪洗劫，他们那里却都无动于衷。这表明无非有三种可能，其一，迫于土匪的淫威，但求自保；其二，处于土匪的掌控之下，无力行动；其三，同龙泉寺一样，已遭毒手。高经纬决定明天就去那里一探虚实。

第二天，吃过早饭，高经纬将夜里的想法告诉了霍玉婵和高至善，二人均无异议，于是三人全副武装坐上"大将军"，直奔祖越寺。

祖越寺在龙泉寺的东面，沿土石路向东拐过两座山，就可瞧见距山脚不甚远处，绿树掩映之中有一座颇具规模的寺院。

相传唐初建寺之时恰值连日干旱，溪水断流，土地干涸，每日建寺用水需从数里之外的山下挑运，为此工程受阻，工期一拖再拖。某天一游方僧人路经此地，感念建寺僧人对其施以粥水，无以回报，遂越过寺门，口中念念有词。忽然半空中乌云翻滚，电闪雷鸣，霎时狂风大作，暴雨滂沱。再看游方僧人，哪里还有他的影踪？有人说，曾瞥见游方僧人站立处祥云缭绕，佛光灿灿，合寺僧人无不以为是西方佛祖降临。于是冒雨对空顶礼膜拜，该寺遂取名为"祖越寺"。

"大将军"一路上没遇见一个游人、香客，却远远望到许多人从山下络绎上来，一到路口就朝祖越寺拐去，而在通向祖越寺的山路上人流熙熙攘攘，好不热闹。

随着"大将军"的临近，不少人看见了它，人群突然骚动起来，人们就像见了瘟神一样，四处逃窜，避之唯恐不及。接近路口的人掉头朝山下跑；已过路口的人拼命往山上奔，一时间，山上山下人心大乱。高经纬见状已十分清楚，人们对"大将军"产生了极深的误解。要想在短时间内消除误解根本办不到，倘若硬闯上去，势必给无辜百姓造成伤害，于是他果断中止祖越寺之行，改访南泉庵。

南泉庵位于龙泉寺的西南方。从龙泉寺山下的土石路出发，向西约行一里，折而向南，再行五里许，两山对峙中立现一谷口。谷口处古树参天，遮云蔽日。顺崎岖小径进入谷中，眼前景色使人豁然开朗。谷中地势平坦而开阔，一座白墙灰瓦的庵院错落有致，矗立其间，这就是闻名遐迩的南泉庵。南泉庵因泉建庵，犹如龙泉寺因泉建寺，更兼庵之泉南于寺之泉，故曰"南泉庵"。

朗朗乾坤之下，南泉庵山门紧闭，除了蟋蟀和纺织娘的几声鸣叫之外，院里一点声音都没有，安静极了。

"大将军"正要去敲门，门竟然哐啷一声自行开了，一个披头散发衣裳不整的年轻女子跌跌撞撞地从门里跑了出来，"大将军"闪身躲过一边。不多时两个身材魁梧的"尼姑"气势汹汹从后追了上来，"她们"大步流星，三步两步就追到了年轻女子的身后，一个伸出腿去将女子绊倒，另一个一手抓住女子的头发，一手抡起来就朝女子的面颊掴去。

女子躺在地上拼命挣扎，忽然一个羊脂玉观音从女子的胸前滚落到地面。霍玉婵瞪大了眼睛，一摸胸前贴身的玉观音，失声喊道："姐姐！"正看得血脉喷张满腔怒火的兄弟俩，不禁大吃一惊。忍无可忍的"大将军"冲着"尼姑"腾腾就是两脚，两个"尼姑"压根就没瞧见"大将军"，更不用说躲避，登时就被踢得昏死过去。其中一个"尼姑"帽子脱落，露出已经谢顶的秃头。

兄妹三人走出"大将军"，霍玉婵抱起神志不清的姐姐就往操纵室里送。兄弟俩朝两个"尼姑"看过去，但见"她俩"一脸横肉，面目狰狞，嘴巴长须，喉头有结，分明是两个男人假扮，必属贼人无疑。兄弟俩拔出腰刀，噌噌两下寒光闪过，血流如注，两个假尼姑的人头落地。

兄弟俩钻进大将军，就见霍玉婵的姐姐霍玉娥在妹妹的护理下已经恢复了神志。兄弟俩手持连弩，全神戒备。霍玉娥听了霍玉婵的介绍，也一眼认出了兄弟俩，于是她向兄妹三人讲述了自己的遭遇。

事情的经过是这样的：今年二月初的一天，土匪大王顾孔方在他侄子的带领下，闯入了霍玉娥家。这些坏蛋原本是冲着霍家姐妹俩来的，侥幸的是霍玉婵刚好不在家。他们就把霍玉娥和另外十二名村姑强行带到龙泉寺，不仅让霍玉娥她们给土匪们当用人，还逼迫霍玉娥她们跟土匪们睡觉，稍有违抗，不是拳打脚踢，就是吊起来用蘸水的皮鞭狠抽，接着又胁迫霍玉娥她们给土匪们当挡箭牌。

那天土匪军师魏进财见大势已去，便带两个土匪溜进后院，给霍玉娥她们戴上手铐，逼她们骑上马，然后带她们来到南泉庵。兄妹仨见到的十几个骑马逃往山下的人中就有她们。

后来霍玉娥从师太的口中得知，早在一个月前魏进财就率土匪占据了南泉庵，并留下五个土匪驻守。这些土匪毫无人性，丧尽天良，找不到年轻的尼姑，就企图强奸五个年逾四旬的师太。师太们拼死不从，他们一边将师太们关起来，一边逼花甲之年的静清住持说出年轻女尼的下落。静清住持守口如瓶，一言不发，他们竟扒光了她的僧衣，静清师太不堪忍受耻辱，遂于当晚圆寂。

自从霍玉娥她们到来之后，以魏进财为首的土匪们，更是肆无忌惮，昼夜欢淫。刚才那两个土匪看霍玉娥的姿色好，竟没日没夜地缠着她，让她不得安宁。她实在忍受不了土匪的兽行，就趁他们熟睡之机逃了出来，没想到还是被他们发现了，说罢痛哭不止。

兄妹三人极力劝慰她，并把欺负她的两个土匪的尸首指给她看。高经纬还问起其他土匪的下落，霍玉娥说，魏进财前几天出了门至今未归，剩下的五个土匪都在，她还主动提出要给他们带路。

高经纬打量了一下大门，感觉"大将军"太高，无法通过，于是兄妹三人带上武器，搀着霍玉娥，走出了"大将军"。

高经纬在前，霍玉婵搀着霍玉娥居中，高至善断后，从南泉庵山门鱼贯而入。

南泉庵规模算不上宏大，前后两进院落，主要建筑集中在前院。林荫甬道下，几排整洁的房舍罗列左右，众星捧月般地拱卫着中间的大雄宝殿。殿前缺失了往日善男信女的焚香祷告，只有那座日晷独自在一丝不苟地显示着太阳的轨迹。后院偏小，内仅容一座庵堂。庵堂虽说不大，但屋脊高耸，是全庵最高之建筑，通常不接待游人，只供本庵僧尼祭祀参拜。

在霍玉娥的指点下，他们来到殿后一栋房舍前。霍玉娥指着其中的五间，小声告诉兄妹三人，土匪就在里面。高经纬端详了一下房门，发现左边有两间相邻的房门是虚掩着的，他立刻安排霍玉婵在外做警戒，监视紧闭房门的三间，自己则和高至善各选了一间房门虚掩的。

高经纬打了个手势，两人各自推开了面前的房门。门内的一幕不堪入目，两个土匪正趴在女人的身上发泄着兽欲。兄弟俩差不多同时将弩箭射入土匪的脑袋，两个土匪一声不吭地结束了罪恶的生命。和他们在一起的女人不知是睡熟了，还是昏过去了，竟无丝毫察觉。兄弟俩悄悄地退出，并带上了房门。

高经纬走到霍玉婵跟前，轻声告诉她土匪已顺利解决掉。接着高经纬让霍玉婵继续监视右边的一间，他和高至善对另两间发起了进攻。两人用力踹开了房门，两个房间里的人一下子都惊呆了。兄弟俩毫不手软，对准土匪就扣钩手，两个土匪还未醒过神来，早已做了箭下之鬼。土匪的尸身倒在了两个女人的身上，一个女人大叫一声，将尸体推向一边，猛地坐了起来；另一个女人想喊又喊不出声，只是一个劲地朝炕里爬，兄弟俩当即抽身离开房门。

这时霍玉婵监视的房间里也有了动静，兄弟俩正要去踹房门，房门呼啦一声自己开了。一个一丝不挂的女子走在前面，一个赤裸着上身的土匪紧随其后，还将一把明晃晃的钢刀架在女子的脖子上。他满脸凶相不停吆喝道："识相的离远点，当心溅你一身血。黄泉路上有女人陪伴，老子做鬼也风流。"

兄妹仨和霍玉娥赶紧向后撤去，房门前顿时空出老大一块地界。土匪面对着四人，挟持着女子一点点向房子右侧退却。高经纬对霍玉婵一使眼色，霍玉婵会意地点了下头，兄弟俩和土匪对视着慢慢跟进。

霍玉婵拽着霍玉娥一闪身进了房间，她告诉霍玉娥待在房间里别动，然后自己快速走出房门。她瞥了一眼土匪，发现自己已脱离了土匪的视线，于是健步如飞朝房子的左侧奔去。霍玉婵迂回到大殿右侧，远远看见土匪背对着自己，一边挥舞着手里的钢刀，一边在向自己的方向靠近。兄弟俩也瞅见了霍玉婵，马上停下了脚步。土匪以为机会来了，即刻加快了后退速度。霍玉婵端起连弩觑得真切，一箭射去，正中土匪后颈，立马将土匪打发去了阴曹地府，又抢身上前扶住了摇摇欲坠的女子。

兄弟俩早已转过身去找到了霍玉娥，并让她把屋内的衣服给那个女子送去。霍玉婵姐妹俩扶着脱险的女子回到了那栋房舍前，不大工夫又从房间里带出四个头发零乱、衣裳不整的女子，高经纬让她们带路去寻找庵里其他的人。

一行九人辗转来到了香积厨，远远便有炖肉的香味从空中飘来。走至近前，但见里面炉火熊熊，烟笼雾罩，切菜声、擀面声、煎炒烹炸声不绝于耳。七个民间女子和五个僧装尼姑杂陈其间，正在辛勤地操持着午餐。

霍玉娥提高嗓门朝里喊道："师太们，姐妹们，土匪都死了，我们得救啦！"里边的人听了先是一愣，接着放下手中的活，全都跑了出来。获救的女子们指着兄弟俩，七嘴八舌地对尼姑们说道："就是他们消灭了庵里的土匪。"霍玉娥补充道："龙泉寺的土匪也是他们杀死的。"

五个尼姑听后，激动得涕泪交流。一个年过五旬的老尼语不成声地说道："早就听说你们了，我们盼星星，盼月亮，盼菩萨显灵，盼恶人遭报应，总算观音保佑，盼来了你们。你们秉承佛祖的旨意，替天行道，惩恶扬善，救民于水火，解敝庵于倒悬，真是功德无量。阿弥陀佛，善哉，善哉。"

高经纬对老尼深施一礼答道："师太言重了，龙泉、南泉都是佛门弟子，原该是一家人。学生受敝寺方丈大师临终嘱托，暂时署理寺院事务，此次携师弟、师妹前来拜谒贵庵，乃学生职责所在，分所当为，何功之有？倒是学生来迟，致使贵庵遭贼涂炭，还望师太海涵。"老尼道："公子太客气了，天已正午，如不嫌简慢，就请公子一行到斋房用餐。"高经纬道："师太，不揣冒昧地问一句，贵庵共有多少名师太？"老尼道："公子不提，贫尼差点忘了介绍。敝庵原有僧尼十九人。不久前敝庵住持静清师姐突然圆寂，遗命贫尼接管住持，贫尼法号静洁。不算眼前五人，尚有十三名年轻女弟子，为防土匪蹂躏，一直藏在地窖之中，贫尼这就带她们出来拜见公子。"高经纬连声道："不敢当，不敢当。"

时间不长，静洁住持就将十三名女弟子一个不少地带进了斋房。这些人中年龄最小的不过十七八，最大的也不超过三十岁。照理她们多日不见阳光，再加上营养不良，本该人人脸色苍白，没有血色才对，但令人不解的是这些人个个面色红润，生气勃勃，丝毫不显憔悴。

双方相互寒暄了几句，就开始进餐。餐桌上菜肴十分丰盛，虽称不上山珍海味、龙肝凤髓，鸡鸭鱼肉却也样样俱全。静洁住持为兄妹仨各布了一道菜，道了句："公子兄妹请。"便张开筷子随意夹去，不拘鸡肉、鱼块填进嘴里就吃。再看其他女尼也都不避荤腥，什么红焖肉、酱肘子、小鸡炖蘑菇、牛肉烧土豆更是吃得津津有味。霎时兄妹仨只顾瞧，竟忘了吃。

　　静洁住持看着三人发呆的样子，微微一笑道："公子兄妹半天不动筷子，莫非嫌敝庵的饭菜不可口？"三人这才意识到自己这样呆呆看人很不礼貌，不觉脸上都是一红。高经纬搭讪道："哪里？学生兄妹乍一见到这么多菜只顾观赏，一时竟不知从哪道菜下手了。"静洁住持道："公子兄妹何不每道菜都尝一尝呢？"待兄妹仨尝遍每道菜，静洁住持道："公子觉得滋味如何？"高经纬竖起大拇指道："味道好极了。"静洁住持又道："倘若与别处的菜肴相比，可吃出些不同？"高经纬道："这里的每道菜都各具特色，尤其所选肉类，不但质地鲜嫩，而且肥而不腻，还带着一股恬淡的清香，实在令人叫绝。"静洁住持一脸神秘道："如果说这些肉类都并非是真的肉类，而是些替代品，譬如，豆腐之类的东西，公子可信？"高经纬睁大了眼睛，惊讶地看着静洁住持道："师太开什么玩笑？这怎么可能？"静洁住持哑然失笑道："出家人不打诳语，贫尼所言句句属实，不然且看这些肉中可有一丝骨头、一根鱼刺？假如这些肉是真的，即令剔得再仔细，也不会剔得如此干净，连一根鱼刺、一点骨头碴都不剩吧？"高经纬翻遍了桌上所有菜里的肉，果然如静洁住持所说，但他还是难以置信，道："师太，学生越听越糊涂了，这到底是怎么一回事？"静洁住持朗声道："刚才看了贫尼和弟子们的吃相，公子兄妹一定以为敝庵都是些不守清规戒律的酒肉尼姑。也难怪公子兄妹会有如此误解，实在是这些替代品太像真的了。"

　　她哈哈一笑，接着便娓娓说道："贫尼出生在长白山麓一个笃信佛教的世家，一家祖祖辈辈都以居士自诩，老少人等常年吃斋，念佛不辍，不敢稍有逾越。为怕营养不良体质下降，经数代人锲而不舍，孜孜不倦的努力，终于掌握了一手做素菜的绝活。能将数十种山菜、草药、树根采集起来晒干研碎，配制成四种佐料，加到豆腐、豆干、豆皮、豆泡之中，遂使这些豆制品营养倍增，也便有了这酷似鸡鸭鱼肉的东西。再辅以特殊的烹饪方法做出来，就能让人在色香味和口感上难于分辨，达到以假乱真的目的。

"贫尼自幼耳濡目染，这手绝活更是掌握得分毫不差。后来到庵里出家，开始时并无机会施展，贫尼也曾试着跟当时的住持及香积厨执事探过口风，但都被她们以'佛门不提倡做菜用调料'为由拒绝。看见弟子们由于缺乏营养，导致身体虚弱，心里只有空自着急的份。好不容易熬到了静清师姐住持庵院，贫尼做了香积厨执事，这才得以一试身手。当下便暗自配制了大量这种佐料，每日做豆制品时都加入少许，从此弟子们的胃口大开，健康情况也随之改观，几年下来身体都强壮了不少。

"贫尼为了不引起外界的注意，平时只用一般方法烹制，不求色香味，但求营养丰富。此类豆制品已在敝庵深入人心，成为大家餐桌上不可或缺的主要菜肴。直到这次土匪来袭，逼迫众人为他们加工大鱼大肉，贫尼这才重拾特殊的烹饪手段，力争将假的鸡鸭鱼肉做得惟妙惟肖，以求骗过匪徒。匪徒居然没有瞧出破绽，反倒吃得很开心。这下贫尼心中有了底，领着众人将匪徒带来的鸡鸭猪牛，活的放生，死的掩埋，每天就用这些替代品瞒骗他们。土匪们始终浑然不觉，看到僧尼与他们吃一样的东西，还以为僧尼已屈服于他们的淫威主动破了戒，一个个都扬扬自得道：'你们就该这样，青菜豆腐有什么好？'大家肚里好笑，殊不知他们吃的也是这类东西。"

高经纬恍然大悟道："怪不得学生在来贵庵的路上曾隐约看到树

丛里闪过猪羊鸡的身影，当时好生纳闷，还以为是自己看花了眼，却原来是师太们放的生。"众人一听顿时哄堂大笑起来。

通过短暂的接触，兄妹仨发觉静洁住持是个很开明的长者，颇有普济方丈之风，为人祥和，平易近人，对弟子们更是关爱有加，不由心生亲近之感。

撤去餐具，众人索性将斋房当成了议事厅。高经纬首先听取了霍玉娥等诸姐妹以后的打算。她们异口同声表示，鉴于自身的状况和世俗的偏见，她们已无家可归，情愿拜静洁住持为师，了却尘缘，剃度出家，终此一生。高经纬征询了静洁住持的意见，她表示愿意接纳。

随后两人商讨了今后的对敌策略。南泉庵以防御为主，挑身体强壮的女弟子组成一支护庵队伍，平素加强训练，高经纬提供武器，高至善负责武功指导。再就是把地窖拓展为多间精舍，将庵内所有钱物，特别是粮食，上面留下少许，其余全部转入地下。周围辅以地道，出口直通庵外。庵内昼夜设置岗哨，时时监视土匪行踪，遇有零星土匪骚扰一举灭掉，大股土匪来袭则躲进精舍，还可通过地道去龙泉寺报信。

策略既定，双方开始行动。静洁住持率一众女弟子，将土匪尸体移至庵外荒僻处掩埋，然后从即日起设暗哨监视敌人。兄妹三人乘上"大将军"返回龙泉寺，进入拨云堡，从兵器库中取来三十一把轻便的长剑，又从工具库里拿出三柄长斧，一起放入"大将军"腹中。三人驱动起"大将军"，马不停蹄地回到南泉庵。兄妹三人在大门口卸下兵器和工具，又将"大将军"停靠在大门的右侧，南泉庵的众人闻讯也都赶了出来。

霍玉娥等姐妹都已剃度妥当，换上了崭新的僧袍，霍玉婵见了别有一番伤感。

僧尼们每人捡起一把长剑挂在腰间，只是三柄长斧她们却无力搬动。当她们看到兄妹三人若无其事地将长斧玩弄于手中时，不由对兄妹三人的神力瞠目结舌。惊诧之余，她们也暗暗庆幸自己有了依仗，从而更加坚定了她们战胜土匪的信心。

大家说干就干，连夜打起灯笼火把，随静洁住持走进后院。

只见庵堂中宝像庄严，正中观音大士双手合十，端坐莲台之上，左边金童手捧净瓶，右边玉女手执柳枝，分列两旁。

静洁住持爬上供案，接过一师太递来的水碗，踮脚将水倒进净瓶之中。待了一会儿，就见金童徐徐转过身去，下面露出一个约三尺见方的洞口，洞口边上固定着一架铁梯。

兄妹三人跟随静洁住持顺铁梯爬下，来到一个地窖之中。地窖有两人多高，两丈多长，宽也有一丈五六尺，除窖顶是厚厚的石板外，其他五面都是泥土。地面沿四壁搭有二十张地铺，每张上面都有叠得整整齐齐的被褥。地窖正中并排放着八张炕桌，上面堆满了干粮食品，周围摆满了坛坛罐罐和一摞摞的水碗。

高经纬辨别了一下方向，让人将北墙前面腾空，然后抡起镐朝北墙刨去。八仙桌面大的土块被刨了下来，接着再刨，好像刨在了岩石上。高至善拿锹将墙面清理干净，发现一尺多厚的土层后面，竟是一面平整的石墙，而土层居然是由一块块泥坯堆砌而成。

高经纬似有所悟，他与静洁住持商量了几句。静洁住持遂带领众尼将地窖里的所有物品，除炕桌外，一个不留地搬至上面。接下来兄妹三人各占据一面墙，先用镐将墙面刨松，再用锹进行清理，高处的就踩着炕桌，很快四面平整的石墙呈现在众人面前。一时间众女尼面面相觑，惊诧莫名。

高经纬又试探着挖了挖地面，一尺多深下去果然又是岩石。接着兄妹三人一齐动手，将地面的泥土全部挖开。而静洁住持则指挥一众弟子，用绳索和筐将泥土运抵上面。

天交子时，整个地窖清理完毕。五位老师太已备好夜宵，通知众人前去就餐。大家用过餐，正想稍事休息，一声夜莺的鸣唱划破了寂静的夜空。静洁住持告诉高经纬，这是岗哨发现了敌人，在向自己人示警。高经纬嘱咐静洁住持带领众尼紧闭大门，静观其变，不到万不得已不要轻举妄动，自己和高至善、霍玉婵带上武器，径奔"大将军"。

兄妹三人刚进入"大将军"的腹中，就见六个举着火把的土匪已飞骑而至，每人各骑了一匹不算，还带了七匹空载的马。高经纬略一思索就明白了土匪的来意，他们是来接同伙的，也是来劫持霍玉娥她们的，不然不会骑马而来。十三匹马十三名土匪，而霍玉娥她们也刚好是十三个，一个土匪一匹马，再驮上一个女人，这就是土匪打的如意算盘。

土匪们走近山门，在门上用力拍打起来，像擂鼓似的将山门敲得震天响，还扯起嗓门喊道："马老黑，刘二驴，快开门，军师叫你们马上跟我们走。"又有土匪接着喊道："狗日的该醒醒了，这么多天，成天掉在温柔乡里，艳福享得够多了，小心乐极生悲。"

一个土匪忍不住也想开口叫骂，一抬头瞅见了"大将军"，心里一惊，脱口喊道："咦，你们看这是什么？"喊声未落，"大将军"的巨斧已兜头剁下，将他连人带马劈成四半。接着更是奋起神威，面对几个呆若木鸡的土匪，劈头盖脸就是一阵冲杀，土匪纷纷落马。一个土匪一抖缰绳就想逃窜，才跑出几步便被霍玉婵一箭射落马下。十多匹健马没有了主人的羁绊，咴咴几声嘶叫，四散逃命去了。"大将军"借着土匪散落在地上的火把的光亮，在六个土匪的胸部又各踩了一脚，眼见土匪是活不成了，这才回到原来的位置。

静洁住持她们透过门缝看到了刚才那惊心动魄的一幕，只唬得一个个浑身战栗，两腿发软，瘫坐在地。听见兄妹三人的声音，静洁住持壮着胆子把门打开。高经纬见状说道："让师太们受惊了。其实这些土匪不值得怜悯，看看他们犯下的令人发指的罪行，想想师太们自身所遭受的凌辱，就是杀他们一千回，一万回也不为过。"静洁住持当下答道："贫尼倒不是替这些恶人可惜，只是从未经历过杀人场面，一时不习惯而已。大家都出来，从今日起，一切奉公子的号令行事。"高经纬道："学生尚未到弱冠之年，且才疏学浅，恐难当此重任，还请静洁师太主持大局。"静洁住持微微皱起眉头道："大敌当前，公子就不要推辞了。"说罢率众弟子对着高经纬就拜，慌得高经纬忙跪倒在地道："诸位快请起，千万不要这样，折杀学生了，学生遵命就是。"

　　高经纬带众人连夜处理掉六具土匪的尸体，又缴获了六件兵刃，其中有一杆鎏金镋，镋柄较长，镋端似叉，是个稀罕物，高至善拿在手里不停把玩。当他临近山门时，下意识地将镋横在门框上，这让高经纬联想起农夫扛竹竿进城的笑话。笑话里说，一伙农民扛着长长的竹竿要进城，来到城门口犯了难。他们将竹竿横着、立着，左比量右比量就是进不去，后来还是听了一个长者的建议，将竹竿锯作数段，这才进了城，想到此不由扑哧一笑。

　　霍玉婵用手捅了一下高经纬道："大哥笑什么？"高经纬一抬眼，扫见了站在门旁的"大将军"，灵机一动，也顾不得回答霍玉婵的问话，忙说道："我有主意了。"他手指"大将军"对霍玉婵和高至善道："听过农夫扛竹竿进城的笑话吧？'大将军'就好比是竹竿，庵门就好比是城门，'大将军'立着进不了庵院，倘若让它躺下来，顺着还进不去吗？"高至善一想还真是这个理，心悦诚服道："好办法。"霍玉婵面露笑容道："我明白了，刚刚大哥一定是想到了这个笑话才发笑的。"

兄妹三人将"大将军"放倒,在众人的簇拥下,将"大将军"抬进了山门。安置好"大将军",高经纬又让静洁住持多增派了两个岗哨,其余人众则安排就寝。

十　南泉庵屡有发现　众女尼喜得装备

静洁住持偕同兄妹三人回到了庵堂之中，高经纬向她讨教起开关地窖的方法。静洁住持带他们走到金童的身后，将手里的油灯凑过去，指着下边一个极不显眼铜钱般大小的圆圈说道："这是一个盖子，抠开后里面是一个木塞，拔出木塞，让里面的水流光，石像就回归原位遮蔽住洞口。"高经纬问道："人在里面又如何开启洞口呢？"静洁住持道："无法开启。"高经纬摇摇头道："那可太不方便了，一旦外面的人遭遇不测，里面的人岂不要活活困死？"静洁住持回道："当初这个地窖只是为了冬季储藏白菜、萝卜、土豆和地瓜等蔬菜用的，压根就没想到藏人，所以也没考虑那么多。"高经纬道："既然如此，那么洞口的开合又为何要搞得这样神秘、复杂呢？"静洁住持道："经公子这一问，贫尼也感到很费解。"

四人带着疑问重又下到地窖中仔细观察，就见到处都是平整的石壁，良久也没发现任何端倪。

上面一个老师太睡不踏实，特地起来为他们沏了壶热茶送来。静洁住持接过茶壶，依次给兄妹三人斟茶。也许是她年事已高；也许是她过于劳累，在给高经纬斟茶的时候，不小心碰翻了手里的茶碗。真是越慌越出事，一着急茶壶又掉在了地上，碗和壶摔得四分五裂，里面的茶水泼了一地。"烫着公子没有？都怪贫尼不小心。"静洁住持面现愧色，连忙道歉。

"谁没有失手的时候？师太何必太在意。"高经纬一边安慰静洁住持，一边盯视着地面上的茶水，表情由专注到惊喜。原来茶水慢慢流向墙脚，又从墙脚缓缓地渗了下去。

老师太捡起地上的碎片，离开了地窖。

在大家的猜疑下，高经纬说了句："这里有点邪门。"便抽出腰刀沿着墙脚划了起来，一会儿划出了一条三尺来长的墙缝，他又顺着墙缝的首端向墙壁上划去。高至善和霍玉婵似乎也看出了点门道，他俩对视了一眼，拔出腰刀，从墙缝的尾端向墙壁上划去。不大工夫，一扇一人多高的石门轮廓出现在北墙上。

静洁住持满脸诧异道："这太出乎意料了。"

高经纬试着推了推，石门有些活动，随着高经纬力气的加大，石门活动的幅度逐渐大了起来。"你们也来伸把手。"高经纬招呼高至善和霍玉婵帮着一起推。只听砰的一声，好像有东西断裂并重重地摔在地上，石门终于在兄妹三人的合力下应声推开。

一股霉气扑面而来，静洁住持手中的油灯被吹灭了，四个人感到一阵难以名状的窒息。霍玉婵取出打火石，将静洁住持手中的油灯点燃，灯光下众人看见一道厚重的石门闩断裂在地。

高经纬从静洁住持手中接过油灯，用不容置疑的口吻道："我先进去，大家与我保持一段距离。"静洁住持叮嘱道："公子也要当心。"就见高经纬毫不犹豫地从门闩上一跃而过，其余三人见无意外，也相继跟了进去。静洁住持叹道："若非仰仗公子兄妹天生神力，此门吾辈一生一世都休想打开。"

高经纬举起油灯向四处照了照，发现他们置身在一条宽约九尺的走廊之中。走廊大概有十丈长，尽头有一扇石门，只是石门没有上闩，一道石闩静静地斜立在一旁的角落里。

西墙有十个石门框，里面是十间大小摆设极其相似的石室。每间石室宽约九尺、长约一丈五尺，靠南墙是一溜通炕，靠北墙是一排石桌和石凳，石桌上还搁置着五面铜镜，只是上面积满了灰尘。霍玉婵随手拿起来，轻轻拂拭了一下，里面顿时铜色如新，纤尘不染，光可鉴人。高经纬道："这是前辈师太们的寝室，从铜镜的数量来看，每个房间可住五人，房间设计得很合理，也很周到。"

东墙是五扇间隔不等的石门，南数第一间看样子是个伙房，有对面寝室两个大，里面炉灶、案板、锅碗瓢盆样样齐全。最奇处在于南墙，从五六尺高的地方引下一石管，管中不停歇地有水流出，一直流到下面的水槽中，水槽东侧开有一豁口，溢出的水就从豁口流进地表的水沟，再沿墙脚紧贴东墙向北流去。

第二间相当于四个寝室大，里面整齐地摆放着石桌石凳，南北两墙分别放置了四个石橱，里边满满当当地装着大大小小的各类碗盆坛罐，一道水沟顺东墙流过。静洁住持道："这里是佛门斋房无疑，但是空间如此宽敞，令人叹为观止。"

三、四、五几个房间，形同对面寝室，只是里面空空荡荡，那条水沟依然存在，就是上面铺了一层薄石板。高至善半响未见言语，这时开口说道："我瞧这三间屋子，很像是库房，当然做卧室也不赖，只是缺少床铺。"

第六间屋子与寝室大小相当，中间被一堵石壁隔开，外间是盥洗室，靠南墙有一段裸露的水沟，里间是茅厕。茅厕里沿北墙有四个蹲坑，坑壁一律倾斜向下，从隐隐的流水声判断，下面与暗河相通。铺着石板的水沟从邻室引进，贴南墙流进外间，又从外间折转回来，最终沿四个蹲坑之斜坡流下。静洁住持道："在这里不管是洗漱还是如厕，都方便极了，就是上面也有所不及。"

四人正想做进一步探索，忽然窖口传来霍玉娥的喊声："师父，快上来吧，该吃早饭了。"静洁住持朝上答道："听见了，这就上去。"又对高经纬笑道："贫尼只顾高兴，连时辰、吃饭都忘记了。这里的事先放一放，咱们现在当务之急是回去吃饭。"静洁住持拉上石门，兄妹仨相跟着来到庵堂之中，静洁住持再随手关上地窖入口。

外面早已天光大亮，一缕阳光透过东侧窗棂的缝隙照在玉女的塑像上。霍玉婵抬眼就看见一只蟋蟀爬在玉女的右脚面上，她伸出右手就去捕捉，没料到逮个正着。霍玉婵倍加小心地用左手配合着去抓蟋蟀，用劲稍大了些，蟋蟀被扑到了右边一个身位，这时正对着玉女身后的北墙吱吱呀呀地裂开一扇半人高的暗门。霍玉婵在毫无精神准备的状态下大吃一惊，下意识地松开了扑在蟋蟀身上的双手，呆呆地望着暗门出神。

高经纬等人正朝大门走去，听到声音止住脚步，都火速赶了回来，见此情形也都吃惊不小。高经纬一拉霍玉婵的衣角道："走，过去瞧瞧。"便俯低身子探进头去。里面并不算黑，有光线从上方漫射下来，借着光线，周围的景物看得一清二楚。这是一堵五尺多宽的夹壁墙，右边有一木床早已千疮百孔，腐朽不堪，左边尽头处是一砖砌螺旋形楼梯。高经纬见无危险，趁势钻了进去，众人随后紧跟。

霍玉娥则按静洁住持的指示回去传话，说他们一会儿就回。

高经纬沿楼梯拾级而上，一口气爬到了顶端。拿眼一瞧，四周的墙壁上开了许多小孔，光线就从这里透进。再沿一斜向楼梯继续上行，来到最高处，高经纬估计这里应是庵堂的屋脊。屋脊下是一条贯通东西，上窄下宽的过道，屋脊两侧每隔三尺许便有一个设计巧妙的瞭望孔。居高临下，往南看，南泉庵院内一目了然；朝北瞧，进谷路口尽收眼底。

高经纬寻思道："难怪该庵堂为全庵最高，原来内中有此玄机。倘若在这使用箭矢拒敌，倒占尽了地利优势，但射程过远，又非普通弓箭和连弩所能胜任，唯一可行的当属硬弩。可是除自己兄妹三人外，南泉庵众女尼却无一人具备使用硬弩之神力，不能不引为一件憾事。"

静洁住持迭遇新鲜事物,既兴奋,又有些应接不暇。她一边从瞭望孔俯瞰庵院全貌,一边连连慨叹道:"若非亲眼目睹,断难相信此事为真,如此际遇,让人大开眼界。有佛祖频频眷顾,何愁土匪不灭?南无阿弥陀佛。"

高至善道:"这过道下部还挺宽敞,人躺上去完全可以舒张开腿脚,整个过道藏上十几号人倒也不是难事。"霍玉婵指着过道的东头道:"不知那边是否还有出口?"高经纬这才意识到,就在他沉思的当口众人也都跟了上来。

高经纬顺过道来到最东边,就见紧贴东墙有一窄窄阶梯,向北倾斜而下,他侧身徐徐蟹行。尽头处是一竖井,井边固定一直立铁梯,墙壁的顶端开有小孔,四周的景物倒也看得清清楚楚。

高经纬顺铁梯攀缘而下,再往下就是莫测深浅的井水。他朝水下望去,瞅见距水面一掌处蹲伏着一只墨绿色的青蛙。它头部朝上,一对眼睛瞪着水面,一只阔口紧闭,两腮向外鼓起,四肢稍稍前倾,一副作势欲跳的模样,煞是可爱。于是他对着水面扬了扬手,满以为青蛙受了惊吓还不逃之夭夭,可任凭他怎样扬手,青蛙偏偏一动不动。情急之下他开始用手去搅动井水,那只青蛙仍然无动于衷。气得高经纬一把将青蛙攥在掌中,但觉触手处冰凉梆硬,这才省悟到青蛙乃人工雕凿而成。他担心用力过大会导致青蛙遭到损毁,就试着从上、下、左、右四个方向轻轻移动它,但它纹丝不动。他又试着将其左右轻轻旋转,向左没有转动,向右毫无阻滞,一下就旋到了头。此刻井水骤然下降,传来哗哗的流水声,须臾间水面降至一丈开外。当水面不再下降时,就见青蛙身下二尺多远的井壁上,一扇约三尺见方的石门向里开去,现出一个黑森森的洞口,一阵难闻的浊气从洞口冒出。再瞧青蛙,刚好由原来头朝上转到了目前头朝下的位置。

高经纬爬近洞口,见洞里没有一丝光亮,自己又没带灯具,只好放弃进洞探索的打算。他等到浊气散尽,攀到青蛙的上方,将青蛙旋回原位,就见洞口缓缓合上。稍停,井水开始上涨,一会儿就漫过青蛙。

高经纬回到过道处,众人正焦急地等待着他的消息,他简要地向静洁住持介绍了井下的情况。静洁住持道:"时辰不早了,还是先回去吃饭吧。"

大家正要动身,就听见下面传来上楼的脚步声,还伴随着嘈杂的呼喊声:"师父,你在哪里?""师父,你在上面吗?""听见了,就回答我们。"有的声音还带着哭腔。静洁住持高声喊道:"我在上面,很安全,这就下去,你们就不要上来了。"很快静洁住持就回到了庵堂之中,众女弟子将她团团围住,七嘴八舌询问开了。

原来霍玉娥回去捎话,说静洁住持他们一会儿就回,可她们久等静洁住持,就是不见回来,以为他们出了意外。大家商量了一下,决定除岗哨外,其余人众全都来寻找静洁住持他们。到了庵堂,她们根据霍玉娥的指点发现了墙壁暗门,这才出现了刚才的一幕。

静洁住持只是告诉她们上面有一过道,可以通过瞭望孔观察外面,另外还有一口水井可以打水,众女弟子听得津津有味。

兄妹三人趁乱,考察起暗门开合的秘密。他们发现玉女脚面上的蟋蟀也是人工雕凿的产物,将蟋蟀水平右移则暗门开,反之则暗门关。接着他们又在夹壁墙里靠暗门处也找到一个同样的蟋蟀,经试验证实,它就是设在夹壁墙里的暗门开关,用法同上。高经纬又将这一新发现告诉了大家,众女弟子听了都欢呼雀跃起来,大家跟着静洁住持欢天喜地地向斋房走去。

吃过饭,巳时已过去大半,静洁住持让众女尼继续休息,自己与兄妹三人又回到水井旁。

高经纬轻车熟路将井下洞口打开,举灯朝洞里晃了晃,见无异常,遂纵身跃了进去。这是一个不规则的洞窟,面积有半个地窖大,高经纬顾不上细看,忙招呼静洁住持他们下来。

一行四人驻足观看,只见洞壁凹凸不平,洞顶垂吊着参差不齐的石柱和石笋。地中间有一方形石桌,对面是两个石凳,桌面上纵横交错地刻着一幅围棋盘,两边对角各放着一个棋盒。

高至善走上前去,逐个揭开盒盖,每个盒里都盛满棋子,或黑或白,拿在手里玲珑剔透、晶莹发亮,无一不是质地上乘的墨玉和白玉所制。

静洁住持合掌叹道:"不知敝庵哪代高人有此闲情逸致,在此弈棋论秤,令人羡慕不已。"高经纬附和道:"果然神仙洞府,逍遥岁月。"

霍玉婵在洞窟深处发现一处较平整的石壁,对高经纬喊道:"大哥你过来看一下,这里好像有字。"高经纬踱过去,一眼瞥见石壁右上角有两行极小的篆字,仔细辨认竟然是两句诗:"信手拈来云四朵,酿成方阵困青莲。"高经纬初步断定石壁上暗藏机关,而这诗必然关系到机关的开启。如何破解诗里的哑谜?他陷入了深思之中。

高经纬将两句诗反复地吟诵着,心里在琢磨着字里行间的意思,他不停地思索,仍然百思不得其解。这时高至善手中把玩着棋子凑了过来,高经纬听着棋子哗啦哗啦的响声,越加感到心烦。他厌恶地看了一眼棋子,恰逢一枚白色的在油灯的辉映下,闪过一道灼亮的光,而他又刚好念到"云四朵"几个字。他脑海里流星划破天际般地跃出一个念头,"云朵一般情况下都是白色的,那么云四朵莫非指的就是四枚白棋子?顺着这条思路想下去,青莲自然指的就是黑棋子。方阵有四个角,刚好对应四个白子,困是围住的意思,暗示黑子放置中间。"他越想越觉得这想法切实可行,一拍高至善的肩膀道:"你可真会指点迷津。"高至善被弄得丈二和尚摸不着头脑,静洁住持和霍玉婵也被搞得云里雾里,不知所云。

高经纬招呼一声"大家都跟我来"便走近石桌,先将所有的白棋子都倒到石桌上,然后在灯光下逐个翻看每枚棋子。他很快发现偌多的白棋子里只有三枚与众不同,能在灯光下发出白亮的光,其余的则不能。他又向高至善伸出手去,高至善将手里六枚四白二黑棋子放入高经纬掌中,高经纬从中又找出一枚能发光的白棋子。不用高经纬发话,霍玉婵和高至善自觉地将一般的白棋子收回盒里。高经纬又将黑棋子摊到桌子上,这次不用灯光,就见众多的黑棋子中间,有一枚能发出幽幽的蓝光,即使将灯光和发光的白棋子全部遮上,洞窟里的景物经它一照也能看清楚。高经纬把这枚黑棋子和另外四枚白棋子握在手中,一边示意霍玉婵和高至善收拾起其余黑棋子,一边对静洁住持解释道:"师太,如果学生没有估计错的话,这个洞窟还隐藏着一个重大的秘密。要想揭开这个秘密,根据石壁上的诗,学生猜测出围棋子是关键。适才对棋子的查看也验证了学生的推断,我们现在就去一试究竟。"

四个人来到石壁前,高经纬捏起一枚白色棋子就往石壁的左上角摆,为了怕棋子掉下来,他正想出声让高至善扶着,棋子忽然脱手而出,好像有一股无形的吸力,将棋子牢牢吸在石壁的一角。高经纬终于恍然大悟,他对静洁住持说道:"学生以为石壁上镶嵌着磁石,棋子底部则用铁制成,由此学生推想石壁的其他三个角,以及中间部位都应有磁石存在。"霍玉婵插话问道:"为什么棋子底部就不能是用磁石所制呢?"高经纬道:"如果那样的话,棋子间就应出现或相吸,或相斥的现象,结果是两种情况均未发生,所以我才认定是铁而不是磁石。"说着,他将手里的四枚棋子递到霍玉婵的手里,霍玉婵试了试,证实了高经纬的说法。

正如高经纬预料的那样，余下的三枚白子果然在石壁的其他几个角找到了落脚点，还剩下一枚黑子，高经纬想也没想就将它安置在石壁的中心。黑子独居中枢，向四面八方投去清冷的蓝光，这蓝光遇到白子被反射回来，亮度骤然间增加了不少。再发射出去，再反射回来，如此数个往返，黑子发出的光达到了极致。突然，从黑子中迸出四道霹雳，一举将四枚白子击中。四枚白子犹如四轮冉冉升起的白日，瞬间发出慑人心魄的寒光。这寒光在石壁上左冲右突织成了一面光网，光网愈来愈亮，愈来愈密实。在一阵悦耳的音乐声中，光网逐渐向里移去，露出一个五尺多高的洞口，五枚棋子所在的石壁刚好是一扇石门。

四人一起走了进去，在光网的照射下，一间石室映入了四人的眼帘。这是一间与地窖相仿佛的石室，南墙和东墙前面空空如也，倒是西墙中间，紧贴石壁立着一座一人半高的千手千眼观音雕像。

静洁住持一见之下，双手合十，满脸虔诚，诵道："南无大慈大悲的观音菩萨，南无救苦救难的观音菩萨，南无佛法无边的观音菩萨。"

高经纬直面观音，但见雕像凿刻得出神入化，精美绝伦，只是左下第三只手掌的无名指向内弯曲，显得与整座雕像极不谐调。高经纬对静洁住持道："师太，您看那根无名指是否有些反常？"静洁住持凝神看了看道："是有些异样。十几年前，贫尼曾在外寺有幸见过类似的观音法像，虽然没有这尊精致，但手指一律向上伸展，显得很自然。"

霍玉婵忍不住走上前去，用手摸了摸那根无名指，一摸之下察觉它可以活动，于是喊了声"怎么是活的"顺势将它掰直。与此同时，就见观音最上面一只手掌中陡然出现一颗硕大璀璨的夜明珠，把整个石室映照得如同白昼。四个人顿时变得目瞪口呆，茫然不知所措。

惊愕过后，高经纬道："难怪这根手指如此古怪，原来其中暗藏机关。"说着去试验那根无名指。几经反复，他发现夜明珠外面是一个球形罩，无名指向内弯曲，球形罩合上，外观是一只眼睛；无名指朝外伸直，球形罩打开，露出里边的夜明珠。

高经纬一指夜明珠，对静洁住持道："学生从未见过这样价值连城的宝物，过去在书上曾读到过关于夜明珠的记载，但最大的也不过鸽蛋大小，像这样鸡蛋大的，简直闻所未闻。"静洁住持道："公子尚且不晓，贫尼就更孤陋寡闻了，不知如此珍贵之物为何会藏于敝庵地下？"高经纬道："这一定是贵庵先祖创庵时所留，至于为什么会长期藏于地下，学生猜测是贵庵先人怕外人觊觎，乘机谋夺，不愿为外人知晓所致。起初是贵庵一两人代代相传，传来传去，久而久之，抑或有什么意外发生，来不及向后人告之，以至失传。"静洁住持点点头道："公子言之有理，贫尼深表赞同。"

观音雕像神奇之处不仅局限于此，高至善一声"快瞧对面"！众人转身朝对面看去，就见对面原本平淡无奇的石壁上，在夜明珠的辉耀下，霎时出现了四扇五彩缤纷的石门。

静洁住持生怕门后藏有危险，再三告诫高经纬要小心行事。高经纬道："此石室既然是贵庵先人所留，学生分析应该不会有危险。"

他由北向南逐次去拉石门。第一扇石门里是一间用多层油纸封闭的库房，且石门背后清晰地刻着该库房所储物品的名称及用法。一行人走进库房，只瞧里面并排放着五列衣架，每列衣架都有上、中、下三行挂钩，上面井然有序地挂着青帽、青衣和青裤。静洁住持随意取下一件青衣，与自己穿的比较了一下道："这些衣服可能就是质地好点，别的贫尼也看不出有什么不同。"

高经纬走到门后念道："名称'缁衣盔甲'，外表酷似缁衣，实则佛门之盔甲。该盔甲外表轻柔，内部坚韧无比，可作防身御敌之用。"

静洁住持道:"若不是听了上面的说明,打死我也不相信这会是盔甲,太有点匪夷所思了。"

在高经纬的安排下,四个人分头去数,数过后方知库房里共有这种盔甲五十套。

有了前面的例子,拽开第二扇石门,众人都不急于进去,而是随高经纬先到门后去看文字。上面写道:"名称'臂弩',置于臂上之弩。内设机簧,有左右之分,每只臂弩可一次装弩箭十支,使用时必先上满发条,尔后置于前臂之上。前臂平伸,对准敌人,则按下一次机栝,即可发射一支弩箭,若按住机栝不放,最多可连续发射十支。若发射前,将臂弩前挡板向上提拉一指位,则可使十支同时并发,如欲再射,除往里装填弩箭外,尚需适时拧紧发条。"

众人向库房里看去,就见里面整齐地摆放着两种规格的木箱,一种稍大的木箱数量较少,摆在前面,只有十只。另一种稍小的木箱数量较多,放在后面,粗略估计有五六十只。

高经纬拽过前边一只稍大的木箱,打开上盖露出暗黄的油纸,一股浓浓的油脂气直刺鼻端,离得最近的兄妹三人都禁不住阿嚏,阿嚏地打起了喷嚏。揭开多层油纸,高经纬取出一对崭新的臂弩,臂弩是由黑色金属所制,下部呈弧形,两边还各带一个索扣。

霍玉婵将臂弩安在双臂上,再将索扣系好,俨然与前肢成为一体。又交替抬臂做射击状,然后环视一眼众人说道:"这东西乖巧玲珑,重量也轻,看起来是专门为女子制作的。"高经纬对静洁住持道:"学生同师妹看法不谋而合,此物必为女子使用无疑。"静洁住持道:"贫尼非常赞同公子兄妹的看法,如此一来,我们终于有了一件克敌制胜的武器。"

高经纬把木箱里的臂弩全部拿出,数了数共有五套。思忖道:"一只木箱里有五套,十只木箱岂不有五十套,这也和缁衣盔甲的数量相吻合。"高经纬又打开一只较小的木箱,里面是上百支簇新的弩箭。

四个人怀着期待的心情注视着第三扇石门所记录的内容,上面这样写道:"名称'弹弩',发射弩弹之器械。内置强劲机簧,前面分布三行三列共九根弹筒,发射前用索扣和挂绳将弹弩固定于胸前,把九颗弩弹从前端槽孔放入弹弩,转动摇柄给机簧上满劲,将弹筒对准敌人,按下机栝,即可同时发射。如若一次发射数不足九颗,装入相应数量的弩弹即可,只要弩簧劲道维持充足,当可随装随放。"

众人把目光投向库房,里面仍旧堆满了木箱,只是木箱的规格很单调,就有一种。高经纬打开一只木箱,从油纸中拿出一只弹弩。弹弩外观呈方形,很像一个四寸多厚的黑铁箱,两侧和上端都有索扣和挂绳,前端弹筒排列整齐,每个长约三寸。

霍玉婵又想体验一下,对高经纬道:"还是让我来试试吧。"靠高经纬的协助,霍玉婵很快将弹弩穿好绳索,固定在胸前。她四处走了走,自言自语道:"蛮以为这家伙又蠢又笨,挂在身上一定舒服不了,没料到用起来既轻便又灵活,什么都不影响。"静洁住持感叹道:"菩萨对我们不薄,又赐给我们一件杀敌武器,这样一来消灭起土匪又多了一分胜算。"

高经纬从木箱里共取出两只弹弩,正要抬头去看其他木箱,就听高至善道:"库房里的木箱我已数过,一共是二十五只,也就是说弹弩总数为五十只。"

霍玉婵用询问的口吻道:"从三个库房的情形看,所有装备一律按五十人设置,是否说明南泉庵曾有过一支五十人的队伍呢?"高经纬道:"这种情况不太可能,因为装备看起来都很新,似乎没有使用过的痕迹,我推测是建造者当初为预防万一所设,后来庵中又无意外发生,所以遗留至今。"

最后一扇石门记载得很简单,上写道:"名称'弩弹',装填弹弩用,亦可用手投掷。内有机簧，使用前将后盖拽掉即可。"库房里放置的照样是木箱，虽只有一种，却放得满满当当，顶天立地，人根本无法进入。

高经纬将最外面的一只木箱打开，揭去油纸，露出里面密密实实的一箱弩弹。他把弩弹递给每人一颗，自己也拿起一颗认真端详起来。弩弹外表为圆球形，个头近似于鸡蛋，金属打造，通体漆黑，上面布满了针头大的小孔，底部有一圆环，固定在后盖之上，轻拉圆环，则后盖随之掉落。

高经纬走至石室门后，将弩弹投向洞窟之中，便听砰的一声。片刻后，众人随高经纬进入洞窟里查看。就见弩弹已面目全非，机簧碎片散落一地，洞窟周边银光闪烁，走近前去，竟是几十枚一寸多长的钢针射落在地面上。高经纬暗自思量道："想象不出小小弩弹竟有如斯威力，几十枚钢针倘若不是射向石壁，而是射向血肉之躯，岂不要入肉三分，哪里还有命在？"其他人见状，也无不摇头咂舌，一时竟愣在了当地。

高经纬让静洁住持三人留在洞窟，自己一个人走回石室。高至善按高经纬的叮嘱，取下石门上的棋子，迅速返回洞窟，石门在叮咚叮咚的音乐声中徐徐合上。

留在石室里的高经纬仔细查看石门的背面，只见上面插着一把拳头大的钥匙，在夜明珠的照耀下，泛着黄澄澄的金属光芒。高经纬握住钥匙试探着向左旋旋不动，向右旋毫不费力就旋到了头。他刚一松手，就响起了动听的音乐声，钥匙在一点点地朝左转，门也随之缓缓地打开。

等在门外的三个人，本来是怕高经纬在石室里找不到开关，以防万一的，现在见一切顺利，也不等高经纬吱声，就迫不及待地从门缝里挤了进去。高经纬一指正在转动的钥匙，大家一下子全明白了。

不过霍玉婵还是心存疑问，她盯着高经纬问道："假如现在要让门合上，该怎么办？"高经纬道："我也说不好，只能静观其变。"大约过了半个时辰，钥匙不再转动，音乐也停了下来，石门戛然一声关了起来。高经纬有感而发道："这把钥匙是用来在里面开启石门的，石门打开时间的长短，由拧动钥匙的圈数所定，圈数多则时间长，圈数少则时间短。"

他见众人没有异议，跟静洁住持商量道："师太，这里的探索暂告一段落，接下来我们再去地窖瞧瞧，您看行吗？""很好，我们马上就过去。"静洁住持答道。于是四人将石室恢复原状，高至善又把棋子放回棋盒之中，四人随后返回庵堂。

地窖里，高经纬站在铁梯上手擎油灯，一边用眼打量着洞口，一边对静洁住持说道："师太，学生总以为从情理上讲，地窖里边也应该有开关。根据目前发现的几处建筑来看，建造者不仅构思巧妙，而且在细节上考虑得也很周到，像地窖口这样关键的地方，他怎么会有所疏漏呢？"静洁住持仰望着高经纬道："是啊，不是公子提起，贫尼压根就没往这方面想，细细考虑起来，是有些不妥。"四个人都将视线投向洞口，可是洞口周围很光滑，再怎么看也看不出异常。

高经纬又把注意力放在了铁梯上，铁梯看起来很结实，很匀称，也许是经常有人爬上爬下的缘故，手和脚频频接触的地方都已刷蹭得锃明瓦亮。高经纬又将身躯移到梯子的背面，认真搜索了一遍，搜到梯子与顶壁的连接处，发现两边各有一个十分模糊的指甲大的圆圈。他按了按左边的圆圈，好像能按得动，但没有反应，又按按右边的圆圈，情况同左边的如出一辙。他沉思了片刻，忽然头脑里灵光一现，忙将油灯挂在梯子的横撑上，然后同时去按两个圆圈，这下有了回应，在机械的转动声中，洞口开始慢慢地闭合。高经纬一高兴差点从梯子上掉下，霍玉婵和高至善开心得又蹦又跳，静洁住持激动得合不拢嘴，只知一个劲地傻笑。高经纬又同时按了下两个圆圈，洞口随之缓缓打开。高经纬道："在里面开关洞口比在外面简单多了，只要同时去按两个圆圈即可。"

静洁住持恢复了平静，对高经纬道："公子还是将洞口关上再下来，贫尼有话要说。"高经纬合上洞口，来到静洁住持的面前。静洁住持道："贫尼有事要拜托公子兄妹，不知公子可肯应允？"高经纬答道："但教力之所及，学生责无旁贷，请师太明示。"静洁住持又道："有关水井方面的事，实属敝庵天大机密，想请公子兄妹为贫尼保密。在贫尼看来，敝庵的这些秘密之所以能保留至今，主要是因为知道它的人少之又少。这件事一旦为众人所知，人多嘴杂，难免不泄露出去，那样势必给敝庵带来无穷的祸患。因此贫尼不得不未雨绸缪，预作打算，还望公子成全。"高经纬道："师太所虑极是，学生也有同感，从今往后定当遵照师太所嘱，小心行事，慎之又慎。"

四人推开石室大门，对走廊及两侧的房间又彻底地搜查了一遍。高经纬见除北石门外已无可探索之物，就摆手示意众人停步，自己则一把拽开北石门，一阵阴冷潮湿的气体不管不顾地向他袭来，他转过身将油灯护住。孤灯如豆，一抹淡淡的黄光涂在他棱角分明的面庞上，透出一股刚毅、果敢之气。

他一挺身抬腿迈出了北门，眼前是一条笔直的地道，地道一人多高，略宽于石门。高经纬抚摸着一旁平整的石壁，对来到身边的静洁住持道："这些都是斧凿的痕迹，地道显系人工所为。""地道再加上石室，如此规模的工程，那要多少人积年累月才能完成啊？"静洁住持动容道。高经纬扫了一眼高至善和霍玉婵道："不瞒师太说，以学生兄妹三人之力，耗时一年足矣。"静洁住持惊讶道："公子兄妹神力贫尼颇有领教，想不到已臻化境，贫尼揣摩公子兄妹一定际遇非常。"高经纬道："诚如师太所言，学生兄妹确曾有过一番不同寻常的经历。但也只是稍具力气而已，若论自身武功，师弟除外，学生与师妹都属初学乍练。若想在武学上登堂入室求得进展，尚需时日，眼前还不足以与敌人正面交锋。""公子学究天人，要想在武功上登峰造极，假以时日，绝非难事。""师太过奖了，学生何以克当。"

四个人边走边聊，走出一百余丈后，地道折而向东，再走一百多丈又折而向北。几经曲折，峰回路转，终于走到尽头，面前一道石壁挡住去路。

高经纬扬起油灯，对着石壁举目望去，就见石壁的左上角刻着一张巴掌大的蜘蛛网，中间有一方形小孔，石壁右上角趴着一只李子大的黑蜘蛛。霍玉婵眼尖，一眼认出这黑蜘蛛是只假的，她对高经纬道："大哥，还记得玉女脚上的蟋蟀吗？这蜘蛛和蟋蟀一样都是人工雕刻的。"高经纬试着用手移了移，移不动，拧了拧，又拧不动，再试着拔了拔，居然毫不费力就拔了出来，而且下面还连着方形钥匙杆。看到这里，高至善也来了灵感说道："把它插到蜘蛛网上的孔里试试。"一试之下，石壁果然向外开了一扇半人高的门。

又是高经纬首先钻了出去，外面是一个接近一人高的洞穴。洞穴很浅，刚好能容纳四个人。洞穴里可能住着狐狸或者獾之类的野兽，石门一开受到了惊吓，高经纬刚来得及看见两只逃跑的身影。洞穴出口很小，人勉强可以爬出去。从洞口射进来的光线十分微弱，估计外面应该是日暮时分。

高经纬转过身去察看石门的背面，但见高高低低，起伏不平，同整个洞穴浑为一体。霍玉婵问道："大哥,你是在找石门的开关吧？"高经纬答道："对，我们必须找到开关后，方可进行下一步的探索。"霍玉婵指着石门右上角一处不显眼的地方道："这里有个蜘蛛也不像真的。"高经纬看过去，经过仔细辨认，才发现有只与洞壁颜色一模一样蚕豆大小的蜘蛛趴在那里。高至善道："这么小的东西，该不会是按的吧。"高经纬道:"有这种可能。"说着就用手按向蜘蛛,石门当真随之合上,四个人不约而同松了口气。

高经纬见静洁住持有些体力不支,就劝她留在洞中,自己和高至善、霍玉婵相继爬出了洞穴。

外面已经是夜幕降临,繁星满天。三个人拨开一人多高的蒿草向前走去,不远处一只山雉扑棱着翅膀冲天而起,把三人吓了一跳。前行了一箭之地,一条土石路赫然在现,更令人想不到的是,兄妹三人看到了那个极为熟悉的巨石轮廓,这就意味着龙泉寺和南泉庵的地道出口相距甚近。

一个念头在高经纬的脑海中陡然升起,"两处寺院渊源非浅,关系似乎由来已久。南泉庵地下工程这样浩大,绝非一般施工队伍所为,具有如此实力者,非'龙泉神兵'莫属。由此观之,南泉庵地下工程必然出自于'龙泉神兵'之手。"他继而又想道,"莫非那时寺院间就存在一个抗敌联盟?真要是那样的话,我一定把它重建起来。"

兄妹三人当即回转洞窟,与静洁住持会合。高经纬告诉静洁住持,前面不远处就是土路,再往前就可到龙泉寺。

静洁住持见天色已晚,建议原路返回,于是四人经地道回到庵堂之中。众女弟子早已等候在那里,她们叽叽喳喳地告诉静洁住持,晚饭已备好,岗哨未见敌踪。静洁住持也将地窖、走廊和地道里的新发现讲给了一众女弟子,只是略去了水井里的一段。众女弟子听后,又是一番意外的惊喜,静洁住持四人在她们的前呼后拥下离开了庵堂。

看得出女弟子们花了很大的心思,将晚饭做得格外齐整,大家以茶代酒无拘无束,吃得都很开心。用过餐,高经纬与静洁住持简单地计议了一下,由静洁住持宣布,除岗哨继续站岗外,余下人等均休息待命。随后静洁住持给兄弟俩安排了一间客房,霍玉婵与静洁住持同处一室。

自从土匪占据庵院以来，众人就没有睡过一天这样的安生觉。一觉醒来，窗外已是旭日东升，霞光万丈。经过一夜的休整，众人都情绪高涨，精神饱满。进过早餐，大家便跟随静洁住持来到了地窖之中。

女弟子们目睹了走廊里的诸般景物，一个个尽都兴奋不已。随后在静洁住持的带领下，用了整整一天的时间，先将里面打扫干净，再将地上的东西全部转移到地下，包括粮食、蔬菜、被褥、衣物、工具等所有物品，地上只剩下空无一物的房舍。在此期间，兄妹三人大显身手，功不可没，大凡重一点的东西皆为他们所搬。岗哨也撤到了庵堂的夹壁墙里。

女弟子们生就一双巧手，地窖、走廊两侧的房间，在她们的打理下变得井井有条，气象一新。

受静洁住持的委托，高经纬给走廊一带起了"南泉下院"的名字，给夹壁墙起了"烽火台"的雅号。

晚饭是在南泉下院里完成的。第一次使用这儿的炉灶，本来负责炊事的几个师太还担心炉灶不好用，一试之下才知道丝毫也不逊色于上边香积厨里的炉灶。烟道不仅通畅，而且吸力很强，众人对建造者的聪明才智佩服得五体投地。

在地下斋房里用餐，灯光摇曳，人影幢幢，觥筹交错，这使得许多人都感到别有一番情趣。

十一　离家园村民出逃　举大刀壮士聚义

　　高经纬见南泉庵的御敌准备工作已然就绪，就让高至善给女弟子们传授了一套拳法，以供平日习练。霍玉娥悟性很高，才学两遍，整套拳法便了然于胸，静洁住持就让她做了一众女弟子的武功督导。

　　高经纬对静洁住持叮咛了几句，便向众人辞别。静洁住持恋恋不舍地对高经纬道："公子什么时候再来？"高经纬道："学生随时都可能再来，师太但请放心，南泉庵的安危学生会时刻牢记在心。"

　　兄妹三人驾驭着"大将军"离开了南泉庵。此刻天交亥时，仲夏的夜晚，深邃的苍穹上点缀着数不清的星斗，一轮皓月洋洋洒洒将清辉洒向人间，给大地、山川镀上了一层银白。在谷口附近一块草坪上，十多匹健马喷着响鼻，正悠闲地啃食着地上的青草，"大将军"的出现让它们感到惊恐，有几匹已放开四蹄跑向一边，见"大将军"对它们秋毫无犯，愈走愈远，又奔回了原地。

　　"大将军"绕过巨石，地道的出口处还是那样幽静，偶尔能听到几声蛐蛐的鸣叫。许是这几天经历的事情太多，三人凝视着熟悉的洞口，一种久违了的家的亲情油然而生。他们回到拨云堡中，高至善张罗着要去洗澡，他嚷嚷道："这么多天没洗澡，身上的污垢都快赶上棉衣厚了。"高经纬揶揄道："既然如此，你又何必着急去洗，留到冬天岂不省了一件棉袄。"霍玉婵也忍俊不禁笑道："何止棉袄，还有棉裤呢！"高至善只羞得满脸通红，啐笑道："好啊，你们都来取笑我。"说着就去呵高经纬的痒，高经纬拔腿就跑，高至善在后紧追，拨云堡里洋溢着兄妹三人的欢声笑语。

闹了多时，高经纬对高至善道："别闹了，咱俩还有正事要办。"扭头又朝霍玉婵道："师妹留下洗澡，我和师弟去去就回。"霍玉婵道："你们去哪？为什么不带上我？"高经纬道："我和至善想到上面走走，都好几天了，也不知寺院里情况怎样？有无异常发生？不瞅上一眼心里不踏实。这件事你就别管了，安心在家抓紧把澡洗完，一会儿回来我们还要洗。"霍玉婵这才无话。

兄弟俩带上武器正要进入秘道，高至善道："我们何不先到瞭望孔瞧瞧？"高经纬道："也好，就听你的。"两人从瞭望孔望下去，不禁大吃一惊，寺院里半数以上房间都亮起了火光，大雄宝殿前还有人影晃来晃去，兄弟俩不约而同想到肯定是土匪又卷土重来了。高至善道："大哥，怎么办？""别慌，正愁找不到他们呢，他们竟敢送上门来，我们就给他来个瓮中捉鳖，让他们有来无回，咱俩这就去知会师妹一声。"

两人来到浴室门口，高至善在门外高声叫道："师姐，洗完没有？"霍玉婵在里面答道："马上就好。"片刻间霍玉婵手挽着头发从门里走了出来，问道："你们怎么这样快就回来了？"高经纬道："师妹，外面有情况。"接着就把刚才见到的告诉了霍玉婵。霍玉婵既惊讶，又很奇怪道："土匪前些日子被我们消灭了那么多，这才几天，就敢再度登门，他们也不怕重蹈覆辙？况且他们畏连弩如虎，轻易不敢暴露自己的身体，这次却公然走来走去，毫无防范，你们不觉得有些违反常理吗？"霍玉婵一席话让高经纬也感到有点不可思议，他说道："师妹问得好，也提醒得好，这件事情的确存在很多疑点。不过值得高兴的是，师妹也学会理智地分析问题了。"又看一眼霍玉婵道，"师妹先去准备一下，回头我们就去上面把事情搞清楚。"

来到秘道中的十字路口，兄妹三人选择了先去大雄宝殿。在佛像的腹中，他们听到外边有隐隐的说话声，可不论怎样努力也听不清说话的内容。高经纬小心地拔下门闩，又轻轻拉开洞门，三个人屏住呼吸，侧耳倾听大殿里的动静。

从供案的方向传来一阵推杯换盏的声音，听起来似乎有人在喝酒。只听一个爽朗的声音说道："唉，都两天多了，也不见公子他们的面，该不是有意不见俺们吧！"另一个略带嘶哑的声音接着道："你说的这叫什么话？公子他们一定是去了别的地方，打死俺也不信，他们会故意躲着俺们。"一个老成持重的声音也道："公子他们都是讲信用的人，不然也不会让俺们遇事前来求援。"那个爽朗的声音再度说道："俺也知道你们说得对，可土匪万一追到这里，没有公子他们的帮助，就凭俺们，还不是死路一条。"

高经纬关上了洞门，又插上了门闩，三个人重新回到秘道之中。高经纬道："看情形，这些人都是顾家屯一带的村民，是特地赶来投奔我们的。我们需要马上去见他们，但为了不泄露地下的秘密，我认为从牢房里出去较为稳妥。"霍玉婵也证实，那个老成持重的人是他的邻居李梧桐，也是上次村民们举荐的头目之一。

牢房的洞门向外弹出，黑暗中好像有重物被推到一边，兄妹三人上来后才发现那是一口袋粮食。接下来他们又摸到好多类似的口袋，他们明白村民们是把这里当作了粮库。高经纬返身关上了洞口，三人听外面没有动静，便推开了虚掩的房门。

虽然好多房间亮着灯光，但甬道上空无一人。他们一路走过，逐间从有灯光的门缝向里张望，但见有的房间里住着村民，有的房间里关着马匹。很快他们就来到前院，一个从偏殿里走出的村民无意间看到了他们，欣喜若狂地大喊大叫道："公子他们回来啦！公子他们回来啦！"听到喊声，三大殿里的村民全都跑了出来，一见果真是兄妹三人，也跟着欢呼起来。这声音传到后院，后院的村民也不顾一切地朝前院涌来,村民们像见到亲人一样,将兄妹三人团团围住,好多人禁不住泪流满面。兄妹三人也被村民们的真情流露所感染,眼里噙满了泪花,刹那间整座寺院都沸腾了。激动过后,村民头目李梧桐给兄妹三人讲述了他们来龙泉寺的始末根由。他讲道:"自打那天傍晚离开龙泉寺回到家中,第二天大清早仙人帮的七百多土匪就开进了顾家屯。原来顾家的人与仙人帮早有勾结,是顾家的人给仙人帮报了信。仙人帮在周边几个村庄都贴了告示,勒令凡参与在顾府行凶和分割顾家财产的村民,必须在当日午时前到顾府自首,逾期不到者,一经查出全家老幼尽皆屠戮。

"我们四个头目刚得知土匪进村的消息时,就预感大事不妙,立刻号召村民带上牲畜、武器和粮食到村外集结。有胆小怕事的人不听劝阻,早早赶到顾府自首,谁知竟是羊入虎口,自投罗网,仙人帮不分青红皂白,见自首者就是一刀,巳时未过已有一百多个村民死于非命。

"午时将至,我们四人率领众村民投奔龙泉寺而来。走出不到四里地,也不知土匪从哪里得到的消息追了上来,双方展开了激烈的厮杀。我们的人没有经过训练,武器也不称手,再加上人数上也处于劣势,没多久我们的人就死伤大半。若不是张朝阳和吴江滨两位首领率众弟兄拼死掩护,我们四十八人怎能全身而退?可怜两位首领在内的二百七十多个弟兄都惨死在战场上。后来土匪见我们已登上了龙泉寺的山路,大概是害怕公子兄妹,这才不敢再追。

"我们在寺里未见到你们,心里没底,担惊受怕地等了两天多。这下好了,我们再也不用提心吊胆了。"

高经纬团团一揖道:"学生兄妹这几天消灭了盘踞在南泉庵的土匪,又帮助师太们加强了防务,以至多有耽搁,还望众位乡亲们谅解。"他又接着道,"仙人帮的土匪太猖獗了,他们绝不会有好下场,那些死难者的鲜血也不会白流。一会儿我就同你们的首领商量，尽快拿出一套作战方案，争取早日向土匪讨还血债。"高经纬的讲话赢得了村民们的热烈掌声。

随后，高至善和霍玉婵登上了箭塔做警戒，高经纬和村民头目携手进入大殿议事，其余村民回房就寝。

村民头领共有三人，李梧桐和刘松樵是原来的，冯立威是因为这次作战勇敢村民们后推选的。他们对高经纬做了简单的自我介绍后，四个人便议到了正题。

高经纬道："仙人帮打着为顾家撑腰的旗号进驻顾家屯，表面上是冲着你们去的，实际上矛头暗指龙泉寺。他们以为在龙泉寺奈何不了我们，就想通过你们将我们引下山，然后凭借人数上的优势一举将我们歼灭。"

说到这里他突然意识到了什么，大声道："唉呀，不好！"三个头领见高经纬脸色骤变，忙追问道："公子，出什么事了？"高经纬道："土匪见我们两天多还没有动静，说不定就会变本加厉，对你们的家眷大肆杀戮，这样一来你们可就惨了。"

李梧桐不愧是一把年纪的人，遇事比较冷静，不易冲动。他说道："即令如此，也只能听天由命。土匪虎狼成性，蛇蝎心肠，什么暴虐残忍的兽行干不出来？就是没有龙泉寺和顾家大院的事，我们这些人还不是照样生活在水深火热之中，破家、掉脑袋迟早都会发生。这样也好，无家无业，了无牵挂，从今往后，我这一百多斤就跟土匪耗上了，白刀子进去，红刀子出来，我誓不皱一下眉头。"刘、冯二头领也紧握双拳道："李大哥，你说出了咱们的心里话。"

高经纬一竖大拇指道："三位都是顶天立地的男子汉，豪言壮语，铮铮铁骨方显英雄本色。来，学生敬三位一杯。"说着捧起供案上的酒坛斟满四碗酒，当先举起一碗一饮而尽。三个首领也各端一碗仰头饮下，碗底一亮连呼痛快。

李梧桐道："公子行侠仗义，快人快语，甚合我等心意，一切就请公子做主，我们听从号令就是。"高经纬道："大敌当前，学生也就当仁不让，却之不恭了。学生以为目前的首要任务是先将乡亲们组织起来，建成一支抗击土匪的队伍。就由三位具体领导，武器由学生提供，再找一个当过兵的人负责操练。"刘松樵插言道："冯兄弟就当过兵，操练的事完全可以交给他。再有李大哥为人稳重厚道，我选他为正队长，我和冯兄弟都做副队长，这样公子调动起来也方便些。"冯立威当即表态道："俺举双手赞成。"李梧桐还要推辞，高经纬道："学生以为刘兄所言极是，就这么定下来吧。常言道：'兵马未动，粮草先行。'这么多人要吃要喝，不知给养方面情况如何？"李梧桐道："这次我们带到寺里的粮食共有七八十袋，合一万五千多斤，此外还有七十一匹马。"高经纬道："粮食是命根子，我们务必看管好，万万不可落入土匪之手。还有，从今天起我们就要设立岗哨，每班两人，一个箭塔安置一人，一天十二个时辰不可或缺。"李梧桐道："公子放心，俺们马上去办。"高经纬停顿了片刻又道："如果没别的事，学生兄妹还需下山一次，用不了多久就能返回。"

高经纬兄妹趁三个头领出去找人之机，疾速奔向后院，见四周无人，一头扎进粮库之中，不大工夫已回到拨云堡里。高经纬将千里眼揣入怀中，三个人又马不停蹄地将牛、羊、猪肉、鸡蛋和白条鸡全都搬到怪兽室。"大将军"的肚子里一次容纳不了这许多，他们只好尽其所能，装上全部物品的三分之一。这才操纵着"大将军"离开山洞，向龙泉寺进发。

"大将军"停在龙泉寺山门前，箭塔上的岗哨早就发现了"大将军"，他们立即报告给三个头领。

三个头领正在连夜召集全体村民开会，会上宣布了组建抗击土匪队伍的决定，大家一致表示愿意参加。至此一支以抗击土匪为宗旨的农民武装正式成立，而每个上山村民都成为这支队伍的一员。

听到"大将军"回来的消息，队员们一哄而出。看到兄妹三人带来这么多好吃的，一个个无不喜出望外，众人扛的扛、抬的抬，眨眼间搬得一干二净。好多人自告奋勇要到伙房帮厨，李梧桐从中指定了十个，并由刘队长带队。高至善走过去告诉他们，伙房的阁楼上有油盐酱醋、干菜和各类调料，还帮他们找来了梯子。十一个人立即着手对伙房和斋房进行大扫除。

"大将军"又返回洞中，经过四个来回，不仅搬空了剩下的肉类，还搬来三十坛白酒。高经纬见众人群情振奋，睡意全无，与李队长商量后，决定由刘队长在家坐镇，其余三十五人燃起松明火把，跟随"大将军"去山下捡拾兵器。

一走进山谷，火光下就见土匪的尸体横七竖八地躺满了一地，散发出一阵阵浓烈的腐臭。高经纬自语道："仙人帮对他的下属也够绝情的，从他们上次夜袭龙泉寺被挤落山崖，到现在都几天了，却不见有人前来收尸。"队员们用衣襟捂住鼻孔，在尸体堆里翻寻着兵器，不到一袋烟的工夫，就拣出六十多件，全是清一色的带鞘腰刀。随便抽出一把，但觉冷气森森，寒光逼人，都是上好的精钢打造。队员们还想再找，高经纬一摆手道："这里尸气太重，谨防染上瘟疫，还是见好就收吧。"

远离了露天的坟场，清新的空气夹带着野花的芬芳，不断向队员们袭来。路边的青草凝聚着晶莹的露珠，打湿了人们的裤脚。满天的云月星斗耐不住疲倦渐渐淡去，只有那颗孤傲的启明星还默默地高挂在九天之上，闪着不甚明亮的光。

前面就是上山的路口，可"大将军"却视而不见，愣是朝相反的方向走去。李梧桐约束着部队紧紧跟上，不久他们就来到另一个山谷之中。这时天边已现出了鱼肚白,大家扔掉了手里的火把。一块草坪和草坪上嬉戏的群马闯进了众人的视野,大家终于明白了"大将军"此行的目的。李梧桐和冯立威旋即将队伍分成两半,然后兵分两路形成一包围圈将群马围住,再逐渐缩小包围圈,等到群马发现要想夺路而逃时,哪里还来得及。只好乖乖地做了俘虏。队伍在"大将军"的引领下满载而归。

队员们每人都分到了一把腰刀,这腰刀既锋利又轻便,与他们过去使用的棍棒锨耙相比不啻天壤之别,队员们个个视若宝贝,爱不释手。

高至善和霍玉婵替下了箭塔里的两个岗哨,高经纬在队员们的簇拥下来到了斋房。

斋房已被擦抹得焕然一新,队员们先用了早餐,随后在三个队长的提议下,大家坐在一起,就队伍的名称和章程进行商讨。高经纬归纳和综合了众人的意见,给这支队伍取名为"大刀队",并制定章程如下:"大刀队是一支以保护农民,保护寺院,消灭土匪,铲除邪恶为宗旨的农民武装。它隶属于龙泉寺,归高经纬兄妹领导,大刀队正队长李梧桐、副队长刘松樵、冯立威。大刀队的成员必须做到服从命令,团结友爱,对老百姓秋毫无犯,如有违背,轻者除名,重者杀无赦。"名称和章程被全体成员一致通过。李梧桐宣读了大刀队的花名册,点到名字的成员逐一站起来,为众人所认识。

接着队员们在冯立威的带领下,开始了紧张的军事训练,其中还包括集体放牧。刘队长则率领伙头军操持起晚上的会餐。

岗哨换回了高至善和霍玉婵,待他们吃过饭,兄妹三人开动"大将军",从拨云堡中取来四十八张弓、四十八个箭筒、一千支羽箭、四十八个盾牌和三套盔甲一并交给了李梧桐。李梧桐大为兴奋道:"有了这些,俺们真是如虎添翼呀!"

夏日骄阳似火，还未到午时，"大将军"浑身就被晒得滚烫，腹中更是亚赛蒸笼。兄妹三人待在里面已是汗流浃背，酷热难耐。霍玉婵打开了所有窗口包括舱门，这才稍有缓解。

"大将军"来到南泉庵，兄妹三人从舱口爬下。紧闭的庵门忽然敞开，静洁住持率众迎出，三人将"大将军"抬进山门，然后随静洁住持来到一处客房，大家分宾主坐定。

高经纬从怀中取出千里眼交给静洁住持，并向她介绍了用法。静洁住持贴近眼睛试了试，嘴角露出满意的笑容，为了让女弟子们也能一饱眼福，她把千里眼递给她们。众人接过来如获至宝，蜂拥着挤出房门，一睹为快去了。

高经纬将龙泉寺成立农民大刀队的来龙去脉也一五一十地讲给静洁住持，只听得静洁住持欣喜之情溢于言表。

她对高经纬道："贫尼想请公子兄妹一起去趟观音秘室，公子可肯应允？"高经纬道："随时听候师太的调遣。"四个人避开众弟子走入庵堂夹壁墙里，屋脊过道上的岗哨已临时撤到庵门附近。四人经过水井、洞窟，从容进到秘室中。霍玉婵启动了夜明珠，四扇石门顿时显现出来。

静洁住持拉开第一扇石门，取出三套缁衣盔甲交给高经纬道："三套盔甲不成敬意，请公子务必笑纳。"高经纬连连摇手道："这万万使不得，此物乃贵庵之宝，学生断断不敢染指。"静洁住持收敛了脸上的笑容，神情严肃地说道："公子说哪里话？真忒见外了。我们两家休戚相关，同仇敌忾，比一家人还近，为什么还要你的我的，分得那么清？公子兄妹是佛门的守护者，身系着佛门的荣辱兴衰。你们的存在，使贫尼有了依靠和希望，因此你们的安危是贫尼最为牵挂的事情，公子不知，你们在贫尼心目中该有何等重要。这几件盔甲算什么？在贫尼看来，不过是几件身外之物，生不带来，死不带去,但是穿在你们身上,却是物尽其用。能使你们的安全多一份保障,也是让我们这一方多一份平安,可是公子不理解贫尼,还要伤贫尼的心。"言犹未尽,抽泣不止。

静洁住持语重心长的表述,深深地打动了兄妹三人,三人的眼泪夺眶而出。高经纬给静洁住持深施一礼,哽咽道:"师太不要难过,学生收下就是。学生兄妹与师太一见如故,缘分匪浅,倘若师太不嫌弃,学生兄妹愿拜师太为师。"静洁住持破涕为笑道:"那敢情好,就怕贫尼没这个福分。"兄妹三人当即跪倒在地,给静洁住持行拜师礼。礼毕,静洁住持扶起了兄妹三人,至此双方的关系已变得亲密无间。

静洁住持指着其他三个门道:"那里的东西,如果用得着,你们也尽管拿。"高经纬道:"暂时还用不上,不过我倒有点建议想跟师父讲。""你说就是了,跟我还客气什么?""我想取出三十一套臂弩送到南泉下院,供众人平时习练。练成后大家就可远距离攻敌,以避免与敌人短兵相接,造成不必要的伤亡。"静洁住持道:"正该如此。那么缁衣盔甲是否也一起发给她们?"高经纬道:"这个嘛,我看为时尚早,众人目前武功低微,还不能自保,一旦落入敌手,遗患无穷,就是臂弩也要力求不被敌人所得。""经纬所虑不无道理,就按你说的办。"静洁住持拍板道。

兄妹三人将缁衣盔甲贴身穿好,外面套上原来衣服,倒也寻常得紧,只是帽子有些扎眼,但在一般人眼里也不过是一顶普通的僧帽而已。霍玉婵道:"回去后,在外面装饰一下就看不出破绽了,这点小事包在我身上。"

接下来,兄妹三人每人扛起两箱臂弩,夹起一箱弩箭,静洁住持也抱起一套臂弩,四人沿原路返回。一路走,一路将所过之处恢复原状,神不知鬼不觉,四人把臂弩平安送到了南泉下院。

四人出得庵来，高经纬让静洁住持派人找来工具和木板，接着自己动手，一个多时辰就做成了十个箭靶，还用朱砂在每个上面画了几个直径不等的同心圆圈。然后将箭靶全部搬入地窖之中。四个人戴上臂弩亲身试练，练得纯熟后，静洁住持将全体庵众除一名岗哨外，都召集到地窖里，先将臂弩人手一套分发下去，随后由高经纬边讲解，边演练，一众女弟子很快便掌握了要领。

　　兄妹三人见时辰不早，就要告辞，静洁住持让他们吃了晚饭再走。高经纬解释了必须回去的原委，又说道："师父，你们白天在上面活动，晚上最好回到下面来，土匪气焰还很嚣张，我们万万马虎不得。"静洁住持道："你的话为师记住了，你们就放心地走吧。"

　　回到龙泉寺，金乌已经西坠。兄妹三人将"大将军"搬进山门。霍玉婵和高至善不等高经纬开口，就主动替换下了两个岗哨。

　　斋房里灯火辉煌，一派节日气象，经过一天紧张操练的队员都已就座，正眼巴巴地盼着兄妹三人的到来。一见高经纬如期而至，大家都欢呼起来。李梧桐问道："他们两位呢？"高经纬道："他们不放心山下，非要在外站岗，不用管他们，我们开始吧！"冯立威立刻大吼一声道："上菜！"就见各种菜肴流水价地摆满了五张八仙桌，队员们一边吃菜，一边不停地相互敬酒，他们沉浸在友情之中，暂时忘却了内心的伤痛和烦恼。

　　高经纬胡乱吃了几口后，走到李梧桐身边，告诉他今晚由兄妹三人担任警戒，他们尽可一醉方休，然后就去换回了霍玉婵和高至善。他俩匆匆地填饱肚子，又与队员们周旋了几句，于是回到箭塔之中。接着三人轮流守望，通宵达旦。凌晨两个岗哨前来接班，兄妹三人这才走出箭塔来到外面。

十二 访祖越贼人绝迹 认师伯奇观再现

外面不知什么时候飘起了蒙蒙细雨,天空阴霾密布,不见一丝晨曦。极目远眺,灰暗的天光下,几乎每座山尖都笼罩在一团浓浓的雾气之中。兄妹三人决定再访祖越寺。

在通往祖越寺的山路上,"大将军"一路行来未遇一个游人和香客,更不要说祖越寺的僧侣。上得山来,只见祖越寺山门紧闭。

高至善钻出"大将军",走上前去叫门,叫了半天,好不容易山门才勉强开了道缝,一个僧人探出头来。高至善合掌打了个问讯道:"这位师兄请了。"僧人瞥了一眼高至善身后的"大将军",脸上浮现出恐惧的神情,颤抖着嘴唇低声道:"本寺规定,僧尼人等概不接待,小师父请到别处去吧!"高至善解释道:"师兄莫非看花了眼,这里只有龙泉寺僧人,哪里来的僧尼人等?小僧要见你家方丈有要事相告,劳烦师兄进去通禀一声。"僧人欲言又止,生恐高至善强行进入,忙缩回头将山门推上。

高至善从门缝里望见僧人躲向了门后,并没有去通报。气得他火冒三丈,略微用劲一推,只听咔喇一声脆响,半尺厚的榆木门闩从中断为两截,厚重的山门应声而开。藏在门后的僧人一个不留神险些被碰倒,苍白的脸上吓得登时没有了血色,刚想撒腿就逃,被高至善冲进去一把抓个正着。僧人倒像是软棉花捏的,一抓之下竟致昏死过去。高至善毫无思想准备,顿时慌了手脚,正不知如何是好时。后面天王殿大门忽然洞开,十四个僧人手握朴刀一拥而出,气势汹汹向高至善直逼了过来。高至善正欲开口说话，就见手中僧人一个鹞子翻身，头上脚下，两腿一弹顺势向高至善踢来，原来这家伙的昏迷是装出来的，高至善猝不及防胸部被狠狠踢了一脚。僧人满拟这一脚不送了高至善的命，也让他身负重伤倒地不起，没承想事与愿违弄个满拧，高至善毫发无损没事人一个，倒是僧人自己被高至善的上身一弹重重地摔在地上，双腿齐根而断，口喷鲜血，呜呼哀哉了。

僧人们见状都是一愕，一个僧人喊道："这小子练过金钟罩、铁布衫。"高至善乘此机会扭身落荒而逃，僧人们随后紧追不舍。

外面高经纬和霍玉婵正为高至善担心，就见高至善慌慌张张地跑了出来。高经纬一眼就认出追在最前面的僧人正是辽阳县的总捕头刘田洋，而后面的僧人都是他的手下。仇人见面，分外眼红，"大将军"迎上前去，一抖手中巨斧直奔刘田洋面门。刘田洋低头一闪，巨斧顺势砍在他的脖子上，一颗栲栳大的人头被砍落在地，叽里咕噜地滚出了好远。"大将军"一不做二不休，又乘机向人多处砍去。

霍玉婵不明白高经纬何以对众僧大开杀戒，但她确信高经纬这样做一定有他的道理，于是立即将连弩射向众僧。

回到舱内的高至善不甘落后，手里的连弩也向众僧横扫过去。顷刻间十个僧人已尸横就地，剩下四个早成了惊弓之鸟，拼命朝寺内逃去。其中两个运气实在欠佳，没跑多远还是做了霍玉婵、高至善的箭下之鬼。

直到这时高经纬才解释道："他们哪里是什么僧人，都是官府里的捕快所扮。这些家伙良心泯灭，坏事做绝，我早有领教。他们躲在此地，一定是意图对我们不利，我岂能饶过他们！"高至善道："怪不得他们居心叵测，出手狠辣，原来是官府鹰犬。"霍玉婵道："逃进寺里的两个家伙，我们必须尽快找出来。"

三个人带上所有武器离开驾驶舱。一踏进山门，迎面就是那具偷袭不成反遭其祸的僧人尸首。高经纬扫了一眼道："这家伙也是捕快。"又笑着对高至善道，"兄弟的武功大有长进啊，赤手空拳就要了他的命。"高至善有些迷惘，道："我也感到很奇怪，这家伙先是诈死，后又趁我不备痛下杀手，我哪里有还手的余地？没想到他一脚踢在我这里，我倒不觉得怎样，他却死于非命，这真是一个难解的谜呀！"说着就摸自己的胸口。

　　高经纬怔愣间已明就理，说道："这有什么难解的？还不是因为你穿了这身缁衣盔甲。缁衣盔甲果然非同一般，不仅能护身，还能化解和反弹敌人之功力。多亏静洁师父对咱们关爱有加，及时相赠，不然，兄弟恐怕难逃今日这一劫。"一想起静洁住持，三人的眼睛不由湿润起来，内心涌起一阵前所未有的温馨。

　　翻遍了天王殿的每个角落，不见坏人的踪影。大腹便便的弥勒佛前，一个表情呆滞的中年僧人机械似的往长明灯里注着油。背对着弥勒佛的韦驮菩萨像旁，坐着一个花白胡须，瘦骨嶙峋的五旬僧人，眼睛直勾勾地盯着后面的大雄宝殿，右手下意识地敲击着木鱼，发出笃笃的响声。任凭三人怎样发问，他们都一脸茫然，充耳不闻，一言不发，活似两个泥塑木雕的偶像。

　　兄妹三人只好来到中间院落，继续搜索。巍峨的大雄宝殿中，几十支蜡烛一字排开插在佛前的供案上，忽明忽暗的烛光里，中间的释迦牟尼佛面容慈祥；左边的琉璃光佛神态肃穆；右侧的阿弥陀佛宝相庄严。供案前一个黄布包裹着的大蒲团上，脸朝殿门端坐着一个身披袈裟风烛残年的老僧。老僧面前十几个小蒲团上，十几个僧人与老僧相向而坐。这些人无一例外都双手合十，两眼紧闭，纹丝不动，像是在入定，又像是在集体涅槃，模样诡异极了。整个大殿没有一丝生气，显得分外阴森恐怖。

高经纬按捺住内心的不安,走到老僧跟前深施一礼道:"方丈大师在上,学生高经纬这厢有礼了。学生兄妹三人乃龙泉寺普济方丈传人,今特来造访贵寺,有要事与方丈大师相商,不知可肯赐教否?"

当高经纬自报名字时,老僧颌下银色长髯不易被人觉察地动了一下,这一切都被心细如发的霍玉婵看在眼里。

高经纬又道:"学生还有一事不明,也想求教于方丈大师,堂堂祖越寺乃佛门清静之地,何以会藏污纳垢与公门里的败类沆瀣一气?"高经纬见老僧依然无动于衷,只好接着说道,"剪除妖孽,替天行道,乃学生分所当为之事。今妖孽已躲藏起来,学生恐其逃遁,再去为祸人间,没有方丈大师允诺也得搜上一搜,冒犯之处还请见谅。"高经纬一拉高至善,两个人朝大殿东侧搜去。

霍玉婵站在原地,手端连弩,全神戒备,众僧人的一举一动都在她的视线之内。不经意间她瞥见老僧瞽开双眼,两道精光向她射来。霍玉婵瞧向老僧,老僧微微点了下头,随后合着的手掌慢慢倾向一边,直指琉璃光佛的头顶,瞬间又恢复了原状。霍玉婵偷偷顺着老僧所指的方向望去,瞅见房梁上隐隐露出一双僧鞋,她立即找到兄弟俩向他们通报了情况。

兄妹三人装作漫不经心的样子,边搜查边向目标接近。猛然间兄妹三人同时举起连弩,对着房梁便是一阵疾射。就听两声惨号,两个家伙随之掉了下来。其中一个没有伤及要害,就见他手握朴刀挣扎着扑向老僧,嘴里还骂道:"老秃驴,让你出卖老子,给老子纳命来!"高经纬哪里容得他再行半步,跟上去就是一刀,顿时将他劈成两截,内脏流了一地。

"阿弥陀佛。"老僧高诵一声佛号,腾地站了起来。霍玉婵用连弩对着另一个坏家伙,高至善走过去查看,见一支弩箭正中其左胸深入至尾,眼见是不能活了,兄妹三人这才将老僧围了起来。

老僧捋着胡须含笑道："自古英雄出少年，几位小朋友身手了得，老衲实在佩服得紧。"高经纬追问道："学生急于知道混进贵寺的坏人究竟有多少？还望方丈大师明示。""共有十五名。"老僧答道。高经纬屈指一算所歼歹人刚好是这个数，于是对老僧道："为防歹人漏网，请方丈大师随学生一一验来。"四人走至前院，又来到山门外，老僧仔细查验了每具尸体，确认无误，遂对高经纬道："歹人悉数在此，无一疏漏。"

他仰头看了看天，天已放晴，一场毛毛细雨虽然不停歇地下了老半天，可是却刚将地皮打湿。"公子稍待，老衲去去就来。"说着老僧匆匆走进寺院。

不移时，一群二十多个僧人手拿锹镐抬着五具尸体和一个盛着内脏的箩筐，在老僧的带领下一声不吭地走出寺门，也未见老僧吩咐什么，这些僧人又抬起几具尸体径奔后山而去。

兄妹三人弯腰想搬余下的尸体，被老僧一把拦住道："这些事不劳小朋友们费心，敝寺弟子会办好的，且请跟随老衲到一清静之所在，老衲有话要说。"

老僧带兄妹三人穿过后院的巳佛殿，来到一座独立的房舍内。房间不大，约九尺见方，地上除了一个车轮大小、一尺来厚的蒲团外，别无他物。老僧自嘲道："这是老衲闭关的世外桃源，就是简陋了点，但也清静到了极致。"说着冲兄妹三人神秘一笑道，"不过对有缘人而言，或许这只是一种假象，说不定别有洞天也未可知。"

言罢，推开房门朝四下张了张，然后回身将房门关好，再插上门闩，这才坐到蒲团上。口中喃喃念道："群山仰盼青龙吟，青龙翘首云雾中。"念到此处，老僧停顿下来，目光如炬，直视高经纬两眸。高经纬不假思索续道："左摇右摆七八载，尘埃落定降甘霖。"老僧起身，紧紧握住高经纬双手，道："老衲平生阅人无数，看好的人从未走过眼，今天也不例外。此处不可久留，谨防隔墙有耳。"

只见老僧走到东墙放置油灯的壁龛前，一手拿起油灯，一手顺势在下面用力一转。兄妹仨登时觉得像有一股无形的力量，在把他们身上的连弩和腰刀向地面上拉，兄妹三人只好将连弩和腰刀紧紧抱在怀里。高经纬心知是地面突发磁力所致，而壁龛里一定暗藏启动磁力的开关。老僧又回到蒲团处，俯身用力抱起蒲团，明显看出他是在克服着地面的吸力，尔后将蒲团抱至北墙半人高一块呈暗红的青砖旁，对准贴上去。说来也怪，蒲团竟和青砖紧紧地粘在一起，与此同时左侧差不多一尺远的墙上，裂开一扇约二尺见方的暗门。

老僧从中掏出四件带索扣的褐色马甲，随后分给兄妹三人每人一件，自己也将剩下的一件套在身上。他又使劲将蒲团挪开放到地面，暗门随之合上。他让兄妹三人放下所有武器，学自己的样子套上马甲，再将马甲上的索扣系好，趴在地上，然后将马甲左侧的开关滑到最上的位置。马甲里骤然生出一股强大的磁力，这磁力和地面的磁力相互作用，把四人牢牢地吸在地面上。

老僧在蒲团原来的位置一阵轻敲细打，一般人准被弄得云山雾罩，可兄妹三人清楚地听到这节奏为左敲七右打八。敲打过后，整个地面忽然翻转了一百八十度，兄妹三人一阵眩晕，被死死地吸附在地下秘室的顶壁上。这时传来老僧亲切的话语声："小朋友们莫要惊慌，照老衲所说去做，先摸到左侧的开关，再慢慢地，一点一点地向下滑动，千万不要太快。"随着开关的缓缓下滑，马甲里的磁力开始减弱，顶壁对马甲的吸力自然变小。于是四个人离开屋顶渐渐向下落去，终于接触到了地面，四个人一下子站了起来。

兄妹三人像是刚从一场离奇的梦幻中醒来，不约而同地纵声欢呼，接着又把开关朝上滑去，让自己悬在空中。接下来，他们发现只要手脚运用得当，就能轻易地变换身体的方位，然后在空中自由来去。

老僧在下面点燃了油灯，有了光亮，兄妹三人玩兴更浓。他们在空中你来我往尽情嬉戏，浑忘了身在何处，直到老僧高声喊道："小朋友们，该歇一歇啦，办完正事再来玩好不好？"兄妹三人这才降到了地面。高经纬有些难为情道："学生兄妹玩心太重，让方丈大师见笑了。"老僧摇摇头道："见外了不是，小朋友们纯洁无邪，天真烂漫，老衲很是喜欢，何来见笑一说？有机会老衲还要陪你们一起玩。"

直到此时，兄妹三人方有机会认真打量这间地下秘室。秘室面积四倍于上面的房舍，长宽均约一丈八尺，高一丈五尺余，偌大的房间里空空荡荡，除壁龛里的一盏油灯外，找不到一个物件，兄妹三人望着光秃秃的四壁丝毫分辨不出东南西北。

这时老僧来了精神，他提起油灯，腾身飞到一堵石壁的顶端，用灯光照向石壁，再使衣袖遮住灯光。就见靠近顶端的石壁上，出现两个间隔半尺多的发光点。老僧在左边的发光点上按了一下，石壁中部下方紧贴地面处，向内开了一扇一人多高的石门。老僧轻轻落到门口，招呼兄妹三人道："诸位小友，请进吧！"说着自己当先而入，兄妹三人不敢怠慢紧跟其后。

透过灯光他们看到一个长约一丈五尺、宽约一丈、高大概有九尺的房间。里面摆着四张双层石床，上面都铺着厚厚的棕垫，贴墙还摆着一张石桌，很显然这是一间卧室。老僧用适才的办法在门后又找到两个发光点，按下左边的一个将门关好，再把灯放在石桌上，又让兄妹三人坐在床上，然后自己也坐了下来。

他用怜爱的目光扫了扫兄妹三人，清了清嗓子说道："老衲普度，忝居敝寺方丈，是普济方丈的师兄。"兄妹三人大吃一惊，高经纬连忙问道："哪个普济方丈？"普度方丈道："普济方丈还有几个？

就是龙泉寺的方丈,三个小友怎么连他都不认识了?他近来可好?"兄妹三人当即跪倒在地,大放悲声。高经纬连连磕头,语不成声道:"弟子……叩见师伯,师父他……老人家……已鹤驾西归了。"普度方丈扶起兄妹三人,自己早已泪流满面,他安慰三人道:"不要伤心,快把详情讲给师伯听。"

高经纬努力让自己平静下来,接着他便从那天夜里土匪占领龙泉寺讲起。讲到了土匪军师魏进财的阴谋,全寺僧人的遇害,普济方丈和普惠大师的先后逝去,他们的临终嘱托,兄妹三人在拨云堡内外的种种奇遇,以及多次消灭土匪的过程,还有帮助南泉庵加强防务,在龙泉寺建立农民大刀队等情况。

只听得普度方丈一会儿义愤填膺,一会儿攒眉沉思,一会儿拍手称快,一会儿扼腕叹息。临了站起来道:"关于龙泉寺地下的秘密和青灯祖师兄弟俩的事迹,普济师弟都详尽地告诉过我,包括开启精舍和山洞及藏有连弩壁橱的方法,只是有关怪兽的事我未听他谈及。

"按常理,龙泉寺遭遇这么大的劫难我应该知道,但祖越寺也没能逃过土匪的魔掌,几乎与龙泉寺被占的同时,这帮坏蛋也控制了祖越寺。他们最初也是穿着公门里的衣服,扬言他们是奉差办案的捕快,要伪装成寺里的僧人埋伏起来,伺机捉拿官府通缉的要犯。并说要犯可能就隐藏在这一带寺庙里,让我们配合他们共同抓贼,为防走漏风声,严禁寺中僧人外出,违者按通匪罪论处。

"不久的一天,那个叫魏进财的也来到寺里,我无意中听到了他们的谈话,才知道他们的真实身份是土匪,而他们处心积虑要找的人叫高经纬,是个文弱书生。从他们说话的口气里不难听出,龙泉寺已落入土匪之手。接着他们又讲到杀害寺中僧人,普济师弟被人救走,下落不明。打那以后我对他们恨之入骨,表面上对他们俯首帖耳,唯唯喏喏,私下里召集门人弟子,命他们暗中监视土匪的一举一动,准备找机会消灭这帮家伙。没料到我的弟子里出了叛徒,他向土匪告了密,这一来,阖寺僧人一下子跌到了万劫不复之地。"

普度方丈深长叹息一声,道:"土匪们索性撕下了伪装,露出了狰狞的面目,他们当着全寺僧人,气势汹汹说要给我以颜色瞧瞧。弟子们为了保护我,赤手空拳与土匪厮打在一起,他们一天武功没练过,哪里打得过手持兵刃的土匪?结果当场被土匪杀死十七个,那都是些不满二十岁的孩子啊!"说到这里,普度方丈再也忍不住内心的伤痛,大滴大滴浑浊的泪珠从他眼角泉涌似的流出,淌过堆满皱纹的脸颊和不住颤抖的银须,洒向地面。兄妹三人不知该怎样安慰眼前这个伤心欲绝的老人,唯有跟着啜泣不止。

还是普度方丈最先从悲痛中挣脱出来,他苦涩地笑笑道:"你们看,我这是怎么了?都年纪一大把的人了,还参不透生死关。佛门常说,一副臭皮囊有什么值得留恋的?行啦,孩子们,都别难过了,听我把话说完。"

他撩起衣襟抹了把脸,继续说道:"土匪们硬是没有放过我,他们把我吊起来,足足拷打了一天一夜,把我打得遍体鳞伤,浑身上下没有一块好地方。也是我命不该绝,这么重的伤居然被我挺了过来。我明白土匪的险恶用心,他们一方面想迫使我屈服,一方面想杀鸡给猴看,用我来震慑其他的僧人。可是土匪的鬼蜮伎俩并没有得逞,除了那个佛门败类,多数僧人坚决不与土匪同流合污。土匪无计可施,又怕他们的身份外泄,于是魏进财弄来一种能致人呆傻的药,将我们强行隔离后,逼迫我们服下。虽然我当时并不知道这药的用途,但我清楚土匪绝不会安什么好心,于是我趁土匪离开之机,赶紧用手去抠自己的喉咙,很快将服下的药物呕出。后来看了其他僧人的表现,这才对药物的性质恍然大悟。"

高经纬道:"那个叛徒是谁?"普度方丈道:"我也想知道这个坏蛋究竟是谁?但他和我一样也装作服了药,摆出一副白痴的模样混在僧人堆里。""那师伯怎么知道出了叛徒?"高经纬问道。

普度方丈道:"服了药后,也有一样好处,土匪们看着我们失魂落魄的呆傻样,说起话来就缺少了戒备,变得口无遮拦起来。这一天魏进财去了别处,不在寺里,一个土匪指着我对另一个土匪说道:'这个老贼秃还以为他们是铁板一块呢,他也不想一想,如果没有他们的人告密,我们怎么会知道他们的底细。识时务者为俊杰,这个俊杰不仅免去了呆傻一灾,听说还得到了五百两赏银呢!'另一土匪道:'俗话说得好,有福之人不用忙,人要是交了好运,想推都推不掉。咱只怨自己没那个好命,不然当初家里就把咱也送到庙里来了,这个有福之人好让咱羡慕啊!你能告诉咱,这个人是谁吗?''那可不能说,这是绝对机密。''这些秃驴们都这个样了,还保什么密呀!''实话跟你说,我也不晓得这个人是谁。有一次我刚好碰到了魏头和他在谈话,只是这个人始终蒙着头,无法看到他的脸。魏头告诉他五百两赏银分文不少,都替他存在了钱庄上,并给他看了银票,还说事成后就交给他。待他离开后,魏头对我说这是绝对机密,还说为了达到长期卧底的目的,要保持单线联系。'我再想听,他们就一言不发了。从这时起我才知道寺里出了叛徒,我暗中仔细观察过每个僧人,但这个家伙狡黠得很,始终没让我看出破绽。

"土匪们越来越肆无忌惮,他们公然指使呆傻的僧人向檀越和香客们讨要酒肉。当檀越和香客们提出质疑时,土匪们怕僧人回答不了,就亲自出马。他们谎称有佛祖白日托梦,指示今后祭祀佛祖要用家畜、家禽和白酒。檀越和香客们哪知其中有诈?信以为真,遂将上述物品源源不断送入寺内。土匪们则指挥僧人动手宰杀,并做成菜肴以供他们享用。

"一天寺里来了好些神色慌张的香客,据他们讲,刚刚在龙泉寺经历了一场可怕的事,他们亲眼目睹一个怪物,手持巨斧从山下赶到龙泉寺,在山门前将围观的和尚砍倒一片。我心中暗自纳罕:'龙泉寺的僧人既已遇害,又哪里来的和尚,莫非也是土匪假扮?那么与土匪作对的怪物必是自己人无疑。'

"我的猜测很快得到了证实,这天下午魏进财单枪匹马来到祖越寺,从他与土匪的交谈中我得知,龙泉寺的土匪已全军覆没,与土匪为敌的就是那个叫高经纬的书生,他带领一男一女两个孩子,手持连弩,或利用寺院地下工事,或驾驶机器怪物,不断给土匪以重创。魏进财告诫土匪连弩和怪物威力极强,不可等闲视之,不可与之正面交锋,一旦他们涉足祖越寺,要诱其深入寺内,各个击破。

"根据这些我推断出普济师弟就藏在龙泉寺地下,而高经纬三人定是普济师弟的传人,只有这样,他们拥有连弩等先进武器,能自由出入龙泉寺地下工事,才有了合理的解释。

"偏偏这些土匪不买魏进财的账,总以为魏进财言过其实,在他们心目中,几个乳臭未干的娃娃未必那么可怕。特别是听说怪物曾到过山下路口,他们更是摩拳擦掌,跃跃欲试,专待你们上门,想不到等来的却是他们自己的末日。

"当我第一眼看到你们的时候,就先入为主地认定,你们就是普济师弟的传人。但理智告诉我,要带你们到这里来,事关我寺的头等机密,不得不谨慎从事。为了验证你们的身份,这才有对诗一说。"

高经纬道:"叛徒是个祸害,此人一天不除,寺院就一天不得安宁,如之奈何?"普度方丈道:"这的确是一件令人伤脑筋的事,暂时也想不出好对策,只能听之任之了。"

说着他站到了石桌上,用油灯照向左侧石床上层护栏旁的石壁。须臾间那里又出现一个发光点,他就用手按了下。石桌上方半尺多高的地方，一扇一人高的石门朝里开去，一股浓烈的油脂气释放开来，让人顿感呼吸不畅。

普度方丈一招手，四个人相继走了进去。这是一个与外间面积相差无几的房间，只是矮了石桌那么高。整个房间内壁都覆以厚厚的油毡，就连石门内侧也不例外。沿房间四壁，一字排开地立着清一色的四层铁架，每层上都堆放着大小各异的铁箱，这铁箱与见日厅壁橱里的铁箱十分相似。

普度方丈道："这是一间兵器库。对于你们，这些铁箱应该不陌生，因为它们都来自青灯祖师胞弟之手。祖越寺建寺之初，这一带并不太平，曾一度遭受过土匪惨无人道的洗劫，就像现在这样。后来青灯祖师胞弟率人消灭了土匪，劫后余生的僧人苦苦哀求青灯祖师胞弟，求其留下执掌祖越寺。青灯祖师胞弟出于无奈，只好接掌了我寺，并取法号远古，遂成为祖越寺一代祖师。尔后远古祖师率领'龙泉神兵'进驻祖越寺，一举开凿了这些地下工事。这些箱子里的武器也都是那时留下的，其中就包括你们使用的连弩，可能还有些你们未见过的武器，你们也来见识见识，以后这些武器就归你们使用和支配。"

随后普度方丈将每种武器的箱子都打开一只，供兄妹三人观看。在这些箱子里，他们看到了油纸包裹着的连弩、臂弩，还有些看似普通的刀枪剑戟之类的兵器。可是当他们随便拿起一件摆弄时，又发现了它们的不寻常之处，就连兄妹三人所熟悉的连弩也有了明显的变化。大凡使用过弓弩的人都知道，在使用弓弩的过程中，最怕敌人突至身边，那时根本来不及抽刀自卫，只能任人宰割。这里的连弩针对以上弊端做了适当改进，弩身加厚，暗置一柄窄刃弹簧软剑，平时盘在弩身底部，用时将出口朝向敌人，按动机栝即可暴起伤敌，使过后转动底部摇柄，将软剑重新盘回，以备下次再用。兄妹三人都觉得此种连弩更适合他们。那些刀枪剑戟也非同一般，每件上都设有机栝，需要时按动一下，其身长就会骤然增至二倍。

高经纬不无欣喜地说道："若是在战场上，与敌人短兵相接的时候，突然使用出来，和偷袭有什么分别？效果肯定妙不可言。"他想象着土匪目瞪口呆的狼狈相，忍不住哈哈大笑。普度方丈也被他逗得忍俊不禁，呵呵笑了起来，霎时，兵器库里笑声朗朗，经久不断。

在偌多兵器中，兄妹三人最看重的还是上百把类似匕首大小的带鞘短剑。这种短剑，平时掖在腰间，放在怀里，插在靴中，不显山，不露水，不易为人察觉，携带起来方便极了。到时只要手握剑柄，短剑即可拉出。剑柄上端还有左右两个簧键，顺势按动左侧簧键，剑刃弹出，瞬间变成一把锋利的长剑。如果在剑刃弹出期间随时松开簧键，则短剑可停留在任意长度位置。如继续按动左键，短剑可继续伸长直至到头，最长可达四尺多。按动右键则方向相反，直至复原。

高经纬根据它的长度可以随意伸缩的特性，给它取名"如意剑"，大家都说好。

高经纬递一把给普度方丈，建议他用来防身，普度方丈欣然接受。兄妹三人也各取一把放入怀里。

接下来高经纬返回秘室中，从壁顶取回他们随身携带的三张连弩，放入兵器库里，然后兄妹三人将新的连弩挂在胸前。

关上所有铁箱后，兄妹仨跟着普度方丈回到秘室。普度方丈道："我看你们还是把连弩送到壁顶，不然还有好几个地方要去，你们总不至于一直这样死死地抱着它吧！"高经纬道："瞧我们几个这点出息，一高兴什么都忘了，还得靠师伯提醒。"说话的工夫三个人将连弩送到了壁顶。

下来后霍玉婵一拍胸口道："说来也怪，这如意剑怎么不怕磁力呢,难道不是钢做的?"高经纬想了一下道:"如意剑是纯钢打制的,这一点毋庸置疑,我猜极有可能是剑鞘采用了特殊的材料,而这种材料隔磁。"普度方丈赞同道:"这解释合情合理。还是远古祖师想得周详。倘若如意剑连这点磁都怕,又怎么能瞒过敌人的耳目,它的优越又如何体现呢?"

高经纬很想搞清楚下面的方向,就问道:"师伯,这里的方向怎样鉴别?""适才那面石壁朝北,这面石壁自然就朝东了。"普度方丈指着相邻的石壁答道。高经纬又问道:"该不会每面石壁的顶端都有两个发光点,下面又都有一个向里开的门吧?"普度方丈道:"还真让你说着了,的确如此。"

用老办法他打开了东面的门,里面也是一间卧室和一间库房,与北面门内极为相近。只是库房应为装甲库,里面装着的不是兵器而是盔甲、盾牌之类的护身品,其中也包括缁衣盔甲和磁力马甲。

高经纬这才恍然,思忖道:"原来南泉庵的地下工程及一应物品,也都源自于远古祖师之手。想不到三家渊源如此之深,追根溯源本就是一家人,三家联手对敌更是水到渠成之事,难怪自己一见到静洁师父和普度师伯就有一种胜似亲人的感觉,原来天性使然。"

高至善拿起一面圆盾,做了几个护身动作。霍玉婵发现圆盾下面有种新鲜玩意儿,于是操起一个递给高经纬。高经纬见是一个一尺多长两寸多见方的长方柱体,两头还各有一个三寸余的短方柱体与其垂直相连,只是两个短方柱体的朝向相反。高经纬左试右试,揣摩了半天,终于搞清楚这是一件与千里眼有异曲同工之妙的物件,是专门用来观望。中间的方柱体可长可短,可在一至三尺的范畴内任意伸缩。两个短方柱体,一个长度固定,是对着景物的;一个长度可微微伸缩,是对着眼睛的。在观望外界时,只要微微抽拉短方柱体,就能使所观察景物达到最清晰。高经纬告诉大家道:"这是一件类似千里眼的物件，优点在于能改变观看的高度。如果我们躲在瞭望孔后面，不用探身，只要将它伸出去，就能把外面的情形看得一清二楚，既方便又安全。"

高至善道："这东西好是好，就是不知该怎样叫它，大哥还是给它起个名字吧！"高经纬道："既然它能躲在暗处偷看敌人，我看就叫它'窥视眼'好了。"

接下来要去的南面门里与北、东两面门内也基本雷同，所不同的是库房该叫暗器库，因为里面装着的是名目繁多、用途各异的机关暗器。与一般暗器迥然不同的是，这些暗器不是靠手法，而是靠器械和机簧，或射出，或引发，其威力之强，射程之远，涉及面之广，远非人力所能比肩。譬如，发射弩弹的胸弩；一按机簧便有飞刀射出的铠甲；拽拉绦环能弹射飞钉的头盔；踩动机关能激射钢针的皮靴；还有内藏菩提子的熟铜棍；暗置流星砂的连环刀……

兄妹三人饶有兴致的是一种形似护腕的暗器。这种暗器一经上足劲，启动起来便有一锯齿状的钢片，一边迅速向外扩张，一边绕轴飞速旋转，最大扩张幅度可达六寸左右。高经纬掩饰不住内心的激动，道："过去我最担心的，就是我们的人与敌人短兵相接时不占优势，尤其是南泉庵的师太们，如果与敌人近距离交起手来，她们身小力弱，非吃大亏不可。这下好了，她们将暗器套在腕上，一旦与敌人遭遇，只要启动按钮，就可在间不容发之际，出奇制胜，特别是在被敌人困住手脚的时候，更能起到意想不到的效果。就是平时用来防身，也是一种上佳的武器，我看师伯眼下就该装备上一副。"普度方丈道："你们也大意不得，依我看咱们一人一副，不偏不倚。"四人很快将暗器套好。

高经纬粗略地估算了一下，这种暗器为数不少，最低不会低于二百套，为了叫起来方便，高经纬给它取了"旋转飞天"的雅号。

西面石门里与前三个石门大相径庭，一进门是一条与西面石壁平行的走廊，走廊对面从南到北依次排列着伙房、斋房、库房和茅厕，走廊的最南端直通一个山洞。山洞相当于两个半卧室大，高可一丈，向西呈长圆形。洞顶紧靠西洞壁有一条宽四指、长三尺许的裂缝，泉水从中涌出恰似一道瀑布由天而降，在地面以下形成一条暗溪向北流去。瀑布距地面三尺多高的地方有一人工竹瓦，紧贴洞壁将泉水引入伙房之中。山洞南端是一直径约为六尺的竖井，井壁凿有螺旋形的石阶盘旋而下。令人称奇的是井口固定一金属横梁，横梁中部连接一碗口粗的金属管直立井中。

四人沿石阶拾级而下，下至六丈深处便到了井底。一条微微下斜的地道向西南方延伸开去，花了一顿饭工夫，四人走到了地道的尽头。

普度方丈用灯在石壁的左上角找到了一个发光点，指着发光点道："以前我曾到过这里，但没有出去过，不知外面是何去处？"高经纬道："我们现在就来见个分晓。"说罢抬手按向发光点，一扇石门向外缓缓打开，四人的目光也随着石门一点点移向外面。

忽然响起一阵扑棱扑棱的翅膀扇动声，这突如其来的声音着实让四人吃惊不小。未等四人惊魂稍定，就见十几只吸血蝙蝠从洞顶飞舞着向四人攻来。还是兄弟俩手疾眼快，危急中冲在了前面，一边用身体挡住普度方丈和霍玉婵，一边抽出如意剑朝空中胡乱劈去，没多时，五六只吸血蝙蝠被兄弟俩砍落在脚下。普度方丈和霍玉婵也拔出如意剑加入了战团，又有几只吸血蝙蝠被砍死，余下的七八只吱吱怪叫着飞回了洞顶，心有不甘地倒挂在那里。

霍玉婵看了兄弟俩一眼，就见两人脸上都有鲜血渗出，忙道："你们受伤了！"便掏出手帕，轻轻地给他们擦拭脸上的伤口。

普度方丈心疼地望着兄弟俩，又瞟了眼洞顶的吸血蝙蝠，恨恨地道："除恶务尽，绝不能留着这些坏东西再去害人。"话声未落，一抖如意剑就要冲过去。兄妹三人赶忙将他拦住，高经纬道："师伯，您没有甲胄护身，不宜硬拼。有道是：'师父有其事，弟子服其劳。'再说，适才的事来得太突然，是我们没有防备，才吃了亏，现在只要我们用袖子遮住脸，它们就奈何不了我们。一会儿您只管待在门后，护住自己的头脸就行。"

说完兄妹三人向洞穴瞧过去，洞穴有半个寝室大，高也有七尺多，连着一个天然的四尺多高的仅容一人穿行的通道。通道的尽头有光线渗进来，使通道昏暗中透着几分朦胧、几分凄迷。

八只吸血蝙蝠蜷缩在不甚平整的洞壁上，用半睁半闭的小眼睑着地道门口的不速之客。高经纬让霍玉婵高举油灯，自己和高至善瞅准了洞顶的吸血蝙蝠，一声呼啸仗剑攻了过去。片刻间七只吸血蝙蝠死于剑下，剩下一只慌不择路逃进了地道之中。

兄妹三人在后穷追不舍，不大工夫，三人追到了竖井里，又沿螺旋石阶向上攀爬。刚刚追至井上，狡猾的吸血蝙蝠又向井下蹿去。情急之下，高至善纵身抱住了井中金属管，飞速滑落，眨眼间追上了吸血蝙蝠，只一剑就叫它身首异处。

此时普度方丈恰好来到井中，高至善从天而降，倒让他吓了一跳。高经纬和霍玉婵跟着也回到井下。讲起高至善的智勇歼敌，四个人几乎同时明白了一件事，那就是井中金属管的用途，原来这金属管是让人快速下井用的。

四人重新来到地道口，简单清理了一下吸血蝙蝠的尸体。又在洞穴壁上找到了一个发光点，然后在外面将石门关上，便走到了通道之中。四人俯低身子前行了六丈多，终于走出了洞口。

乍从黑暗里出来，外界的光亮让四人有些睁不开眼睛。天空还不十分晴朗，太阳正试图冲破游移不定的云层，将万道金光从它的缝隙投向崇山峻岭。树上的知了，草丛里的蝈蝈轮番振翅，起劲地演奏着一首山林交响曲。一人多高的杂草混合着纠缠不休的荆棘藤蔓，遮蔽了洞口。

四人小心翼翼地拨开这些草本植物，又穿过一片栎树林来到了土石路边，前面不远处就是龙泉寺和南泉庵地下工事的入口。高经纬将它们一一指给普度方丈，他还想带普度方丈走近去看。普度方丈观察了下天色，道："天已不早，马上就交申时，离开上面的时辰够长了，不知寺里情况有无异常，不如改日再去参观。再说秘室里还有事情没有交代完，现在我们还是先回去吧！"

四人不再耽搁，沿原路返回秘室之中。普度方丈道："不知你们可曾留意，每面石壁的门后和顶端还各有一个发光点，适才我并没有按过，现在我们就去按按看。"于是带领兄妹三人凭借马甲升至屋顶，然后按下东石壁右边的发光点。就见下方的地面忽然分开，升起一座汉白玉六合塔，六合塔近两尺高，塔顶一颗鸽卵大的绿宝石璨然生辉。接着普度方丈在南、西、北三面石壁右边的发光点也各按了一下，又有三座相同的六合塔在对应的石壁下陆续升起。就在最后一座六合塔升起的一刹那，秘室的中央升起一座大雁塔，塔高五尺许，塔尖一颗鹅卵大的紫宝石光芒四射。四颗绿宝石在紫光的照耀下，绿光越来越盛，愈来愈强，渐渐每颗绿宝石的周围都有绿雾形成。绿雾越聚越浓，终于变成一团绿色旋风绕着绿宝石旋转起来，愈转愈快，转着转着，绿宝石完全隐没在绿光之中。就听几下低沉的闷雷声响过，浓雾散尽，绿宝石摇身变成了蓝宝石。四颗蓝宝石发出灼人的光，一齐投向中央的紫宝石。在蓝光的照射下，紫宝石开始滚动起来，随着滚动下面好像产生了一股浮力，将紫宝石托了起来。突然一阵电闪雷鸣，紫宝石就宛如一轮喷薄欲出的红日，发出万道霞光，这霞光把蓝宝石染得血红。顷刻间，五颗宝石一齐发出夺人心魄的红光，红光穿梭游走于五颗宝石之间，犹如白驹过隙，金蛇狂舞，冲击碰撞之下愈演愈烈，很快覆盖了秘室全部地面。

为了让兄妹三人了解红光的威力，普度方丈从怀里摸出一只木鱼扔了下去。但见红光闪过哧哧有声，木鱼已被击成数个碎片，只看得兄妹三人毛骨悚然，咂舌不止。

普度方丈按了下北石壁右侧的发光点，下边的六合塔沉到了地底，中央的大雁塔也跟着沉到了地下，他又按了其他开关，所有的六合塔都沉到原处，整个地面又恢复到原来的模样。

普度方丈道："门后右侧的发光点是用来在下面启动的，只是要千万小心，特别是发动完最后一个开关时，必须将石门关好。"

接着普度方丈在顶壁的东西两侧各找到一个带镜片的小孔，高至善和霍玉婵各占了一个，朝里望去，上面房舍里的景物尽收眼底。普度方丈一指小孔道："倘若发现敌人闯进，在底下布置好机关，然后从这里观察，等候时机成熟让顶壁翻转，即可使敌人有来无回。"

高经纬从西边的小孔望进去道："你们发现没有，这小孔里大有名堂。照理我们从下往上看，正对着小孔的应该是屋顶，可实际却是对面的墙壁，这表明小孔的另一端不是开在地表，而是开在墙壁上。这怎么可能？"

就在他冥思苦想的时候，目光无意间掠过了吸附在壁顶的连弩，连弩上的千里眼引起了他的注意，继之他想到了窥视眼，此时他的脑海里一片空明，一个大胆的设想一晃而过。他用力一拍顶壁道："有了。"其他三人不解其意，忙追问道："什么有了？"高经纬胸有成竹地答道："我是说关于小孔的答案有了。"他不等大家再问，接着说道，"小孔之所以会改变方向，答案只有一个，那就是顶壁和上面的墙里埋设了窥视眼，小孔就是窥视眼的一端。"听了高经纬的一番话，大家终于释然了。

普度方丈又把他们带回地面,来到搁置油灯的壁龛前,指着壁龛底面一小块凸起道:"这里是控制壁顶有无磁力的开关,每次只需将掌心贴上去,向右旋则壁顶带磁;向左旋则磁力顿消。上面小屋里的壁龛与此相同。"

普度方丈见地下已没有要交代的事,就领着兄妹三人紧紧地吸附到顶壁上,自己则在蒲团旁一块掌心大小的微微隆起处,按左七右八的节奏拍打起来。

高经纬这才注意到蒲团并未随着地面的翻转而掉下去,他联想到普度方丈搬动它时必须用大力的情况,推断蒲团里一定暗藏着磁铁。

四人终于回到上面的房舍,大家脱下马甲放回原处,普度方丈又通过壁龛将地面的磁力退去,兄妹三人带上各自的武器,跟随普度方丈来到了院中。

四人逐一检查了寺院的各大殿和所有房屋,除了一些表情漠然的僧人在机械地做着各自的事情外,未见任何异常发生。四人绷紧的神经开始松弛下来,不知不觉间他们走到了山门之外。

十三　服解药众僧复苏　遭报应叛徒痴呆

此时已是日暮时分，落日的余晖照在山门的匾额上，把"祖越寺"三个烫金大字烘托得格外遒劲有力。

兄妹三人扶着普度方丈到"大将军"舱内参观，一进舱内四人登时傻了眼。只见舱内一片狼藉，有人用利斧将操纵机构砍得七零八落，一塌糊涂，护腕、拖鞋和脚踏板还有躺椅散落一地，整个舱内面目全非。每个人心里都十分清楚，"大将军"已彻底瘫痪，再也无法驾驭了，同时四个人也都想到了一件事，这便是此场灾难的制造者一定是那个佛门败类。

兄妹三人不禁对普度方丈的安危担心起来。高经纬对普度方丈道："师伯，祖越寺已不是一个安全的地方，尽管土匪已不复存在，但是那个叛徒恨您入骨，况且他心地歹毒，穷凶极恶，与土匪相比有过之而无不及。过去您装傻充愣骗过了他，如今您已暴露无遗，您在明处，叛徒在暗处，对这家伙您将防不胜防，最让人放心不下的是他随时都可置您于死地。驾驶舱里发生的一切就足以证明这一点，所以从现在开始您必须和我们在一起，直到叛徒被彻底铲除。"普度方丈道："我离开了，其他人怎么办？"高经纬道："他们不会有危险，即便有危险，您也是自顾不暇，帮不了他们。"普度方丈觉得高经纬的话有道理，遂打定主意跟兄妹三人走。

高经纬决定将普度方丈安置到拨云堡去，于是四人不再迟疑。兄弟俩抬起"大将军"，普度方丈走在中间，霍玉婵一个人断后，朝着龙泉寺的方向迤逦而行。

经过半个时辰的奔波，四个人进入了怪兽室。放下"大将军"，兄妹三人簇拥着普度方丈，一路指指点点来到龙泉别院。他们紧挨着兄弟俩的寝室收拾出一个房间，放好被褥，作为普度方丈的卧室。又将伙房，特别是锅碗瓢盆清洗干净，并倾其所有做了一顿斋饭，用来款待普度方丈。饭后兄弟俩又安排普度方丈沐浴更衣，接着便送普度方丈回房歇息。

兄妹三人毕竟对上面有些放心不下，他们走到瞭望孔向外观望，寺院里万籁俱寂，鸦雀无声。这时东侧殿的门响了一下，走出一个提着灯笼的人，他漫步走到山门后，举起灯笼照了照门闩，又转过身去照向两个箭塔，两个箭塔各有一个人探出身来，朝他挥了挥手。借着灯光，兄妹三人看清楚这个人正是农民军队长李梧桐。李队长见前院无事，又向后院走去，兄妹三人见李队长这样尽职尽责，也就不再为寺院的安全担心了。

他们关上瞭望孔，高经纬道："今天就到这里吧，连续几天我们都没休息好，这次早点安歇，睡个好觉。"说着给高至善一使眼色，兄弟俩就朝龙泉别院走去。霍玉婵心思缜密，兄弟俩的动作怎逃得过她的眼睛？她也不点破，装出回寝室的样子，却暗暗尾随在兄弟俩的背后。

兄弟俩哪里是回去睡觉？转身的工夫就拐进了地道，他俩连跑带颠，一会儿就到了怪兽室。为了让房间更亮些便于干活，他俩点亮了四盏油灯，"大将军"的腹中也点起了两盏。兄弟俩很快在房间角落的零件堆里找来了护腕、拖鞋和脚踏板，正要往驾驶舱里搬，就见霍玉婵双手叉腰，气定神闲地站在门口。兄弟俩毫无思想准备，被吓得跳了起来。好半天高经纬才结结巴巴地问道："师……妹，怎么……是你？你怎么来……了？""我怎么就不能来？就兴你们偷偷摸摸、鬼鬼祟祟，就不许我堂堂正正、大大方方？实话告诉你们，我一直跟在你们身后，寸步未离，要想甩开我，没那么容易。"霍玉婵愤愤不平地说道。高经纬赶紧解释道："师妹别误会，我们也是为你好，看你这么多天和我们一道摸爬滚打，生怕你一个女孩子吃不消，这才背着你。"霍玉婵流着泪道："你们光知道为我好，可是你们忘记了当初结拜时有福同享有难同当的誓言了。"高经纬最见不得女孩子流泪，一时被弄得满脸紫涨，手足无措，半晌方道："都怪为兄把事情想左了，没有顾及到师妹的感受，我向师妹道歉。"说着对霍玉婵又是打躬，又是作揖，霍玉婵破涕为笑道："这次饶了你们，下不为例。"

兄妹三人一齐动手，热火朝天地干了起来。损坏的零件都顺利装了上去，最后只差一把躺椅，为了节省时间，高经纬从牛形怪兽那里拆了一把，回来一比量刚好合适。安装上去后经过试驾驶，发现"大将军"左腿和右臂不大灵活，又更换了两个变形的连杆，"大将军"各项功能这才恢复正常。兄妹三人望着修复好的"大将军"，想着明天又可以坐着它去完成新的任务，都会心地笑了。

一夜无话，第二天四人吃过早饭，高经纬决定带普度方丈去南泉庵，会一会静洁住持。四人来到怪兽室，高经纬请普度方丈先登上"大将军"驾驶舱。普度方丈进去后，见里面一切完好，还以为是换了一个"大将军"，因为昨晚在怪兽室里，他见到还有一个"大将军"停在那。不过他很快发现，在舱里的一角有一堆破损的零件，很像是昨天散落在地上的。他看了一眼正在紧张操作的高经纬，手指坏零件疑惑地问道："这些东西是怎么回事？"高经纬道："师伯，您不记得了？这些都是昨日被那个叛徒搞坏的，一会儿到了外面，清理出去就是。""那个损坏的'大将军'从此就报废了不成？"普度方丈道。高经纬答道："怎么可能呢？它现在不是好端端就摆在您面前吗？"普度方丈有点不相信自己的眼睛，又仔细审视了一遍驾驶舱，问道："这难道就是昨天那个不成模样的'大将军'？"高至善咧嘴笑道："那还假得了？错了管换。"高经纬对高至善道："怎么跟师伯讲话呢？"又对普度方丈解释道，"这确是那个被破坏的'大将军'，只是我们连夜把它修好了。本来我也想今天换乘那辆新的'大将军'，可转念一想，倘若这辆新的也惨遭意外，我们岂不是连备用的都没有了？一旦需要起来，只能坐失良机。"普度方丈赞叹道："这样说来你们昨晚并未好好休息，而是把时间都用在修复'大将军'上了。你们让师伯很受感动，我要说你们都是好样的，普济师弟没有看错你们。"

一进南泉庵谷口，四人就觉得气氛不对，道路两边满是碰折和碰落的残枝败叶，地上的杂草也倒伏了不少，看样子有大队人马曾从这里经过。兄妹三人倒吸一口凉气，立即做好了战斗准备。

"大将军"迈开大步，朝南泉庵一路飞奔。远远就见南泉庵山门敞开，有一扇山门从下折断，光剩上方还连在门上，正在随风摇曳不停。"大将军"走近山门，向里张望，一时也搞不清庵里的状况。

正在四人犹豫不决时，静洁住持带领一众女弟子迎了出来。四人走出驾驶舱，高经纬将普度方丈引见给静洁住持，两人互致问候。静洁住持道："此处不是说话地方，还请方丈大师到敝庵一叙。"普度方丈道："如此甚好，老衲也有事想与住持师太相商。"

兄妹仨问过众人，得知此刻庵内并无土匪，又见众女尼都安然无恙，这才放宽心，于是将"大将军"搬至院内。

静洁住持在山门增设了两个岗哨，又让众人回到地下继续操练，自己则带着四人来到一间与庵堂相近的客房。

普度方丈和静洁住持相互介绍了各自的现状，静洁住持还讲道："昨天上午，天下着毛毛雨，一群土匪大概有二百人，骑着高头大马呐喊着直奔敝庵而来。贫尼见土匪势大，忙命众人躲入地下。有些女弟子提议用臂弩抵挡一阵，被贫尼断然拒绝。土匪们砸破山门，闯进庵内，整整折腾了多半天，见一点油水也捞不到，只好在天黑前悻悻离去。贫尼担心土匪去而复返，所以一直不让大家离开地下。刚才适逢贫尼到屋顶查岗，远远望见了'大将军'，这才赶了出来。"

接着高经纬又把祖越寺与龙泉寺的渊源，以及祖越寺地下的情况讲述给静洁住持，还把自己的推测，关于南泉庵地下工程也出自于远古祖师之手的想法告诉给她。静洁住持听后异常高兴道："这真是太好了，想不到我们三家关系这样近，照此说来，贫尼该叫方丈大师一声师兄才对。师兄在上，请受师妹一拜。"普度方丈捋着胡须呵呵笑道："那老衲就僭越了，师妹免礼。"高经纬兄妹更是笑逐颜开，抢着给普度方丈和静洁住持贺喜。

静洁住持待心情平静下来后，看着普度方丈道："刚才听师兄说，土匪给你们服了一种致人痴呆的毒药，真是巧极了，我这里恰好有这种毒药的解药，这解药还是我的太师父思定住持留下的。

"据说当时有一天，庵里来了母女二人，一个四旬左右的妇人带了个姿色秀丽正值花季的痴呆女儿在佛前祷告，祈求佛祖保佑，正赶上思定住持在佛前坐禅，她一字不漏地听到了母亲祷告的内容。原来这对母女住在距此不太远的山下，邻村有一个恶霸，仗着有个当土匪的姑父，平日为非作歹，鱼肉乡里。在农村的一次大集上，他遇到了这个女孩并相中了她，于是派人前去提亲，遭到拒绝后，亲自出马带领一帮打手到女孩家里逼婚，女孩誓死不从。恶霸恼羞成怒之下，指使家人趁女孩出来打水之机，强行给女孩灌下毒药，待女孩呆傻后，又放风给女孩家里，只要女孩家里答应婚事，他立即把解药奉上。万般无奈之下，母亲这才带着女儿到此求助佛祖保佑。

"思定住持聆听之下勃然大怒，出家前她本是一个武功高强的女侠，后因感情纠葛愤而出家。女孩的遭遇激起了她的侠义心肠，于是她换上便装，一路尾随母女直到家中。跟其母表明来意，并问清恶霸所在的村庄，连夜潜到恶霸家中，逼他交出所有毒药和解药。然后逼他吃下一粒毒药，没多久药性发作，恶霸变得呆傻起来。过了一会儿，思定住持又给他服下解药，不大工夫恶霸就恢复了理智。苏醒过来的恶霸生怕体内的毒性解得不彻底，趁思定住持不备，从她手中又夺过一粒解药吞了下去。就在思定住持考虑如何处置他的时候，孰料他又变得痴呆起来，思定住持赶紧将毒药和解药揣入怀中，为防恶霸装傻，她在他身上用力掐了一把，他竟一点反应都没有，还冲着思定住持一个劲傻笑。思定住持将他捆绑起来，又用破布把他的嘴堵上，然后在他的房中搜出一大包金银细软，这才遁形离去。

"当她回到母女俩家中的时候，已是下半夜丑时。思定住持叫醒一家人，先把解药给女孩服下，等她清醒过来后，又让一家人收拾好行囊，趁着夜色带他们离开了村子。天亮后途经一处集市，思定住持给他们买了两匹马和一辆带轿厢的马车，待一家人坐进去后，又将他们护送到四十里开外的通衢官道上。前面不远就住着他们的一个亲戚，这才把那包金银细软交给他们，并叮嘱他们在此暂作停留后，就返回山东老家，以免恶霸找上门来。

"思定住持则一个人悄悄地潜回庵中，为防毒药将来流入坏人手中再去害人，路上她找了一个僻静处把毒药掩埋掉。同时她也想明白了一个道理，那就是解药不能服过量，否则就会适得其反。当然对于未中毒的人，这解药也相当于毒药，所以必须慎用。你们在此稍等，我去去就来。"

工夫不大，静洁住持拿着一个包裹回来了。她打开包裹取出解药交给普度方丈，普度方丈又把解药递给高经纬，高经纬再将其纳入怀中珍藏好。

静洁住持还要为他们去张罗斋饭,被高经纬拦住了。高经纬道:"师父,今天我们就不在这吃饭了,我们必须尽早赶回祖越寺,解救那些中毒的僧人们。再有,土匪随时可能出现,师父做得很对,在目前敌强我弱的情况下,千万不能轻举妄动,更不能与土匪正面接触。祖越寺有些武器很适合这里,我们会抓紧给师父送过来,这两样兵器请师父先收下。"说着便将自己的如意剑和"旋转飞天"交给静洁住持,并给她讲了用法。

四人辞别了静洁住持,催动着"大将军"朝祖越寺挺进。一路上高经纬变得神采飞扬,喜形于色。霍玉婵忍不住问道:"有什么开心事值得你这样高兴?说出来给我们听听好不好?"高经纬故弄玄虚道:"你是不是很想知道那个佛门败类究竟何许人也?山人只要略施小计,找出他易如反掌。可山人此刻囊中羞涩,还望师妹慷慨解囊,以解山人燃眉之急,山人方可将此计和盘托出。"普度方丈和高至善一听也来了精神。霍玉婵急于知道高经纬的锦囊妙计,明知他是在开玩笑,可还是气急败坏地从头上拔下一根银簪递过去,道:"你不是想要钱吗?这个先给你,以后等我有了再给你补上,你就别吊大家的胃口了。"普度方丈跟着道:"师伯也在洗耳恭听。"

高经纬推开霍玉婵的银簪,又难为情地看了看普度方丈道:"您瞧我,一高兴就有点得意忘形了,本来想逗逗师妹,让她开开心,没想到她倒当真了。其实这件事说起来并不复杂,关键在于解药上。从静洁住持的讲述中我们不难发现,这种解药有它的双重性,在适量的情况下,对于中毒的人它是解药,对于未中毒的人它就成了毒药。而那个让大家深恶痛绝的叛徒并没有中毒,而是伪装成中毒的样子在蒙蔽我们。大家想想,一旦这个家伙服用了我们的解药,结果会怎样呢?必然会原形毕露,这就叫善恶到头终有报,只争来早与来迟。"高至善道:"如果这个坏蛋学师伯的方法,过后呕出来怎么办?"

霍玉婵道:"那就把他们全部集中起来,让所有的人都置于我们的监督之下。"高经纬道:"就照师妹的办法做,这样更能确保万无一失。但我想叛徒未必会清楚解药的双重性,按常理,叛徒会认为即令服了解药对身体也不会有妨碍,为了不引起无端的怀疑,他会坦然接受的。"普度方丈道:"照此办理岂不是一举两得?既解救了我寺弟子,又揪出了佛门败类。本来我一直在为识别叛徒大伤脑筋,想不到踏破铁鞋无觅处,得来全不费功夫。"

俗话说:"三伏的天,小孩的脸。"比喻盛夏的天就像喜怒无常的孩童,瞬息万变,眼前的情景恰好应验了这句民间谚语。不是吗?刚才还是烈日炎炎,酷暑难耐,眨眼间却阴云四起,日星隐曜。呼啸而来的山风越刮越猛,只刮得飞沙走石,天昏地暗,蜿蜒的闪电从遥远的天际划过,隆隆的雷声由远及近震人耳鼓,一切都在预示一场大雨即将来临。

"大将军"加快了步伐,祖越寺就在前头。路上三五成群的香客此时乱作了一团,纷纷向祖越寺奔去。寺里有些带着雨具的香客,有恃无恐地正要夺路下山,猛然间看见"大将军"迎面而来,想起有关这个怪物屠戮龙泉寺僧人的可怕传说,那份矜持劲早就跑到爪哇国里去了,他们掉转身躯就往寺里逃。

四人走出"大将军",兄弟俩把"大将军"抬进寺院,又跟着普度方丈把"大将军"搬进大雄宝殿。大殿里除了几个痴呆的僧人尚能做到处变不惊外,其余的香客全逃得干干净净。再瞧外面已是雨声鼎沸,水流如注。

普度方丈找出十几支巨烛,兄妹三人将它们插好点燃,神圣的大殿里登时变得灯火辉煌,宛如白昼。按照预先商定好的程序,普度方丈找来了寺里的所有僧人,谨慎起见,四人反复核对了人数,二十二人一个不少。

普度方丈过去将大门关好插上，然后走到佛像前，让所有僧人面对自己。兄弟俩站在普度方丈的身后，端着弩全神戒备。霍玉婵一手提壶，一手持碗，站在普度方丈的身侧。

　　普度方丈见时机已成熟，遂用平静的口吻对众僧道："由于老衲对你们保护不周，致使你们惨遭土匪迫害，变得浑浑噩噩，形同行尸走肉，老衲每念及于此，辄心如刀绞。总算上苍体谅老衲苦衷，近来仰仗佛祖眷顾，假菩萨之手，赐给老衲解药，以救助尔等脱离苦海。现在就将解药分发给你们，望你们善自珍重，阿弥陀佛。"说着从高经纬手里接过二十二粒解药，由前排左边第一人开始发起。普度方丈每发给一个僧人，霍玉婵就倒一碗水给他，两个人目睹了他服药的全过程，这才进行下一个。与此同时，兄弟俩的目光一刻不停地在僧人们的脸上扫来扫去。很快二十二个僧人都服下了解药，霍玉婵放下手里的东西，加入到监视僧人的行列。普度方丈也回到众僧的前面，以无比焦急的心情期盼着谜底的揭晓，等待着叛徒的现形。

　　过了一袋烟的工夫，解药终于发挥了作用，众僧陆续从迷失中找回了自我。他们纷纷向普度方丈围拢过去，只有一个僧人站在原地发呆，普度方丈和兄妹三人都把注意力集中到他的身上。又过了一袋烟的工夫，那个僧人仍不见好转，四个人将他团团围住，不管四人如何发问，他就像丢了魂似的一言不发。高经纬和普度方丈互相交换了一下眼色，不言而喻，这个人就是他们要找的叛徒。

　　普度方丈眼里像要喷出火来，对着叛徒大吼一声道："圆业，你这孽障，你知罪吗？想不到佛门净地竟会有你这种灵魂龌龊、伤天害理的家伙，上天白给你披了一张人皮！"

　　那些恢复了理智的僧人们七嘴八舌地问道："师父，您怎么了？圆业他做了什么？"普度方丈抑制住内心的悲愤，说道："就是他出卖了我们，你们十七个师弟的性命都葬送在他的手里。"想到那些无辜逝去的年轻鲜活的生命，普度方丈痛苦地闭上了眼睛，两行热泪夺眶而出。

知道了真相的僧人们群情激愤，怒不可遏，不顾一切地向圆业冲了过去。如果不加拦阻的话，圆业很可能会被他们打死。

而此时高经纬的脑海里一个新的计划已悄然形成，这个计划与圆业密不可分。他见情况危急，忙对霍玉婵和高至善道："护住此人，将来还有大用。"于是兄妹三人伸出双臂奋力挡住了来势汹汹的众人。

高经纬高声喊道："诸位师兄少安毋躁，请不要伤害圆业，学生有话要说。"僧人们鼓噪道："你是何人？为什么袒护圆业？难道是圆业同伙不成？"

普度方丈赶紧分开众人，走到高经纬面前，扭转身躯，对僧人们道："你们莫要无礼，休得莽撞。你们不是想知道他们乃何许人也吗？他们是龙泉寺的传人，是祖越寺的救星，没有他们，祖越寺还掌控在土匪手里，你们仍旧是一群呆傻痴迷的废人。"

于是普度方丈将兄妹三人的情况简短地介绍给众人。僧人们听了恍然大悟，对兄妹三人充满了感激之情，纷纷向他们赔礼道歉。

高经纬道："师兄们不必如此，大家疾恶如仇的心情我完全可以理解。我和大家一样，对欺师灭祖的圆业也是恨之入骨，只是……"说到这里，他转身快步走到门口，轻轻拔下门闩，猛地拽开大门，一个箭步跃出门去。但见四周雨雾茫茫，不见一个人影，这才放心返回大殿。

高经纬示意紧跟其后的高至善和霍玉婵留在门口站岗，自己则回到僧人中间，接着说道："我要说的事与大家性命攸关，所以不得不格外小心。土匪头子魏进财至今还逍遥法外，这一切阴谋都是他一手策划的。目前土匪的势力还很大，我们的实力尚不足以与土匪正面交锋，这样大家必须在土匪的眼皮底下学会保护自己，顽强地生存下去。接下来大家将要面对的问题是，魏进财随时都有可能带着土匪卷土重来，如果他发现你们都恢复了理智，而他的同伙和眼线却不见了，那么他势必会怀疑到你们的头上。倘若他跟你们要人，或者追问事情的原委，你们将何以应对？结果必然是再遭土匪的毒手。但假如他面对的是一群呆傻如故的僧人，其中还包括他的眼线，情况就另当别论了。他决计想不到你们会找来解药，也想不到他的线人会服毒致傻，更想不到深藏不露的线人会被识破。那么他就会以为线人的呆傻是因为意志薄弱，精神崩溃导致，同伙的失踪是因为耐不住寂寞这才不辞而别，两者没有必然的联系，他压根不会试图从你们身上找答案。也许你们要问，线人呆傻和失踪，在魏进财看来有何区别？变呆傻尚在情理之中，但失踪却大不一样。试想一下，其余僧人一个不少，偏偏少了线人，而线人拿不到赏银绝不会自行离开，唯一能说得通的是线人被灭了口，由此就意味着十五个土匪也是被杀的。土匪被杀还可以说是外来之敌所为，那么隐藏得如此机密的线人被灭口，你们就难脱干系。因为只有你们和他在一起，只有你们才可能掌握线人的叛变行径。即使不是你们亲手所为，至少也是你们之中有人向外敌做了举报。接着他会怎样对待你们，也就可想而知了。因此我想到了一个万全之策，待我们走后，你们继续装傻，一切听从普度师伯的安排。这个可恶的圆业还得让他活着，一个丧失了灵魂和人性的家伙，生与死又有何分别？倒不如让他像这样生不如死地去赎他的罪业。我们不会让大家等得太久，土匪被彻底消灭的那一天已经指日可待。"

高经纬又对普度方丈道："师伯，事前也没同您商量，我就自作主张了，您不会怪我越俎代庖吧？"普度方丈拍着高经纬的肩膀道："哪里？师伯感谢你还来不及呢，难为你替我们想得这样周全。"

高经纬召回了霍玉婵和高至善，三个人拔掉了所有巨烛，宝殿又恢复了原来的半明半暗。

　　僧人们遵照普度方丈的指示,回到了各自的位置,痴呆的圆业也被两个僧人带走去清扫茅厕。

　　为了不让避雨的香客们瞧出破绽,兄妹三人告别了普度方丈,冒雨返回了龙泉寺。

十四 送兵器兄妹灭火 掘陷阱又有收获

回到龙泉寺已是掌灯时分。一路上雨骤风狂,泥泞湿滑,"大将军"举步维艰,稍不留神就有滑入山涧之虞,从祖越寺到龙泉寺不算远的路程竟走了一个时辰。

农民军的队长们接到岗哨的报告,早早打开山门,站在门洞里等候兄妹仨的归来。俟三人走出驾驶舱,大家便一起动手把"大将军"抬到大雄宝殿里。队长李梧桐道:"下这么大的雨,我还以为你们不会回来了,你们吃饭了吗?"高经纬道:"还没有。"李梧桐正要派人去通知伙房,被高经纬一把拦住道:"我们三人这就去伙房,有现成剩饭对付一口得了。一会儿你找个地方把队员们都集合起来,我有好消息要宣布。"李队长道:"那好,咱们就去斋房吧。"

当晚,高经纬向队员们公布了盘踞在祖越寺的土匪被歼灭的消息,只是略去了僧人们的情况。队员们听了备受鼓舞,高经纬要求他们抓紧练兵,争取早日向顾家屯的土匪发动进攻。

下半夜雨渐渐小了起来,拂晓时分满天的阴云已经散尽,一轮朝阳从山岭的背后冉冉升起,经过大雨冲刷的山岭显得格外郁郁葱葱。

大刀队的队员们迎着朝阳正在操练,匆匆用过早餐的兄妹三人,驾驶着"大将军"已走在下山的路上。

为了避免潮湿的地面留下"大将军"的足迹,他们尽量拣坚实的地面走。好不容易来到祖越寺地道的入口,见四下无人,掩藏好"大将军",兄妹三人俯低身子一头扎进通道里。

走在前面的高经纬用打火石点燃油灯,沿通道来到洞穴内。正要去找洞壁上的开关,就听霍玉婵一声尖叫:"不好,吸血蝙蝠!"兄弟俩忙抬眼望去,但见洞顶密密麻麻地挂满了大小不等的吸血蝙蝠,一个个正作势欲扑。危急之中高经纬撂下油灯,低声喝道:"不要慌,护住脸部!"跟着拔出如意剑就向洞顶砍去。高至善和霍玉婵也不敢怠慢,抽出如意剑便挥向空中。吸血蝙蝠在兄妹三人的合力攻击下,上下翻飞,四处乱撞,片刻间尸体坠落了一地,一部分慌不择路逃进了通道里,还有些翅膀受伤的在一蹿一蹦地做着垂死挣扎。高经纬撑上去踩死了几只,用刀指着余下受伤的道:"这些就交给师妹了,师弟守住通道口,我去收拾那些逃跑的。"说着身子一矮,蹑手蹑脚地向通道搜去。那些倒悬在壁顶的吸血蝙蝠正要再度逃窜,高经纬的刀锋卷着寒气已疾掠而至,红光迸现之中,十多只吸血蝙蝠已掉在血泊里。高经纬顺势追击,又砍死二十多只,前面就是通道口,眼看还剩下最后八九只。大概是害怕阳光的缘故,这些坏东西扇动着翅膀掉头又飞了回来。高经纬一阵劈杀,又有六只死于刀下,余下三只被高至善堵个正着,至此洞穴里的吸血蝙蝠已斩杀殆尽。兄妹三人粗略估计了一下,有一百多只。

霍玉婵瞅着满地吸血蝙蝠的尸体,充满疑虑地喃喃道:"前天不是刚消灭完吗?怎么一下子又冒出这么多?"高经纬道:"我想这里本来就是它们的栖息地,只是因为前几天天气比较好,它们出外觅食,多数随便找个地方隐蔽了起来,昨日雨实在太大,不得已它们才返回老巢。以后即使再有,也不会这么多,大家留点神也就是了。"兄妹三人随后将死蝙蝠堆到一个角落里。

油灯丝毫未受影响,依然故我地吞吐着它如豆的光焰。借着它的光亮,兄妹三人找到开关进入地道,最终来到地下库房。他们分三次将兵器库里的三十把如意剑和暗器库里的三十副"旋转飞天"

以及装甲库里的三个窥视眼搬到了洞穴里。高经纬也给自己装备了如意剑和"旋转飞天",因为上次他把自己的如意剑和"旋转飞天"一股脑送给了静洁住持。

关好了洞壁上的石门后,三人又将这些物品运进了驾驶舱。"大将军"正要迈步离开,就听土石路那边传来一阵急促的马蹄声,中间还夹杂着人喊马嘶,透过栎树的枝叶清晰可见,这是一帮土匪。循着声音的走向,很容易判断出这帮匪徒不是去祖越寺,就是出山,而最大的可能性是去祖越寺。

待声音稍远,"大将军"立即直奔南泉庵。从路面的足迹分析,土匪刚才肯定到过南泉庵,兄妹三人不禁为静洁住持师徒担起心来。不出所料,南泉庵果然又遭到土匪的洗劫,远远望去两扇残损的大门如今已荡然无存,左手一排房舍里冒出滚滚浓烟,影影绰绰似乎有人在跑来跑去,很像是在灭火。

兄妹三人顿时心急如焚,一催"大将军"快步朝山门奔去。一到山门前,三人迅即离开驾驶舱,也顾不上给"大将军"找个停靠地,便向浓烟处跑去。静洁住持满脸烟熏火燎头发散乱,衣裳不整地迎了过来。高经纬道:"师父,详情待会再说,现在救火要紧。"不等静洁住持搭话,三人直奔伙房。伙房门后刚好有三口装满水的大缸,兄妹三人二话不说,当即一人一口抱起就走。来到火场定睛一看,一排东西走向总共五间的房舍,就属最东头两间火势正旺,而此时刮的却是东南风,高经纬当机立断先灭第二间,阻止火势向西蔓延。于是三口大缸的水仿佛三股瀑布,一齐倾泻进第二个房间,里面霎时升腾起一阵白雾,白雾过后,明火被浇灭。兄妹三人不敢逗留,立刻奔向水源,片刻间又有三大缸水注入着火的第一间,至此整个火势已被扑灭。兄妹三人不敢掉以轻心,唯恐死灰复燃,又接连运来六缸水,不偏不倚给两个房间浇下去。接着兄妹三人检查了两个房间的所有部位，就连与之毗邻的第三间也不放过，直到认为万无一失，这才转身去找静洁住持。

其实静洁住持带领她的女弟子始终待在着火现场，没有离开过半步，只是苦于插不上手。兄妹三人一走出房间，众人立即把他们围了起来。高经纬对静洁住持道："师父，我们把武器带来了，您快让大家去搬吧。"众人很快将如意剑和"旋转飞天"搬到地窖里，兄弟俩把"大将军"也抬进山门。

静洁住持在兄妹三人的搀扶下，首次登上驾驶舱，她兴致勃勃地看着兄弟俩的各项操作。高经纬向她问起土匪来庵的经过，静洁住持道："今天上午，众人同往常一样在院子里操练，这时岗哨发出了警报，众人随即撤回地窖，我去了'烽火台'。在那里我看见还是前天那拨土匪，耀武扬威地纵马驰进院子中，足足折腾了一个时辰，临了点着了房子，还拆下了山门，这才扬鞭而去。一俟土匪走远，我马上带人前去扑救，就在忙乱之际适逢你们赶到，如若不是你们来得及时，说不定整座庵院都将付之一炬。"接着高经纬也把解救祖越寺僧人和挖出叛徒的前前后后讲给了静洁住持，静洁住持听后拍手称快。

高经纬道："师父，我们不能总这样被动挨打，应该对土匪还以颜色，我想在一两天内集中龙泉和南泉两家人马打一次伏击。具体做法是在土匪必经的路上掘一陷阱，陷阱内布下钉板和铁蒺藜，我们的人马埋伏在一边，一旦土匪上钩，我们就以弓箭、连弩、臂弩和暗器射杀敌人。倘若形势对我方不利，龙泉寺人马断后，掩护南泉庵人马先撤。撤退途径有二，其一可由地道直接撤回南泉庵；其二也可由地面临时撤到龙泉寺。再有，师太们的臂弩不知练得进境如何？"静洁住持道："这你不用担心，她们始终劲头十足，眼下几乎人人都能百发百中。"高经纬拿起一个窥视眼递给静洁住持，道：

"师父，这是窥视眼，和千里眼差不多，不单能改变观看高度，还不用担心暴露自己，一会儿拿几个给您安装到'烽火台'上。另外咱们再搬几箱弩弹出来，给师姐妹们留一部分，余下的我们带走。"

四人携着三个窥视眼进入"烽火台"，静洁住持临时安排岗哨到前院警戒。高经纬将窥视眼安装在屋脊下的过道上，两头和中间各一个。两头的朝南，用来观察庵院全貌和山门前的状况；中间的朝北，用来探测谷口的来犯之敌。使用者通过调节窥视眼立柱的长度，可坐视也可卧视，方便极了。静洁住持试了试，对其神奇功能更是赞不绝口。

接着，她留在过道监视外界，兄妹三人则下到观音秘室搬回三箱弩弹，随后他们将两箱搬入驾驶舱，一箱运进地窖里。静洁住持当即把众人召集来，由高经纬将弩弹的原理和用法讲给大家，接下来静洁住持把弩弹给众人发了下去。

此时午饭已准备停当，兄妹三人和大家共进午餐，众人在一起说说笑笑，其乐融融，好不热闹。

玉壶光转，银辉遍地。寂静的夏夜里不时响起几下锹镐与地面的撞击声，原来是兄妹三人在寻找适合挖掘陷阱的所在。

这里是一高一低两座山峰形成的夹缝，缝宽一丈多，缝长二十丈有余，是土石路的必经之地，处在龙泉寺地道出口西南约一里的地方。兄妹三人初步决定将陷阱的位置选在夹缝东端的出口处，他们正在这里进行试探性的挖掘，试图找到一块地质松软的地方，好从这里入手向周边拓展。

在此之前，他们把剩下的窥视眼送回拨云堡中，又将两箱弩弹交到李队长手里。晚饭过后，副队长冯立威亲率十名队员随兄妹三人赶到这里，目前正隐蔽在路边的草丛里担任警戒。

已经找了近半个时辰，霍玉婵终于在路北靠近山峰较高的一端，找到一块容易挖掘的地方。三人立即动手向下挖去，挖有三尺多深遇阻，原来底下碰到的都是青石板。青石板既平整又光滑，高经纬断定是人力所为。三人马上向周边挖去，很快一个四尺多厚六尺许见方的青石板呈现在兄妹三人的面前。三人联手，青石板被轻松地搬到一边，露出一个边长不到三尺的方形洞口。一股难闻的污秽之气陡然释放出来，让人呼吸为之一窒，兄妹三人旋即从洞口撤离。

　　高经纬从驾驶舱中取来油灯，三人站在上面等了约一炷香时间，估计洞里的浊气已经跑完，这才点亮油灯走进洞口。

　　洞里是一排向西而下的石阶，石阶三尺多宽，紧贴石阶两侧是垂直的石壁。三人拾级来到洞底，从高度上看，这里距洞顶至少下降了一丈五尺多。前面是一人多高的平直地道，地道约两丈长，尽头是一扇厚重的石门，三人一齐用力才将石门推开。里面是一间南北狭长的石室，石门紧挨北墙，石室南北长约一丈五尺、东西宽约一丈、高也有一丈。石室中间横穿南北墙壁固定着一副金属框架，框架内有一面约三寸厚的钢板，顶天立地直插屋顶，钢板宽度与头顶路面宽度相当，活像一面大闸门。从石室地下伸出若干粗如儿臂的缆索与闸门相连，框架西侧的地面上露出一个磨盘大的钢轮，钢轮之下的地面上嵌有一个松塔大的按钮。

　　高经纬试着转了转钢轮，左右皆不能动，又用手按了下按钮，这下可不得了，就听咚的一声，整个大地都颤抖起来，眼前的钢轮飞快地向左旋转，钢板唰的一声向上升起。兄妹三人顿时面如白纸，惊愕得半天说不出话来。陡然间，高经纬若有所悟，他喊了声："跟我来！"掉头就向上面跑去，霍玉婵和高至善在后紧跟。三人跑出洞口来到地面，就见一面九尺多高的钢板像一堵墙似的耸立在两山夹缝之中，将道路严严实实隔成两段。

　　冯立威和他的队员们也受到了惊吓，有个队员的头被飞溅的石子砸了个包,他们就像一群惊弓之鸟,不顾一切地冲了过来,连声问道:"公子,出什么事了?"高经纬回答道:"洞里发现机关,用途眼下还说不好,有待于进一步探查,我想总不至于是坏事。你们留在上面继续隐蔽,等有了结果我再告诉你们。"

三人返回石室里,高经纬觉得钢轮的作用很可能与钢板的升降有关,于是用力将钢轮向右旋转,果然钢板缓缓地降了下来,当钢轮向右转不动的时候,钢板也回到了它的最底部。

霍玉婵在高经纬手中油灯一晃之际,于北墙上发现有光点一闪,追过去一看,是一个类似窥视眼的小孔,朝里望去一团漆黑。高经纬看过后说道:"这是窥视眼无疑,只是年深日久,地面上的一端被尘土掩盖住了。你们留在下面注意观察,我到上面去找另一端,如果能看清了,立即通知我。"接着他用脚步量了一下小孔到洞口的距离,大概有三丈五尺长。从洞口走上来,他回到驾驶舱取出一盏气死风灯笼点亮后,从洞口用脚向西量出约三丈五尺长的距离,他立刻瞅见身下一道三寸多宽的深沟,不禁自嘲道:"放着现成的参照物不用,还要去计算什么距离,真是愚蠢至极。"说着把灯笼由深沟垂直移向北面的山体,高经纬用刀鞘从下到上仔细寻找,终于在一处一人高的山壁上找到了小孔。他小心翼翼地清理掉覆盖在上面的脏物,又用衣襟蘸着唾液将其表面擦拭干净。不移时,高至善跑了出来,他上气不接下气地对高经纬道:"不仅看清楚了,而且看得很远。"

兄弟俩提着灯笼返回石室内,高经纬边走边思忖道:"钢板的骤然升起只能挡住敌人的马匹车辆,徒步的敌人完全可以从两侧山上绕行,况且马匹车辆亦可原路折回另觅他路,那么如此复杂之工程岂不是形同虚设?"他带着疑虑,同高至善和霍玉婵走进了开在西墙的地道。

这条地道与东墙门外的地道在一条直线上,其实倒不如说一条地道穿越了一间石室更贴切。兄妹三人顺地道前行了大概七丈远，地道的北墙上也出现了一道石门，这扇石门开起来同样困难，依旧是靠兄妹三人合力才将其打开。

里面仍是一条地道，地道一直向北，长有两丈许，尽头是一间边长为五尺多、一人高的金属小屋。屋门对着地道口，上、中、下均有矩形可视窗口，唯独北面墙是两个并列的金属摇杆。摇杆由两段组成，每段均为一尺余长，一段紧贴墙上，一端固定在墙里，一端与另一段垂直相连。摇杆旁边的墙上都刻着明显的箭头，左侧刻的向上，右侧刻的朝下。

兄妹三人走进屋内，高经纬一把握住左侧的摇杆，先朝左摇没反应，后改朝右摇，小屋向上升起，高经纬越摇越快，小屋猛地向上撞了一下，终于升到了头。高至善用灯笼照向屋门的下端，就见小屋停在了一处平台上。拉开屋门，兄妹三人登上平台，四处打量了一番，原来这里是一条东西向的走廊。三人来回走了走，方知小屋位于走廊的中心。

走廊有十多丈长，宽、高均为六尺余，南面的石壁上均匀地分布着十一个瞭望孔，瞭望孔的高度不尽相同，在四至五尺范围内，每个瞭望孔都插着一根石闩。高经纬打开一个瞭望孔朝外望去，发现瞭望孔开在距地面三丈多高的陡壁上，两座山峰所夹的道路都在视野之中。他对霍玉婵和高至善道："从瞭望孔瞧下去，整条走廊如同悬在空中，叫它'空中走廊'倒也名副其实。"霍玉婵和高至善同声称好。

三人回到小屋，高经纬摇起右侧摇杆，同样右摇，小屋开始下降。借鉴了刚才的经验，他注意通过调整摇杆快慢来控制小屋的下降速度，小屋平稳返回地面。高经纬看了眼小屋道："这屋子既然可供升降，何不叫它'升降屋'？"霍玉婵和高至善均无异议。

兄妹三人从北墙上的石门走出，沿地道向西走了七丈许，又是一间狭长的石室，除了地道对面的墙上没有石门外，与东边的石室几乎一模一样，钢板、钢轮、按钮一样不少，就连北墙上的窥视眼也没有遗漏。

高经纬道："我原以为当初大动干戈建造这项工程是得不偿失呢，现在终于明白了建造者的意图。你们想过没有，假设有土匪人马从上边经过，两道钢板同时升起会是什么局面？必然是将土匪困在其中。倘若事先我们在空中走廊埋伏下弓弩手，对面山坡上布置好滚木礌石，此时发动起来，管叫土匪插翅难逃，这阵势就好比是关门打狗。本来还打算给土匪预备个陷阱，可掉进去的土匪毕竟有限，现在好了，有了'关门打狗'这阵势，只要把握得当，全歼敌人并非难事，更何况这机关可以反复使用，当真方便得很。"霍玉婵道："这就是说陷阱不用挖了？"高经纬道："有了地上陷阱，还要那地下的何用？只是不晓得这边的机关能否启动？"高至善插话道："试试不就知道了吗！"

高经纬将手伸向按钮做出要试的样子，霍玉婵早用双手把两耳捂住。说时迟那时快，又是一声石破天惊的巨响，钢板瞬间向上弹起，三人的身躯都不由自主地微微一晃。高经纬稍稍镇静了一下，当即转动钢轮，将钢板复位。

接着兄妹三人相偕着走出洞口，他们用石板把洞口盖严。高经纬朝冯立威和队员们隐蔽的地方招了招手，他们立即围了过来。

一个队员表情沮丧，一边用手不停地揉着脑袋，一边嘴里嘟囔道："真他妈晦气，倒霉事偏偏都让大爷一个人摊上了。这石子也邪了门了，一个劲往大爷身上招呼，单数还不够，必须凑成一双。这下行了，巴掌大的脑门上一边一个，这算是哪档子事吗？"

众人都觉得他说得有趣，不约而同地举目朝他头上望去，果然在他的前额上并排隆起两个核桃大的包，许多人忍不住哧哧笑了起来，副队长冯立威更是笑得前仰后合。受伤的队员不禁大怒，他暴跳如雷，吼道："有什么好笑的？见大爷遭难你们高兴是吗？平日里，兄弟长兄弟短说得蛮近乎的，一到关键时刻，你们不知关心慰问，反倒幸灾乐祸，哪里还有一点兄弟的情分！"

高经纬见状唯恐事态闹大，赶紧走上前去安抚道："这位大哥且请息怒，他们也是无心之举，学生代他们向大哥赔礼了。有道是'塞翁失马，安知非福'，既然老天爷总爱跟大哥的脑袋过不去，学生决定回头给大哥发一套盔甲，将来不仅要护住脑袋，就是周身也不给老天爷以可乘之机。"高经纬的话让受伤队员心里大为受用，当即破涕为笑。冯立威也向他道歉道："刚才俺的确不是有意的，只是觉得兄弟说得有趣，这才发笑，还望兄弟海涵。"一场祸事就这样被高经纬消弭于无形。

大家按照高经纬的指挥，先将石板掩埋起来，又在表面覆以草皮并做上记号，然后把贯穿路面一尺来深的两道沟槽用碎沙石填满，上面薄撒一层泥土，再用枯草细细扫过，使人瞧不出沟槽的痕迹。

就在众人忙于上述操作时，高经纬又在西边的山壁上找到了第二个窥视眼的另一端。

夜色愈来愈浓，估计夜已过半，大家开始沿原路返回。霍玉婵和高至善驾驶着"大将军"，高经纬与众人走在一起。一路上，他给队员们简要地介绍了地洞里的情况，众人这才恍然大悟。

回到寺院，高经纬打发众人去睡觉，兄妹三人则连夜召集三个队长商讨作战事宜。大雄宝殿里巨烛高烧，一场大战在即的紧张气氛，笼罩着在场的每一个人。

高经纬虽然经历了大小数次战斗，但基本上都是孤军行动，像这般运筹帷幄，指挥调动几十号人马共同作战，生平还是第一次，尽管这样，他还是表现出年轻人少有的沉着和稳重。他用笃定的语气侃侃而言道："有一支二百多人的骑兵队伍，是土匪的精锐主力，他们行动快捷，战斗力强，对百姓危害极大，土匪的每次洗劫都与他们密不可分。近来他们的活动更为猖獗，这次我们的战斗任务就是要给他们以迎头痛击，力争全歼。两山夹缝是他们的必经之路，我们将在那里设伏。大刀队的任务是埋伏在路南的山上，听到巨响即刻放下滚木礌石，然后用弓箭射杀山下被围困的土匪，见到对面峭壁上有黑色衣服伸出，立即朝山下残存土匪发起进攻。我们兄妹和南泉庵的师太们潜藏在地洞里，伺机启动机关，凭借地下工事给土匪以出其不意的打击。天亮后大刀队要做好两方面的工作，一是收集足够多的滚木礌石，夜里运抵山上；二是准备好充足的干粮和清水，黎明前进入预定地点埋伏。另外马匹千万要照料好，最近可能就得用。明日我们兄妹还要去通知南泉庵，回来后就加入你们的行列。"

李梧桐道："我看留下三人看家，兼照顾马匹。再有剩下的四十五人可否分成三组，每组十五人，各由一名队长负责？到时我组居中，他们两组在我侧翼，一旦打起仗来，也好首尾相接，互相策应。"高经纬颔首赞许道："算无遗策，很好，就照你说的办。"

天将破晓，兄妹三人急如星火地赶往南泉庵。在南泉庵的"烽火台"里，高经纬把昨夜的发现和作战计划详细地讲给了静洁住持。

静洁住持满脸喜色道："不是你来说，我还以为发生了地震。你的计划很周密，简直天衣无缝。那么现在我该如何做呢？"高经纬道："待我们去观音秘室取来三箱弩箭后，师父把大家召集到一起，然后把作战任务交代给她们。让她们备好干粮、清水还有凉席，接下来早点安歇，养足精力。下半夜丑时，带上所要用的东西，包括武器到路口等我们。再有您从她们中间指定一个带队的，您和几位师太就不要参加了。"静洁住持道:"这如何使得？我知道你们是体谅师父，但我必须参加不可，尤其是这种性命相搏的时候，我一定要身先士卒，做好表率，决不能临阵退缩。"高经纬道:"既然如此，到时还望师父善自珍重。"高经纬又道，"师父，一会儿让大家将凉席也送过来，我们好一并带走。"

兄妹三人驱动着"大将军"先去龙泉寺地道口，刚走到巨石旁边，远处就传来一阵鼓点似的马蹄声。兄妹三人断定是土匪的马队，不想打草惊蛇，赶紧躲到巨石的后面。

土匪马队速度忽然变缓，一个土匪从后面追了上来，只听他大声训斥道:"你们这是要去哪？大王不是吩咐得很明白，响声是来自两座山的位置，让咱们去那里探查，可你们这是唱的哪一出啊？"土匪迟疑了一会儿，掉转马头朝来路奔去。

听着逐渐远去的马蹄声，兄妹三人走进地道，从龙泉别院取来一副盔甲、三箱弓箭放入驾驶舱，而后打道回龙泉寺。

龙泉寺一派繁忙景象，众人在三个队长的带领下，正热火朝天，有条不紊地准备着滚木礌石。一组队员从后山用铁棍撬，用双手抠，将一块块大石或背驮或肩扛，源源不断运进院里；一组队员在山上用斧砍，用锯锯，把一株株大树伐倒，再就地加工成一截截的滚木；另一组队员则将滚木或抬或扛，川流不息搬入寺中。

兄妹三人的加入，使收集速度明显变快。天黑之前，不仅院内的滚木礌石堆积如山，而且八十多匹健马的背上都多了一副或背篓或驮杠。

借着吃饭的机会，高经纬把盔甲发给昨日头部受伤的队员，众人都向他投去羡慕的目光。为了鼓舞士气，高经纬当众宣布，凡今后在战斗或工作中负伤的队员都可获得一副盔甲，众人听后一片欢腾。

十五　下钓饵鱼儿上钩　图钱财队员藏奸

夏日的夜晚皓月千里，星光暗淡。

"大将军"踏着月光在前面开路，农民军的队员们押着满载滚木礌石的马队紧跟其后。来来往往，几经周折，终于在午夜前将所有的原始武器一字排开，安置在山顶上。需要时只要拽动绳索，下面的垫石就会被拉开，满山的滚木礌石就会像冰山雪崩，倾巢而下。

为了增加隐蔽性，队员们在上面用树枝进行了伪装。接着将马匹送回寺院，再带上武器、弓箭、干粮和水袋重回山顶。

与此同时，兄妹三人也打开地洞口，把弩箭和凉席送到空中走廊。他们又把"大将军"送回拨云堡地道，接下来，如约将南泉庵众人领至地洞中。按照事先的安排，有四名农民军队员已等在地洞边，待兄妹三人走进地洞，盖好青石板后，用蒿草把坑填满，上面再覆以藤萝，然后返回山顶归队。

兄妹三人带静洁住持一行参观了石室，还给她们介绍了钢板的功能，众人皆惊叹不已。升降屋也让她们感到新鲜，都想坐上去体验一下，但容积有限，众人不得不分乘五次才全部到达空中走廊。为了让众人尽快熟悉作战环境，兄妹三人将十一个瞭望孔统统打开，众人轮番向外张望，并从实战出发，交替着将左右臂弩探出去演练瞄准。

高经纬告诉静洁住持，他和高至善先守在下边，负责启动两边机关，一旦将土匪围住，再上来与她们并肩战斗，霍玉婵就留在上面指挥众女弟子。接着，霍玉婵将女弟子按身高分成十组，每组三人，身高相近的分在一组，每组占据一个与之对应的瞭望孔。她嘱咐众人将来只要听到巨响，即刻打开瞭望孔，三人换班朝外射击，轮班装填弩箭。她和静洁住持一组，占据中间的瞭望孔，静洁住持专司给连弩装箭。兄妹三人从箱子里取出油纸，铺在各瞭望孔的旁边，再把三箱弩箭分成十一份，放在各个油纸上，又帮众人铺好凉席，兄弟俩这才返回下边。二人商量了一下，对两石室做了分工，东边由高经纬把守，西边交给高至善守护。高至善听高经纬号令行事，只要高经纬这边一启动，高至善那边立即回应，而后两人迅速撤到空中走廊，替下东西两端的女弟子。

　　高经纬从窥视眼里望将出去，茫茫夜色中，道路空无一人，对面山峰阴森里透着安详，上面的草丛不摇也不晃，似乎万物都在沉睡。

　　高经纬回过身倚墙坐了下来，认真推敲起计划中的每一个环节和每一个细微之处。他思索道："明显的疏漏似乎没有，但为什么自己总觉得心里不踏实呢？难道计划最初就制订得不周全？那怎么可能，连静洁住持都说这计划天衣无缝啊！问题到底出在哪里呢？"

　　高经纬以手支颐，陷入了沉思。陡然间福至心灵，他一下子找到了问题的症结，悟道："兵家有云：料敌机先，也就是说作战之前一定要预料到敌人的前头，要充分估计到敌人行动中的各种可能性。我考虑事情过于一厢情愿，计划的弊端就出在没有充分顾及到土匪的自身因素，而是单方面认为土匪会老老实实走进埋伏圈，一旦土匪将队伍首尾拉得过长，超出了伏击范围，岂不要糟？况且伏击只能一次奏效，第二次土匪有了防备就不灵了，这便如何是好呢？嗯，有了！自古道：'人为财死，鸟为食亡'，土匪致命的弱点就是嗜财如命，何不以利诱之？但钱又在哪里？现在回拨云堡去取，显然来不及，只能去找师父商量了，或许天无绝人之路。"想到这里他当即起身，直奔空中走廊。

静洁住持还没有睡，见高经纬来找，马上同他来到了升降屋。高经纬把自己的想法告诉了她，静洁住持听了，淡淡一笑道："这有何难？你在此稍等片刻，我去去就来。"不大工夫，静洁住持回来了，还带来了四个年长的师太，她们手里都捧着一包东西，打开一看里面全是成色上佳的金块和银块。静洁住持道："这些都是本庵多年来积攒的庵产，一向由她四人保管，现在都交给你支配，你看够吗？"高经纬接过所有的金银，掂了掂足有一百余斤，估计折合成黄金，总价值也在千两以上。他激动地说道："谢谢师父和诸位师太，事毕我定当加倍奉还。"静洁住持道："你尽管用就是了，这些都是身外之物，哪个用你来还？"

霍玉婵和女弟子们都没有睡着，闻讯都围了过来。高经纬忙对静洁住持道："师父，咱们赶紧出去吧！不然升降屋承受不了这么多人。"大家来到走廊里，高经纬把金银递给霍玉婵道："师妹，再交给你一项任务，你先把瞭望孔换到最东边那个，然后从现在起就打开瞭望孔，向西监视土匪，只要一发现土匪大队人马，立即将这些金银朝路上扔，尽量扔到东边这一段路上，尽量分散些，扔完马上将瞭望孔关好，接下来仍按原计划进行。"

高经纬回到石室，再从窥视眼望出去，外面正是东方破晓，朝霞满天的时辰。他拿起水袋喝了几口清水，头脑顿时清醒了不少，尽管没有一点食欲，他还是强迫自己吃了一个馒头。为了驱走睡意，他在石室里走了三十几个来回，结果还是感到有些头昏脑涨，本想靠墙站上一会儿，谁知腿上一软，不知不觉间已席地而坐，再后来眼皮一沉，竟然蒙眬睡去。

忽然一阵猛烈的敲击声把他从梦中惊醒，他霍地跳起来扑向窥视眼。外面早已日上三竿，转眼就见路上金块和银块撒落了一地，被阳光一照熠熠生辉，高经纬知道这是霍玉婵扔下的，它表明土匪已离此不远。想到刚才险些误了大事，不由惊出一身冷汗，他打起十二分精神，全神贯注向外观望。

此时土匪的马蹄声已越来越清晰，马蹄声骤然变缓，十几匹高头大马闯进高经纬的视野。马的主人不等马停稳已飞身跃下，后面的人马也潮水般涌来。越来越多的人马走到这里便不再前行，土匪们疯狂地争抢着地上的金银，叫骂声、扭打声和战马的嘶鸣声交织在一起，响成一片。

机会千载难逢，稍纵即逝，成功失败在此一举。高经纬紧张得有些透不过气来，他噌地疾纵到钢轮旁，毅然按下开关。接着就是一声惊天动地的巨响，响声未落，又一声震耳欲聋的巨响接踵而至，不用说是高至善那边也启动了按钮。

在这千钧一发之际，从南面的山坡上又传来一阵山呼海啸般的滚动声，犹如万马奔腾，恰似浊浪排空，与此同时，北面陡壁内也有数十支弩箭飞蝗般射向敌人。土匪们在这一连串突如其来的打击下，哭爹喊娘，抱头鼠窜，乱成了一锅粥。

高经纬无暇去看土匪的窘相，背起连弩不顾一切地朝着升降屋就跑，在北门处与高至善撞了个正着，只撞得两人晕头转向，眼冒金星摔倒在地。两人爬起来相视一笑，也顾不得碰痛了哪里，继续向升降屋跑去。

待他俩来到空中走廊时，娘子军们射击正酣，他俩赶紧接过两个瞭望孔朝下望去。下面两道铁板间的山路上，滚木礌石遍地皆是，土匪人马躺倒一片。一命呜呼者有之；奄奄待毙者有之；骨断筋折者有之；惊吓昏厥者有之。死伤的战马更是随处可见，惨不忍睹，幸存下来的土匪只有四处乱窜，疲于奔命。

由于东南的山坡地势较缓,许多土匪都试图从这里突围。两边的弓箭和弩箭霎时都瞄准了这里,形成一道不可逾越的火力网。土匪们见突围无望,只好丢下二十多具尸体,又仓皇逃了回来。

靠近西边的钢板停着两辆四轮马车,上面各有一个外表坚固的轿厢,成了土匪的临时避难所。有些土匪就藏在里面,还有土匪想躲进去,里面却用刀枪将他们拒之门外,变成兄妹三人的箭下之鬼。

中路的土匪都是些强悍的亡命之徒,他们不做无谓的逃窜,而是趁两下火力集中到东边坡地的空当,把马鞍顶在头上遮挡箭矢。接着便使礌石当墙,滚木做屋顶,垒起了一座堡垒,周围还用死马围成一圈。做完这些后,他们又拖过一匹伤马割开颈动脉,轮番凑上去吸食马血,然后挂着满嘴的血污躲进堡垒里。

两下里见外面的土匪都已射杀殆尽,当即停止了射击。霍玉婵走到高经纬的面前问道:"大哥,该给对面发攻击信号了吧?"高经纬摇了摇头道:"先别忙,容我想想。"过了片刻,他对静洁住持说道,"师父,一会儿我们下去与土匪正面交战,你们就守在上面,土匪只要一露头就射杀他。"静洁住持道:"你们一定要多加小心。""是,师父,我们记下了。"兄妹三人异口同声答道。

兄妹仨齐心协力将洞口打开,又将"大将军"带回。高经纬快步走到石室,把东边的钢板复原,然后迅速跑进驾驶舱。"大将军"跨过钢板留下的沟槽,一步步向土匪的藏身之处逼近。

土匪们龟缩在临时堡垒和车厢中,丝毫没有察觉外面的变故,还在一心一意地等待着转机的到来。

"大将军"绕过人马的尸体,无意中刮到了一匹伤马的痛处,只听一声怪叫,整匹马人立起来。跟着就听土匪嚷道:"操家伙,往外冲!"可为时已晚,"大将军"的巨斧已经从天而降,只一斧就将临时堡垒摧毁,十几个土匪都被滚木礌石压在下面。"大将军"奋起神威，用斧背在滚木礌石上一阵猛砸，再看十几个土匪早已七窍流红，血肉模糊。

刚刚发生的一幕，让躲在两个车厢里的土匪从窗缝里看得清清楚楚，他们明白要想逃过眼前这一劫已是万万不能，困兽犹斗，他们打定主意决不束手待毙。车厢的门是朝后开的，因此他们攥紧各自手中的刀枪，专等"大将军"走到车中间，便破门而出提前发难，兵分两路直扑"大将军"的双腿。谁知事与愿违，"大将军"并没有再往前走，而是站在车头，用巨斧顶住轿厢向后一推，整个轿厢顿时被掀了个底朝天。"大将军"刻不容缓又将另一个轿厢掀翻，二十几个横眉立目的土匪就像十多对泥塑木雕的恶鬼，被暴露在光天化日之下。未等土匪从愣怔中缓过神，也未等"大将军"的巨斧横扫过去，瞭望孔里的弩箭早已呼啸而至，二十几个土匪连哼一声都未来得及，便下了酆都地狱。

"大将军"返回洞口，兄妹三人从空中走廊接回南泉庵众人，又给对面农民军发出下山信号，两路人马在战场上胜利会师。

高经纬把静洁住持和李梧桐队长请到驾驶舱，说道："现在是攻打顾家屯的最佳时机，我们务必赶在午前把战场清理干净，午后准时进军顾家屯，趁土匪没有防备，打他个措手不及。李队长，带你的人处理好土匪和马匹的尸体，为了装扮成土匪，要拣没有血迹的土匪外衣剥下，还要搜出尸身上的钱物，因为那都是为引诱土匪而抛出的南泉庵公产。另外千万注意不要放过一个活着的土匪，以免他们回顾家屯通风报信。至于滚木礌石，暂时移到路边，只要不影响车马通行即可。师父率南泉庵众人以回收弓弩箭为主，顺便把兵器和马鞍都集中到地洞边，然后就打道回府，顾家屯距此较远，你们又是步行，就不要去了。"静洁住持一脸不悦道："这场战斗至关重要，多一个人就多一分胜算，更何况我们有三十一个人，别说徒步走，就是爬，我们也得去。"高经纬道："那好，待我再想办法。"

接下来开始打扫战场，南泉庵的僧众一边回收射出的弓箭和弩箭，一边将兵器和马鞍搬往地洞边。大刀队的队员们先对土匪的尸体逐个查验，给未死的彻底地补上一刀，再把尸身上的外衣拣好的剥下，财物搜捡一空，然后将尸体扔到附近的一处沟里。清理完土匪的尸体，他们将伤马全部杀掉，连同原来的死马一起搬到路旁，接着他们又把杂乱无章的滚木礌石搬到道路的两侧。

就在他们清理滚木礌石的同时，兄妹三人在两辆四轮车上也有了新发现，揭开一层帐篷布，里面竟各自藏有一门崭新的火炮，旁边还搁置着六发炮弹。高经纬心想："根据土匪携带火炮推测，这次他们是有备而来，矛头直指龙泉寺无疑，若不是苍天有眼，被我们半路截住，佛门净地岂不毁于一旦？这些土匪实在是百死莫赎，死有余辜。"

钢板前未见滚木礌石，是一处相对安全的地方，三十几匹马麇集在这里无所适从。兄妹三人专拣没有马鞍的挑出，数了数恰好八匹，却都是原来驾辕和拉套的马，所幸的是它们均毫发未伤。兄妹仨按每辆车四匹给马套上缰绳，而后又把车赶到地洞口，再将火炮和炮弹运到石室中，这时南泉庵众人也把兵器和马鞍搬了进去。

高经纬蓦然灵机一动，心想："师父她们要去顾家屯，乘这两辆车岂不最为便当？"于是兄妹三人驱车返回钢板前，把轿厢安在马车上，又做了几个木楔将轿厢固定牢，这才回到石室把西边的钢板降至原位，再将洞口盖严使土封好。

三十个队员每人牵着一匹马，上面都驮着从土匪身上剥下的衣服。余下的队员把钢板留下的沟槽填平。随后他们走到李队长的面前将缴获的金块和银块堆在他的脚下。李队长把金银包起，交给高经纬。

高经纬捧在手里眉峰不由微蹙了一下，因为他明显感到这重量还不到原来的一半。他无奈地将包裹转交到静洁住持的手里，说道："师父，常言道：'钱乃惹祸的根苗。'这话您以为如何呢？"静洁住持淡淡一笑，不做置答，遂将包裹递了出去。四位师太传在手里，面现不豫之色。

大刀队的队员们故作不解地窃窃私语道："这些尼姑忒也托大，好心好意还她钱财，连谢谢也不说一声。""不然怎么说头发长见识短呢！""可她们是出家人，没有头发。""那就改成出家人见识短吧！""改得好，真有你的，哈！哈……"

高经纬当即就要发作，被静洁住持拿眼色制止，她轻声道："大敌当前，不可造次。"高经纬原本想让静洁住持她们一起去龙泉寺，然后从那里一道出发，现在只能作罢。他对李梧桐道："你领队员们先回龙泉寺，做好出发前的准备，我送师父她们回庵。"

说完，兄弟俩让静洁住持坐进驾驶舱，其余三十个女尼分别坐进两辆轿厢之中。霍玉婵姐妹俩都会赶车，一人驾起一辆跟在大将军的后面，扬鞭径朝南泉庵驰去。

回到南泉庵，兄妹三人让静洁住持携众人进地窖准备午饭，他们借口到"烽火台"察看敌情，实则是去了观音秘室。从那里取来三十一副缁衣盔甲，带到南泉下院发给众人。吃过午饭，众人都回房略事休整。

高经纬对静洁住持道："师父，农民队伍中鱼龙混杂，良莠不齐着实令人堪忧,今后不得不防啊！"静洁住持道："毕竟多数人是好的，不要因为这件事一叶障目，失之偏颇，要学会容忍，要有大将风度，要看到在对待土匪的态度上，大家的立场是一致的。"

高经纬看了一眼静洁住持道："师父，这么多人都坐在车里，影响速度不说，一旦遇到敌人，这臂弩也施展不开，若是有人会骑马就好了。""倒是听她们说起过,有人不仅会骑,骑术还不错。我这就找她们问问看。"说着静洁住持向外间走去。过了一会儿,静洁住持满面春风地走了回来,她兴高采烈地说道:"有十一个人会骑马,其中六人还相当娴熟。"高经纬双拳一击道:"太好了,待会就带十一匹马过来,我们即刻赶回龙泉寺。"兄妹三人将车马留在南泉庵,约好未时来这里接她们,于是驾着"大将军"扬长而去。

路上霍玉婵问高经纬道:"师父今天的举动很反常,即令遇到什么不痛快,也不能缺了礼数,你瞧那些农民说得有多难听。"高经纬道:"这能怪师父吗?往下扔金银是你经的手,可你知道经那些农民的手交回的有多少吗?半数都不到。师父不是小气之辈,更非不识大体之人,否则也不会在关键时刻慷慨解囊,她是鄙视这些势力之徒的见利忘义,但师父还是够有涵养的,并不与他们计较。可你看那些小人得意扬扬的嘴脸,再听他们对师父尖酸刻薄的挖苦,是可忍,孰不可忍!倘若不是师父阻拦,我早和这帮家伙翻了脸。"霍玉婵道:"想不到这帮家伙如此卑劣!"高至善恨恨地道:"别叫他们犯在我手里,不然,有他们好瞧的。"高经纬道:"还是师父说得对,他们之中多数人是好的,我们必须区别对待,对于少数人今后要严加防范。目前与土匪之战迫在眉睫,这些区区小事留待以后再说,眼下最要紧的是,和衷共济,共同对敌。"

兄妹三人回到龙泉寺。龙泉寺里的战前准备工作已然就绪,大刀队队员除原来的三人继续留守外,其余四十五人站在院内整装待发。就见他们衣着齐整,鞍辔鲜明,清一色的弓箭和腰刀;清一色的高头大马,每人肩上还斜背一皮囊,内藏弩弹数枚。

高经纬命李梧桐再选出十一匹性情温驯的战马带上,李梧桐办妥后,一声令下,队伍列成一行向山下进发。

兄妹三人驾驶"大将军"先行一步,一阵动如脱兔般地飞奔,

"大将军"已来至南泉庵。此时静洁住持正率众人在车旁等候，大家都穿上了缁衣盔甲，益发显得英姿飒爽。静洁住持依然坐进驾驶舱，其余众人则登上马车轿厢，仍由霍玉婵姐妹驾车，不多时来到三岔路口，刚好与农民军队伍会合。南泉庵众人进行了调整，十一名女尼换成了骑马，静洁住持回到了车厢。

为了蒙蔽顾家屯的土匪，达到偷袭的目的，着土匪服色的大刀队在前，南泉庵僧众居中，"大将军"断后，一路杀气腾腾，径奔顾家屯而去。

十六 占顾府嫌隙顿生 收弩弹队员重组

　　午后的太阳像团火球在空中燃烧，天上见不到一丝云彩，难耐的酷热充斥着千山万壑，使得行进中的人马个个汗流浃背。村里的狗耷拉着舌头，无精打采地蜷缩在柳荫下，连叫都懒得叫一声，只有此起彼伏的蝉鸣响彻在村子的上空。

　　不远处就是顾府大院，还真应了那句老话："士别三日，当刮目相看。"才几日不见的顾府大院，竟起了翻天覆地的变化。周围的民房、府前的石狮和旗杆都不见了。原来的围墙向外拓展了许多，而且加高增厚，由过去的六尺多，增至现在的两丈高，上面还砌起了一人高的城堞。城堞后不时有土匪巡逻，从下望上去，隐隐可见一点头顶。围墙外一道两丈宽的护城河将顾府围绕其间，府门前高挑起一座近一丈宽的吊桥，旁边还设有一座带瞭望孔的岗亭。

　　里面的土匪远远瞅见一队人马正在靠近，瞅服色还以为是自己人出征归来，赶忙把吊桥放下。李梧桐见机呼哨一声，率队冲过了吊桥，旋即推开大门一拥而进。两个土匪岗哨见势不妙，正要喊叫，被刘、冯俩队长左右开弓立斩于马下。

　　南泉庵众女尼也跟进院中，静洁住持赶紧下车，指挥众女尼迅速登上围墙，正遇土匪的巡逻队。土匪刚想喝问，霍玉娥等几个走在前面的师太手臂已然抬起，八个土匪眨眼间死于箭下。静洁住持命令众女尼沿围墙散开，居高临下密切监视院内的土匪。

　　此时"大将军"已将吊桥拽起。顾府大门也今非昔比变得又宽又高,"大将军"不费劲就通过大门来到了院中。此时李梧桐正带领大刀队在各处搜索,结果发现前院除被消灭在围墙上的土匪巡逻队外不见其他敌人,兄妹仨瞧"大将军"无法通过后面的院门,只好将"大将军"停在一边,走出驾驶舱。

徒步来到第二进院落,三人紧赶几步追上快速推进的大刀队,奇怪的是仍旧不见土匪的人影,就在众人暗暗纳罕不已时,蓦然间传来一声雷鸣也似的巨响。从声音方位判断应来自第四进院落,跟着升起的硝烟也证实了众人的判断。

兄妹三人一马当先向后冲去,大刀队紧紧相随。穿过第三进院落,仍然未遇阻挡,来到最后一进院落,一股辛辣的气息直刺鼻端。众人朝里望去,不禁大吃一惊,只见偌大的院子中间围起一圈五尺多高的土堆,土堆里的硝烟还未散尽,土匪们正在土堆里上上下下地忙碌着。

有人瞧见了高经纬他们,高声断喝道:"看什么看?还不上来帮把手。"高经纬手一挥,率先跃上了土堆,大刀队队员们也纷纷跳下马,随之冲了上去。

下面是一丈来深的方形坑,坑底凹凸不平,木棍、木屑横飞,显见是发生了一场爆炸。坑外的土坡上倒卧着二十多个死伤的土匪。坑里人头攒动,看样子正在挖掘被埋的土匪。

高经纬用手一指李梧桐的背囊,李梧桐当即会意,指挥队员们迅疾掏出弩弹,拽掉后盖,然后一声令下,齐将弩弹投向坑底的土匪。只听嘭嘭声不绝于耳,一颗颗弩弹在土匪的身边炸裂开来,成千上万枚钢针在骄阳的映射下银光闪闪,在坑底肆意飞溅。土匪于浑然不觉中早已钢针注体、入肉三分。

这钢针十分霸道,一经入体便被心脏吸引,被注入者如利箭穿心,苦不堪言。坑底的土匪竟无一幸免,就连离坑下较近躺在坡体上的两个受伤土匪也被殃及。这些中弹的土匪忍受着极度的痛苦，在一片号叫和呻吟声中足足经历了半袋烟的工夫，这才离开人世。

目睹了这些土匪惨死的全过程，只把坡上受伤且神志清醒的土匪看得心惊肉跳，股战不已。就是李梧桐一行人也看得两眼发直，五色无主。高经纬叹息一声道："今后弩弹一定要慎用，不到万不得已切勿拿出。"冯立威道："公子大可不必对恶人发善心，设想一下如果倒过来，弩弹是在土匪手里，他们用来对付俺们，会心慈手软吗？"高经纬登时为之语塞。

李梧桐拖过一个伤势较轻的土匪问道："你们在这里做啥？"土匪脖子一梗、两眼一瞪，道："要杀要砍随你的便，大爷什么都不知道。"冯立威一把抓过土匪，掏出弩弹在他眼前晃了一下道："好小子，有种，不是想死吗？老子这就成全你。"说着用单臂夹起土匪就走。土匪面呈恐惧之色，忙道："我说还不行吗？"冯立威把他往高经纬脚下一摔道："那你就快说。"

土匪道："俺们本来想在这里挖个地窖，以便用来贮存白酒和蔬菜，今日午后地窖已挖好，还用木棍进行了加固。没承想在下木桩时，竟掘出了一根金条，大家都猜测这地下可能有个宝藏，于是除了站岗和巡逻的弟兄外，其余人闻讯都来挖掘。刚才恰好挖到一个木盖，头领鞠振国想都没想上前一拉，就像晴空响起了一道霹雳，地窖瞬间被炸塌，三十多个弟兄被埋在了里面。我离木盖较远又靠墙，所以受伤不重，很快就被救出。"

高经纬问道："你们一共有多少人？别处还有吗？"土匪答道："俺们总人数有两千多，这次来顾家屯共出动了三百人，今天上午有二百二十人去攻打龙泉寺了，到现在还没回来。留在家里的除站岗巡逻的十个人，余下七十人都在这里。"高经纬追问道："你们的老巢在何处？距这里有多远？属于什么帮派？谁是你们的大王？"土匪道："俺们山寨在千山南麓，距此有二十多里，因为是在仙人谷中，故起名仙人帮，大王叫董殿武。"高经纬又道："你们不好生待在山寨，为何要与龙泉寺为敌？"土匪答道："最初一个叫魏进财的别派军师用重金买通了俺们大王，并和大王结成金兰之好，随着他一起攻打龙泉寺，结果大败亏输，折损了不少人马。后来顾府的人前来求助，再加上俺们大王听说魏军师的人马在南泉庵屡屡失踪，大王将这一切都归罪于龙泉寺，这才决定进兵顾家屯，并想以此为据点，一举荡平龙泉寺。"

冯立威不耐烦听土匪的供述，他挥动腰刀把其余受伤土匪一一砍死，为防受伤土匪装死，他一不做二不休，干脆给所有尸体心窝都捅上一刀。

高经纬押着土匪，带领众人搜遍了全部四个院落，验证了土匪所言不虚。

他把情况通报给静洁住持，还将站岗和巡逻的任务分派给她们，受伤土匪也交由她们看管。她们给土匪简单包扎了头上的伤口，就把他手脚捆住，关到对面一间空房里。然后静洁住持等十一人守望在大门上方的城堞后，其余二十人分成两组，一组由霍玉娥带队，一组由定安师太带队，在围墙上兵分两路相向巡逻。兄妹三人则率农民军去爆炸处一探究竟。

爆炸现场一片狼藉，坑上坑下，坑里坑外到处都是土匪的尸体。众人先把坑里表面尸体移开，然后向下挖去，很快埋在下面的尸体和木棍就被清理出坑底。高经纬告诫大家务必提高警惕，谨防爆炸，于是众人放慢了速度，小心翼翼地将坑里的泥土运走。一炷香的工夫后，一块青石板地面被清理出来。三个外表相似，大概三尺见方的木盖，分列在边长约为一丈的正方形的三个角上，另一个角是一不大的方槽，周边已变得破烂不堪，看样子就是刚才发生爆炸的位置。

高经纬让队员找来一条绳索，拴在其中的一个木盖上，然后把众人集体疏散到坑外安全的地方，自己则躲在土堆后拉动了绳索。就听坑内哧哧声不绝于耳，待声音平息后，大家走到坑前观看，就见坑内几十支半尺长的钢镞竹箭散落其中，木盖下十张精巧的类似连弩的机栝环绕在一起。

高经纬又换过一个木盖拴好，如前拽动绳索。响声过后，众人嗅到一股难闻的恶臭，拥到坑前一瞅，坑中淋淋漓漓洒了一地黑水。不知是谁喊了一声："你们快来看，好厉害的毒水！"就见一个尸体沾上了黑水，脸部竟成了骷髅，大家这才恍然，原来黑水极具腐蚀性。众人用泥土将黑水覆盖，又用锹将其铲出坑外。

待众人撤离后，高经纬用上述方法把东北角最后一个木盖掀开，这次没有任何怪异出现。过了好半天，高经纬带头，众人这才壮着胆子慢慢地聚拢过去。木盖下面依然是青石板，只是上面多了个酷似钥匙孔的小洞。

高经纬琢磨了一下，思忖道："下面极有可能暗藏着秘道和石室，而钥匙孔一定和开启洞口相关，但去哪里才能找到钥匙呢？眼下根本办不到，唯一可能的就是，凿开钥匙孔周围的地面，也许钥匙孔就设在洞门上。"

想到这里，他快步朝"大将军"走去，取下那柄巨斧又回到坑里。等众人全部撤离后，他对准钥匙孔就是一斧，只听一声脆响，一块约三尺见方的石门轰然跌落洞中，门后一道四指厚的石梁硬是从中断成两截。

高经纬探进头去，里面是一间长宽为六尺许，高为五尺许的地窖，从上到下摞着十五只棕色木箱，每只木箱都上着一把巨型铜锁。

高经纬俯身搬出一只木箱，用手轻轻把铜锁拽开，揭起箱盖一看，里面装满了黄澄澄的金砖。

众人见无危险，早已围了过来，眼前的一幕让他们心旌神摇，啧啧赞叹，有些队员的眼里竟冒出蓝幽幽的贪婪之光。

高经纬又搬出一只木箱，里面是满满一箱金条。他随手把两只木箱关好，又拿过铜锁轻轻一推将其锁上，然后招呼高至善和霍玉婵跟他下去。

兄妹三人边搬动木箱边走下地窖，很快他们发现贴地窖的东壁有一架放倒的铁梯。他们蹬着木箱陆续将其余木箱搬出地窖，剩下最后两箱，把铁梯搭到洞口，通过梯子将其运抵上面。

兄妹三人走出地窖，就见队员们围着木箱议论不休。有几个队员试图用手扭开铜锁，使出了吃奶的劲也奈何不了铜锁分毫，正想用兵刃去撬，刚好兄妹三人从地窖中走出，只能作罢，早已被高经纬瞧在眼里。

高经纬让李梧桐选出十四人守卫木箱。他正欲率众人搜寻车辆，霍玉婵告诉他在刚才的搜查中，她注意到在第三进院落里，有一辆靠墙侧立的四轮马车，只是未见轿厢。兄妹三人带领众人从上述地点顺利找到了马车，马车很坚固，跟已拥有的不相上下。刘松樵带人从马厩里牵来了四匹健马套上，一试之下行走如常。霍玉婵又从府门外把师太们乘坐的两辆马车赶来。兄妹三人着手装车，工夫不大，全部木箱以每车五只被分装完毕。

高经纬将所有人集中到前院，留下静洁住持一行人驻守顾府，然后率大刀队众人押着三辆马车往回返。走至钢板所在的地洞处，高经纬命令人马停下。而后派刘松樵一队把守东路口；冯立威一队把守西路口；李梧桐一队就地警戒。兄妹三人则打开洞口，将十五只木箱搬至地洞中，再把地洞口复原，接着传令收兵重归顾家屯。

队伍已走出老远，冯立威等人阴鸷的目光还不时睃向木箱的藏身地。

黄昏时分队伍回到顾府，高经纬带众人连夜对顾府财物进行清查。顾府现存财物颇为可观，粮食谷物尤为突出，其他如甲仗器械、布帛毛皮也数不胜数，看来土匪是打算长期占据此地。

在第四进院落的东北角，有一间不大的屋子，里面放着一个上锁的柜子。高经纬将锁掰断，拉开柜门，用灯一照，只见柜子共分上、中、下三层，上层是成色一般的散碎银两，中层是码放整齐的银元宝，下层是排列有序的马蹄金。

冯立威唯恐高经纬又把这些金银运走，没等高经纬发话，赶紧说道："高公子，弟兄们跟你出生入死，每次脑袋都别在裤带上，不容易。依俺看这些金银就该分给大家，作为对弟兄们的犒劳，大家说是不是？"有几个人起哄道："冯队长说得对，正该如此。"

李梧桐勃然大怒道："想当初大家聚在一起投奔高公子，是为了让高公子带领大家共同抗击土匪保卫家园，不是为了谋私利求发财的。成立大刀队的时候大家也曾表示过，一切奉高公子的号令行事，怎么这么快就忘了？至于这些钱财高公子自有安排，用不着你们操心。"

冯立威正要反唇相讥，被高经纬严词打断道："我早就看出你们参加大刀队别有用心，俗话说'人各有志，不能强求'，我也别阻了你们发财的路，就按你们所说，将这些分给大家，但我还有话要说在前头。"他一指下层的马蹄金道，"这些金子没有你们的份，我将把它们分给静洁住持，作为上次的补偿。"冯立威两眼一瞪道："上次战斗俺们也参加了，不比南泉庵出力少，为什么单给她们补偿，没有俺们的份？这公平吗？"

高经纬再也抑制不住自己的情绪，声色俱厉道："凭你也配谈什么公平！本来我不想说这些话，是你们迫使我非说不可。提起上次的战斗，为了达到全歼土匪的目的，必须用金银做诱饵，静洁住持毫不犹豫地将全部庵产交给了我。战事无常，她老人家当时并未指望战后能收回这笔财产，可是战斗结束后，你们又是怎么做的？通过你们的手交给我的金银还不及原来的半数，你们非但不为自己的行为感到羞愧，反而对静洁住持出言不逊，恶语相向，难道这就是你们所说的公正？"

冯立威色厉内荏道："你别血口喷人，金银收不回来跟俺有什么关系？俺又没拿。"霍玉婵道："拿没拿你自己知道，你不是说没拿吗，那好，你敢当着众人的面让我们将你和你的队员都搜上一搜吗？"冯立威脸变颜色道："当时大家都到过现场，凭什么光搜俺们？"李梧桐和刘松樵立即回应道："谁说光搜你们？我们情愿奉陪，有种的，都站着别动，就让公子他们把大家都搜上一遍，看谁心里有鬼。"李、刘所带队员们轰然答道："就这么办！"冯立威见状不妙，慌忙道："俺只是随便说说，哪个要你们当真？不愿分就算了，就当俺没说。"

高经纬此时已冷静下来，觉得任由事态发展下去，势必会造成队伍的分裂，对目前的战局并无益处。他权衡再三说道："'君子爱财，取之有道。'做人应该讲良心，不能见利忘义。也怪我过去没有把这些道理跟你们交代清楚，以前的事就让它过去好了，这次既往不咎，今后谁若再犯决不轻饶。"

他转过身对李梧桐和刘松樵道："你们先将下层的金子包起来交给我，然后按我刚才说的，把所有银子一视同仁分给大家，别忘了龙泉寺留守队员，我们兄妹和南泉庵师太不在其列。分完后，冯队长带人整治晚饭，刘队长率队休整，李队长到前院议事。"

刘松樵不知从哪弄来个大包袱，李梧桐将其铺在地上，两人取出所有马蹄金裹在里面，灯光下偌大一包看上去足有两千两。冯立威等人瞧在眼里只能干咽口水，心中不免又妒又恨。高经纬接过包裹，兄妹三人走向前院。

一层浮云像柔曼的轻纱，覆盖了月亮的脸庞，举头向夜空瞭望，依稀可见淡淡的月光。顾府门前一片漆黑，静洁住持一行人隐没在夜色里，用警惕的目光俯瞰着顾府内外的风吹草动。

　　兄妹三人沿楼梯登上围墙，静洁住持立即迎上前来。高经纬将包裹放在地上，对静洁住持言道："师父，这些金子请您收下，算作是对上次损失的一点补偿。""补偿的话再也休要提起，你们自己留着好了，跟我还用客套吗？"静洁住持轻蔑地瞟了一眼地上的包裹道。高经纬道："这是南泉庵的公产，师父不能因私废公，况且我曾当众许诺要加倍奉还，您总不能让我成为一个不守信用的人吧。"霍玉婵和高至善也劝道："师父，您就收下吧，别难为我们了。"静洁住持这才叫来四个师太，将包裹交给她们，她们打开包裹不禁犯了难。对静洁住持道："师叔，这么多金子让我们怎么拿呀？"静洁住持道："你们先搬过一边看好，待走时抬到车上不就行了吗！我真搞不懂，那些俗家人常污蔑我们道：ّ出家人不贪财，越多越好'，可你们倒好，见了这么多金子竟愁眉不展起来，让俗家人看了岂不有悖常理，贻笑大方？哈，哈……"大家听静洁住持说得有趣，也都跟着笑了起来。

　　接着高经纬将下午发生的事逐一讲给静洁住持。静洁住持听后沉吟了半晌，道："这些人心术不正，早晚必成心腹大患，不得不防啊！"

　　高经纬正待回答，李梧桐赶了过来。霍玉婵和高至善守住阶梯口，四名师太也分散开来担任警戒。静洁住持一指城堞后的长椅，三人一起坐了过去。

　　高经纬开言道："把李队长和师父请过来，主要是想议一议顾府大院的取舍。经过土匪一番煞费苦心的修整，顾府大院已成为一座坚固的城堡，放弃抑或毁掉都很可惜，何况这里的物资储备充足，急切之间又无法全部搬走。依我之见，倒不如因势利导，索性把这里作为我们的据点，以此与土匪抗衡，不知师父和李队长做何感想？"

李梧桐兴奋得满脸通红，搓着手掌，道："公子的想法与我不谋而合。假若我们屯兵这里，可以说如鱼得水，占尽了天时、地利与人和三大优势。平时既能练兵又能种地，战时又能让村民入住其中，村民不用担心土匪骚扰，我们又无须顾虑粮草短缺，真是一举多得。"静洁住持激动得站起身来道："这一提法实为上策，诸般好处，何乐而不为？"

高经纬道："既然如此，咱们一锤定音，从今天起大刀队就不走了。李队长，等你们的人吃过饭，派几个人来换防，其余的人收拾房屋。这之前还有两件事要办，一件是收回所有队员手里的弩弹，特别要盯紧冯立威一伙人，要确保他们身上不留一颗；另一件是整顿队伍，根据各人意向，采取自愿组合的方式重新划分三个小队。'物以类聚，人以群分'，我倒要瞧瞧都有谁与冯立威是一丘之貉？"

李梧桐道："我早就看出这个人不地道，最近他与几个臭味相投的家伙搅得一团火热，成天鬼鬼祟祟，越来越不听指挥。有队员反映他们经常凑在一起嘀嘀咕咕，见有人来，马上停下不说，一举一动都很反常。"静洁住持道："养虎遗患，此人不除早晚会变生肘腋，李队长与狼共舞更要格外当心。"高经纬道："终不至让他们成为尾大不掉之势，现在就给他们创造表演的机会，让他们充分暴露自己，以便尽早挤掉这个脓包。师父，您再稍待片刻，我们去去就来。"

队员们都已吃过晚饭，为僧尼们预备的素斋也已做好。刘松樵正要带人去替换静洁住持她们，却被李梧桐拦住，并将他们一个不落地带到后院的会议厅里。

会议厅里巨烛高照一派通明，李梧桐先让队员们把身上的皮囊摘下，放到中间的长桌上。兄妹三人早已将目光牢牢地锁定在冯立威几个人的身上。不出预料，冯立威一伙人果然不肯就范，众目睽睽之下竟要把弩弹私藏起来。兄妹三人不敢怠慢,迅速冲了过去加以制止,顷刻间六个人的皮囊被卸下,人也被兄妹三人拽到一边。其他队员顺利地交出了皮囊,不解地瞅着冯立威几人。冯立威气急败坏地吼道:"你们要干什么?把俺们当敌人对待吗?"高经纬道:"不干什么,就是让你们执行命令。我们从未把你们当敌人对待,但是你们的做法处处与大刀队宗旨格格不入,瞧瞧你们近来的行为,不觉得有些过分吗?我劝你们还是应以大局为重,以全队的利益为重,不要一意孤行,总打个人的小算盘,更不要做令亲者痛仇者快的事。大家应团结起来共同对敌,因为只有土匪才是我们的敌人。"

李梧桐让刘松樵将皮囊集中到屋子的一角,然后宣布队伍进行改组。他说道:"大刀队成立之初,因为彼此间不是十分了解,所以分小队的时候未将队员的意愿考虑进去,这使得每次行动,队员间的相互配合都不够默契,为了扭转这一不利局面,今天我们要重新划分。还是我们三个队长,一般情况下仍旧一个队长率一个小队,大家觉得跟谁更适合自己,就站到谁跟前去。给大家一点时间考虑,然后就行动吧!"工夫不大,三个阵营已趋明朗,李梧桐一队十八人,刘松樵一队十七人,冯立威一队只有十人。

高经纬走到众人中间道:"我来告诉大家一个决定,从现在起这个大院将成为我们新的大本营,也就是说,这里将成为大刀队真正的家。这次队伍的重组,只是为了便于以后的具体行动,大家还是一个整体,不要因分小队而生分了,全队必须服从李队长的指挥。至于收回弩弹,纯属为大家的安全着想。因为弩弹威力忒强,稍不留神就会误伤自己,酿成大祸,所以要集中起来统一保管,没有别的意思,请大家不要误会。"

接下来刘松樵率队换下了静洁住持一行,并派人替静洁住持把包裹送到饭堂,李梧桐率队收拾房屋安排寝室,冯立威率队进驻伙房充当伙头军。

兄妹三人和南泉庵众女尼走出饭堂,外面已是月在中天的时候。李梧桐遵照高经纬的吩咐,打发人将三辆马车套好,并把刚刚收上来的皮囊连同里面的弩弹都放进了车里。静洁住持率众人分三拨坐了进去,兄妹三人每人坐上一辆,亲自赶车护送。

经过大门的时候,从前排房子里传来一阵低低的啜泣声,静洁住持想起是那个受伤的土匪,不禁动了恻隐之心,忙叮嘱高经纬好生看觑他。高经纬叫来刘松樵,告诉给他松绑,并施以饮食,只是要严加看管。

拉车的马匹显然喂足了草料,跑起路来四蹄生风,再加上夜里空气转凉更适宜赶路,仅用半个多时辰大家就回到南泉庵,高经纬帮着把包裹和皮囊送进了地窖。

静洁住持已知晓了大刀队改组的进展情况,她一再叮咛兄妹三人要多加小心。特别对冯立威等人掌管伙食她很不以为然,她从怀中取出一双银筷递给霍玉婵,告诉她今后每顿饭务必试过方可食用,目的自是怕冯立威一伙往兄妹仨的饭菜里投毒。

兄妹仨独自离了南泉庵,向来路驰去。经过路边地洞口时,一抖缰绳,高经纬将马车停下,霎时三辆车都停在了路边。高经纬开口道:"金子放在此地极不安全,如果我预料不错的话,不久这里将成为是非之地。"霍玉婵道:"我们何不将其移走?"高至善也道:"事不宜迟,趁着有车现在就搬。"高经纬叹道:"我是害怕你俩体力不支啊!"霍玉婵和高至善忙道:"我们哪有那么娇气?大哥怎么婆婆妈妈起来了,还是赶紧动手搬吧!"

三人从各自车板下取来锹镐,不多时就将洞口打开,十五只木箱平均分成三份装上了车。三人盖上了地洞口,又用泥土草草掩埋了一下,便赶着马车直奔龙泉别院。

高经纬不想在龙泉别院入口附近留下车辙印，于是让马车停在离巨石不远的路上。三人徒步将所有木箱运至怪兽室中，而后将入口关闭并恢复如初，再用树枝把附近脚印抹去。高经纬还觉得不够，三人一边走一边用锹将土石路上的车辙填平，直到钢板所在的地洞口。

高经纬抬头眺望了一下天色，估计天已交寅时，他对地洞终究有些放心不下，决定还是趁此机会到里面认真打理一番。兄妹三人点亮油灯，在向升降屋行进的时候，高经纬的脑海里又浮现出一个念头，愈思之愈强烈，竟至挥之不去。他想道："升降屋是连接地面与空中走廊的唯一交通工具，一旦出了故障，或者像这次，空中走廊有人，而升降屋却停在下面，假设下面出了意外最终无人去接，上面的人又何以自处？岂不是糟糕透顶。建造者别的地方设计得都很周全，怎会在此留有疏漏？肯定还存在另外的通路，只是自己没发现罢了。"

他把这想法告诉了高至善和霍玉婵，他俩也有同感，于是三人在升降屋前的地道里仔细查找起来。终于高至善在距升降屋一丈远的西墙上，发现一道虽说模糊但却笔直的裂痕，用刀一划，竟然露出一条缝隙。兄妹三人一齐动手，很快划出一扇门的轮廓，门的大小与前几扇门仿佛。高经纬试着推了推，门虽然晃动起来但感到很吃力，高至善和霍玉婵也加入进来，合兄妹三人之力这才将门闩推折，把门打开。难怪石门推起来如此费力，灯光下他们看到石门竟不下四尺厚，创下了他们所见石门之最，当然更关键的还是门后那道加宽、增厚了的石门闩。

高经纬思索道："如此厚重之石门，显而易见是用来阻挡进犯之敌所设。若非天生神力，集寻常人千八百个也未必能推开，即便能行，只有三尺余宽的地道又哪里容得下如此多人？种种迹象表明，此项工程也必然出自远古祖师之手,再说唯有他的属下才具如此神力。"

　　门后依旧是地道,只是略宽些,大概有五尺的样子。地道向西伸展一丈许折而向北,再经一丈许便是地道的尽头,一个直径为九尺余的天井,井壁为螺旋形阶梯径通上面。兄妹三人拾级而上,距地面约一丈高的井壁上,出现一条向北的地道。地道长约五丈,两面分布着十间屋子,看样子有寝室、伙房、饭厅、仓库和茅厕。令人惊喜的是,另有一道小溪流经伙房和茅厕。不愧是远古祖师的杰作,建筑风格与祖越寺和南泉庵地下工程如出一辙。

　　霍玉婵和高至善都道:"这么好的去处,大哥还不给它起个名字吗?"高经纬点点头道:"此地既然不在寺院之中,就叫它'世外桃源'吧!"两人拍手称好。

　　三人继续登石阶向上,再升至一丈许,又遇一条向北的地道,沿地道前行近五丈远,一面石壁挡住去路,细细端详方知石壁是由上下两块巨石叠加而成。兄妹三人齐心协力,将上面巨石推落,露出一半人高的洞口。

　　兄妹三人从洞口爬过,沿地道再行五丈远近,便见数级石阶直通洞顶,洞顶一方形石门赫然在目。兄妹三人查遍周围墙壁,未见任何异常,高经纬使手去推石门,一推就开。外面是一半球形空间,中间是一石质棺椁,棺椁里没有尸骸,只有一只玉枕、一个镶着红玛瑙的黄金头盔、一副绿玉片编织的铠甲和一根青铜打制的狼牙棒。玉枕在前,头盔摆于其上,绿玉铠甲似人形仰卧棺中,狼牙棒搁置旁边。地面则覆以多块石砖,石门即为其中一块。霍玉婵在紧贴地面的球形石壁上找到一扇小门,推开后刚好可容一人钻出。

　　三人从小门钻到外面,发现他们站脚处是在一座面北的山岗上,正前方高高耸立的刚好是佛头山主峰。回头看去,清风拂面,松涛阵阵,三人眼前恰是一座石墓,石墓上下端皆由石块砌成,洞口就在石墓的下方。洞门在外面看与石块没有分别，谁也不会把它与墓门联系到一起。他们认真记下石墓的方位，重新钻回墓中。

高经纬看着棺椁道："从棺椁里没有尸骸这点推断，当初有人建好了这座墓，后来不知什么原因没有入殓，可能是情况不允许，也可能是墓主人又有了更好的下葬地，但有一点可以肯定，墓主人绝非泛泛之辈。"

他默思了片刻又道："此墓这么多年没有盗墓贼光顾实属侥幸，依我看这里并不安全，谨慎起见须将物品及时转移走。"

高至善将头盔套在自家头上，头盔个头不小，里面尽管有缁衣头盔，还是显得有些旷。他一边把铠甲往高经纬身上招呼，一边自言自语道："这么大的盔甲，也不知当初是为谁设计的，这人都快赶上巨人了。"霍玉婵将玉枕捧在手里，迎着灯光左照右照，牙白色的玉枕里竟闪烁出荧光点点。她小声道："这玉枕好奇怪，拿在手里就像一块冰，凉极了。"高经纬漫不经心地取过狼牙棒递给高至善，又把比自己身材大得多的铠甲叠好夹在腋下，盯着玉枕若有所思道："据古书记载，有一种寒玉用来辅助练功可以取得事半功倍的效果，不知是否就指此玉？"

三人带上所有东西，依次将墓门、石门关好，途经地道时又把推落的巨石复原，然后他们回到天井继续向上攀登，最后来到石级的终点。正对着他们的是南边墙壁上的一扇石门，高经纬毫不费力地将它推开，里面就是空中走廊，石门开在距升降屋西侧约一丈远的地方。

高经纬看了看石门周遭的墙壁，想道："当初之所以未发现这扇石门，极有可能是因为灰尘把缝隙堵死的缘故。由此看来，在迄今为止的几处地下工程中，一定还有未被发现的石室和秘道。"

接着三人沿原路回到下面石室，把那里的兵器、马鞍、帐篷、

火炮和炮弹转移到新发现的地道之中,这才走出地洞口。

将地洞口和周围恢复成原貌后,三人又返回龙泉别院入口,把盔甲、玉枕和狼牙棒送进怪兽室。

当他们重新回到钢板所在地洞口附近时,天已破晓。高经纬看着路边的死马说道:"横竖也是空车,就带几匹回去吧!"他们拣十二匹肉色鲜嫩的装上了车,而后沐浴着朝霞,踏着清晨的露珠,驱车返回顾家屯。

十七　闻噩耗浪子悔悟　揭内奸迷途知返

经过一夜的休整，大刀队的队员们精神面貌焕然一新，正在李梧桐的带领下将土匪尸体搬往吊桥外。兄妹三人把死马卸到伙房后，将马车交给李梧桐。有了马车，李梧桐和队员们很快将匪尸运走掩埋掉。

吃早饭的时候霍玉婵没有忘记静洁住持的叮嘱，私下里用银筷将饭菜试过后，方让兄弟俩进餐。

饭后高经纬把三个队长召集到一起，商量有关下一步驻防的事。他说道："今后我们将防御重点放在顾家大院，但龙泉寺的守卫眼下还不能放弃，我想暂时抽调一个小队去龙泉寺过渡一下，你们看谁去合适？"高经纬话音刚落，冯立威就迫不及待地声称自己要去。高经纬用眼扫了一下李梧桐和刘松樵道："你们觉得怎样？"李、刘互相觑了一眼道："我们没有意见。"高经纬顺水推舟道："那就这样说定了。"

冯立威掩饰不住内心的喜悦，满脸堆欢道："什么时候走？俺好去做准备。"高经纬道："你们准备停当就走，我们兄妹仨也一起去。还有两山夹道放着那么多死马，扔掉了太可惜，你们可顺路通知村民去拉。"他又对三个队长道，"你们告诉所有队员抽空都回家看看，如果有困难你们帮助解决一下，解决不了的再反映给我们，大家一起想办法。"

冯立威离开后，高经纬道："冯队长一走，这里人员明显减少，你们的担子更重了。"刘松樵道："没有这些家伙捣乱，事情好办多了。"李梧桐道："他主动要求回防，我看未必安着好心，一定是冲着那批金子去的，公子要多加留意。"高经纬走到房门口朝外望了望，确定左右无人，回过身来低声道："他这叫'司马昭之心，路人皆知'，我焉能瞧不出他的醉翁之意？趁此机会正好给他来个欲擒故纵，张网以待，此人不除，我们将永无宁日。"他停了一下又道，"一会儿你们派几个人把死马的消息传达给众村民，我看让冯队长去通知他们恐怕指望不上。另外你们要在村民中扩大影响，把那些本质好，愿意参加大刀队的青壮年吸收进来，壮大我们的队伍。"

不多会儿，冯立威一行十人装束整齐，来到高经纬面前。冯立威下马对高经纬道："高公子，俺们已收拾妥当，能否出发？"高经纬道："可以出发，待会儿我们到龙泉寺会合。"冯立威一行纵马越过吊桥，犹如脱缰野马，须臾间绝尘而去。兄妹三人全副武装，驾起"大将军"紧追其后。

冯立威等人不出高经纬所料，根本没有通知村民，而是直接去了龙泉寺。兄妹三人赶到龙泉寺时，他已将留守三人纳入自己麾下。高经纬不顾冯立威的阻挠，坚持把三人找来，将队伍重组消息告诉他们，并征求三人的意见，结果除一人愿意追随冯立威外，其余两人皆表示要跟从李、刘二队长。

高经纬命令冯立威率队，先把寺里剩余的七十匹马护送到顾家大院，然后回来驻守，冯立威极不情愿地接受了任务。原来留守的三个人将所有马匹集中起来，朝山下赶。由于经常与这些马厮混在一起，它们都很驯服听话，赶起来格外得心应手。冯立威把人员分散开来，在前面开道，兄妹三人走在后边押阵，队伍浩浩荡荡行进在山间土石路上。

走过两山夹道，有村民三三两两推着独轮车，陆陆续续朝这边走来。冯立威陡然想起高经纬曾让他传话给村民，不由一拉马缰停了下来，他不安地朝高经纬所在的方向瞧了瞧。路边一个认识他的村民主动上前与他打招呼，他忙问道："孙老大，你们这是要去哪啊？"叫孙老大的村民答道："你们的人说前面有好多死马，让我们去拉，是真的吗？"冯立威踌躇一下道："那还假得了？"孙老大又道："你知道吗？你老婆给土匪抓走了，你爹和你四个孩子都被土匪砍了脑袋，你家的房子也烧成了灰，唉，真惨哪！"孙老大叹息着紧走几步，追赶自己的伙伴去了。

冯立威听罢心如刀割，痛不欲生，眼前一黑，从马上倒栽下来。两个队员慌忙跑过来把他抬到路边，又是掐人中，又是喂凉水，好一顿忙活。半晌他才从昏厥中悠悠醒转，又忍不住双手掩面放声痛哭，泪水从他的指缝里不断涌出。

这时大队人马都已通过，"大将军"也来到他面前，兄妹三人见他无力骑马，于是将他抬进驾驶舱。一路上他一句话不说，只知不停哭泣。回到顾府，兄妹三人将他扶进客厅，李梧桐和刘松樵也闻讯赶来。

冯立威开始平静下来，他用模糊的泪眼环视了一下众人，突然跪倒在高经纬的面前，用手使劲地打着自己的面颊。连声道："俺糊涂，俺该死，俺差点成为罪人。"高经纬赶忙将他搀起，扶他坐下道："你冷静冷静，别着急，都是自家兄弟，有话但讲无妨。"

冯立威一把扯开自己的衣襟，掏出一个包裹，往地上奋力一摔，金子、银子滚了一地。他羞愧地说道："都是这些劳什子蒙住了俺的心，让俺是非不明，敌友不分。其实俺哪里是去龙泉寺驻守，而是一门心思要盗掘地洞里的金子。更为可耻的是俺还和几个人私下计议，一旦阴谋败露，就去投靠土匪，然后借助土匪的力量掘开地洞，将金子据为己有。你们说俺还算是个人吗？俺对不起你们，更对不起俺死去的亲人。求你们看在俺作战勇敢的分上，就给俺来个痛快的，俺实在无颜苟活在这个世上。"

高经纬语重心长地说道："你能这么快醒悟，我很为你高兴，值得庆幸的是你毕竟没有铸成大错。善恶原本就是一念之差，只要素常能设身处地，多为他人想想，就不会心生邪念。你也不必过于自责，人非圣贤，孰能无过？'知错能改，善莫大焉。'"

李梧桐过来拉着他的手道："从今以后我们捐弃前嫌，大家还是好兄弟。"刘松樵也拍着他的肩膀道："伙计，你能说出掏心窝子的话，让老哥佩服得紧，这才是男子汉大丈夫光明磊落的本色。"

冯立威眼里饱含着泪花道："谢谢你们对俺的信任，俺一定洗心革面，重新做人。龙泉寺还是另派他人吧，俺是不去了。"高经纬道："那就取消过渡，龙泉寺还由我们兄妹照料，你们全都集中精力办这里的事。主要有两个方面，第一加强防务，多预备弓箭和滚木礌石，防止土匪发动大规模突然袭击，大家要有充分的思想准备，这场战斗不可避免，迟早都会发生；第二联络村民，把村民都团结起来，同他们建立休戚与共的鱼水关系，一起对土匪实行坚壁清野，必要时将他们武装起来，共同抗击土匪的进攻，一旦条件成熟，在村子外围构筑城墙，扩大我们的防线。过会儿刘队长带着你的人，赶上所有马车，随我们兄妹一道去两山夹道上次伏击过敌人的地方，把滚木礌石拉回。"

没等刘松樵答应，冯立威抢着道："这点小事还是交给俺吧，也好让俺将功补过，以赎前愆。"高经纬道："这样也好，就辛苦你们了。"

冯立威转身想走，李梧桐已将地上的金银收拾好，道："冯队长请留步，把东西带上。"冯立威瞥了一眼李梧桐手中的东西，对高经纬道："请公子替俺转交给静洁住持，以表俺的歉意。"高经纬赞许地瞅着冯立威道："你还是自己交给她更为稳妥，也好消除她对你的误解。"冯立威接过包裹道："俺自己去负荆请罪,这叫什么来着？'解铃还须系铃人'对吗？"满屋的人被逗得哄堂大笑。

高经纬看着他的背影叹道："'千军易得,一将难求。'此人若为我用,倒不失为一员猛将,真是天助我也！"李、刘二人也道："他若是能改掉以前的毛病,还真是一个难得的人才。看架势,他这次是动真格的了。"

大家正要散去,就见两个队员从外面气呼呼地走了进来。李梧桐告诉高经纬,这两个人是兄弟俩,哥哥叫杜殿生,弟弟叫杜占国,都是冯立威的手下。他们对李梧桐道："李队长,你给评评这个理,他姓冯的凭什么这样霸道？自己家人被土匪杀了,不去找土匪报仇,却把邪火往弟兄们身上撒,非要逼俺们交出银两,他好向臭尼姑们去献殷勤。这些银两都是队里发给俺们的,他有什么资格收回去？当初也是俺们瞎了眼跟了他,这回求李队长给俺们做主,叫俺们跟谁都行,就是再也别跟他了。"

"既然你们说自己的银两都是队上发的,那好,你们就当众把自己的包裹打开,让大家瞧瞧你们的清白。"不知什么时候冯立威跟了进来。

杜氏兄弟眼见谎言将被戳穿,把心一横,说道："冯队长,咱们远日无冤,近日无仇,你何必苦苦与俺们作对？这俗话说：'大路朝天,各走一边。'你走你的阳关道,俺走俺的独木桥,干吗往死路上逼俺们？"

冯立威脖子上的青筋绷得老高,喘着粗气道："俺往死路上逼你们？亏你们说得出口,也不怕死后下阿鼻地狱,受那拔舌剜喉之苦。本来俺不想把你们的事抖搂出来,让人说俺当队长的没度量,推卸责任。指望你们和俺一道悔过自新,改恶迁善,没想到你们不仅不思悔改,还倒打一耙,居然恶人先告状。俺也顾不得这许多,索性挑明了，若不是你们挑唆，俺也变不成今天这般模样。俺原本自私有贪心不假，但还不至于胆大妄为到要背叛队伍，投靠敌人的地步。你们设下圈套，一步步要俺往里钻。先是以蝇头小利引诱，后又拿静洁住持的金银贿赂，鼓动俺与南泉庵作对，又撺掇俺盗掘地洞里的金子，还说你们有个表弟在仙人帮里当土匪，不行就去找他入伙。这才让俺着了你们的道，险些陷于万劫不复之地，你们敢说没有这些事？"

杜氏兄弟还想替自己辩解，冯立威一个箭步冲到他们面前，唰唰两声拽开他们的衣襟，两个包裹从他们的怀中滚到地面，不少金银从中流出，两人脸色顿时变得死灰般难看。

李梧桐脸一沉，对他俩道："你们这又做何解释？"杜氏兄弟嗫嚅着无言以对。

高经纬捡起地上的金银，重新包裹好，交给冯立威道："这些由你全权处置，至于他们俩，哪也不能去，就留在你们队接受监督。倘若劣性不改，继续兴风作浪，那就军法从事，决不宽贷。"两个家伙垂头丧气，灰溜溜地跟着冯立威离开了客厅。

李、刘二队长看着高经纬道："冯队长果然是个血性男儿，为人处世敢做敢当，令人肃然起敬，真应了那句老话：'浪子回头金不换。'我们对他完全信得过。"

高经纬问起李、刘二人家里的状况，二人都垂泪不语。良久李梧桐方开口道："满门十余口一个未剩。"刘松樵接着道："全家九口只剩下两个女儿，又被土匪掳走了。"霍玉婵问道："其他队员呢？"李梧桐道："同我们的情况大同小异。"高经纬眼里喷射出复仇的怒火，咬着牙齿一字一迸道："这笔血债迟早要让他们加倍偿还。"高至善道："大哥，我们该出发了。"

冯立威的确像换了个人，动作变得雷厉风行起来，此刻率队赶着马车已行至村外，兄妹三人催动着"大将军"也追了上来。

沿途他们看见不少村民推着车，车上载着死马，正兴高采烈地往回返。

当他们来到昨日两山夹道的战场时，就见死马已被村民拉光。面对滚木礌石，大家一起动手，不多时就将三辆马车装满。

冯立威干得格外卖劲，一个人起码干了两个人的活。兄妹三人看在眼里喜在心上，他们对大刀队充满了信心。

到后来好多村民也自动加入到搬运行列中来，使得搬运速度明显加快。经过多半天的搬运，战场上的滚木礌石已被清理得一干二净。

回到顾家大院，冯立威请求高经纬带他去南泉庵赔罪，高经纬爽快地答应了。冯立威把一个大包裹搬进驾驶舱，兄妹三人带着他前往南泉庵。静洁住持带众女尼迎到大门口，冯立威一走出驾驶舱，当即给静洁住持跪下，连连叩头。如此一来倒把静洁住持搞得一头雾水，直到高经纬走上前，将冯立威转变过程讲给她听，她这才如梦方醒，赶紧让高经纬将他搀起。冯立威又将包裹呈给静洁住持道："这是贵庵之物，还请住持师太收下。"静洁住持道："冯队长冲锋陷阵，劳苦功高，区区之物理当笑纳。"冯立威道："住持所言叫俺无地自容，俺此番出于至诚，如果师太执意不收，就是瞧俺不起。"静洁住持道："既然冯队长如此坚持，贫尼只好收下，冯队长一心向善，天必佑之。"

高经纬见山门用一些破门板遮挡，遂即从驾驶舱里取出工具，不到一顿饭工夫，两扇山门已修缮一新，高经纬还特意做了一个加厚门闩。

静洁住持想留几个人吃晚饭，高经纬见天色还早，笑对静洁住持道："师父，晚饭就免了，趁太阳还没下山，我们须及早赶回，说不定土匪今天就有行动。"静洁住持道："那我就不留你们了，不过别忘了，打土匪也有我们的份。"高经纬一挥手道："师父，徒儿谨记在心，忘不了。"

就在兄妹三人离开顾家大院的这段时间里，农民军队伍中又发生了大事情。杜氏兄弟领着其他八名队员集体哗变了。他们趁冯立威去南泉庵之际，从牢中劫出受伤土匪，又击昏岗哨，放下吊桥，纵马投奔仙人帮土匪去了。

议事厅里，李、刘二人向刚回来的高经纬四人汇报了此事。一听到这个消息，冯立威气得暴跳如雷，他恨不得一把抓回他们，将他们碎尸万段。高经纬不慌不忙对他道："冯队长不必为此大动肝火，其实这未尝不是一件好事。你仔细想一想，这些败类待在我们的队伍里，就像长在我们身上的痈疽，迟早都会腐烂流脓，轻者影响健康，重者危及生命。而今这痈疽自己跑掉了、消失了，只能使我们的躯体更健康，队伍更纯洁。我们为啥要沮丧？该庆幸才对。"高经纬的一席话不仅平息了冯立威的愤怒，也让众人茅塞顿开，群情变得亢奋起来。

李梧桐道："冯兄弟，常言道'旧的不去，新的不来'，队里今天召募了三十名新队员，个个都是棒小伙，我和老刘商量好了，以后就都归你指挥。"

高经纬道："当然我们也要看到这些家伙的叛逃所带来的不利一面，那就是土匪将对我们的情况有所了解，接下来土匪随时都有可能向我们发动进攻，我们必须提高警惕，做好战斗准备。"

情况并没有像高经纬预料的那样发展，整个顾家大院一夜相安无事。

早晨有村民反映说，黎明时分曾见土匪大队人马绕过顾家屯，向东面奔去。高经纬略一思索，已明其理，他想道："利欲熏心的土匪得到叛徒的告密，必然不会放过这批藏金，他们一定是去了两山夹道的地洞。与其在这里坐等土匪上门，倒不如利用这次机会主动出击，把土匪引来，在他们攻城的过程中给其以重创。这之后，土匪领教了大刀队的厉害，再也不会轻易攻打顾家大院，但他们绝不会舍弃地洞里的藏金，势必会派更多的人去挖掘，他们也会在那里部署人马，严阵以待。而我们兄妹则赶在土匪再次到来之前，会同南泉庵众人，埋伏在空中走廊，静候土匪进入伏击圈。"

想到这里，他让霍玉婵和高至善赶紧找来三个队长，他先把有关土匪出动和自己的推测讲了一遍，然后说道："我想给土匪来个将计就计，待会儿我们兄妹主动去骚扰敌人。你们在围墙上埋伏好，再派两个队员守住吊桥，一俟我们通过，立即将吊桥拽起。土匪一到，你们只管开弓放箭。"

十八　为藏金贼心不死　蹈覆辙土匪中计

又是一个难得的大晴天，湛蓝的天空万里无云，空明澄碧。

"大将军"迎着初升的朝阳，沿着蜿蜒的山道一路小跑。拐过一个山角，远远传来一阵清晰的叮叮当当的敲击声。霍玉婵从千里眼中望去，就见有百十号土匪人马正将两山夹道的地洞口围得水泄不通，土匪手里的兵刃随着晃动，不时闪烁出刺眼的白光。

高经纬待"大将军"进入硬弩射程，随即将它停下，兄妹仨立马各占据一个可视窗口，手中的硬弩一齐瞄向土匪。高经纬一声令下，三人对着土匪就是一轮快射，十几个土匪眨眼间被射落马下。就听一声断喝，土匪战马嘶鸣，蜂拥着向兄妹三人冲了过来。兄弟二人赶忙放下连弩，驾着"大将军"掉头就撤。霍玉婵换到后可视窗口，继续朝土匪射击，转瞬间又有七八个土匪落地身亡。

有几个土匪马快，已蹿到"大将军"跟前，几把快刀闪着夺人心魄的寒光，齐向"大将军"砍来。刚好有一刀砍在"大将军"原来的伤处，右肩被砍下笆斗大的一块，露出里面三个人的身影，土匪们爆发出一阵得意的怪笑。高经纬慌忙中将手里的巨斧一横，一招陀螺飞旋，让"大将军"就地转了一个圈，再瞧周围几个土匪，早被顺势扫下马去。

"大将军"不敢逗留，扯开大步一路狂奔，土匪人马渐渐被甩开。"大将军"顺利回到顾家大院，吊桥也被重新高高拽起。

土匪人马终于露头了，但他们并不急于进攻，而是停在远处徘徊观望。僵持了一顿饭工夫,土匪开始向西后撤,须臾间没有了踪影。

李梧桐派人出去打探消息,打探结果表明,土匪已撤回了山寨。

高经纬与几个队长合计了一下,认为土匪回去后不外乎有两种可能,其一,调集人马,准备攻城器械,前来攻打顾家大院;其二,增派人手,重整阵容,再去地洞掘金,而后一种可能性更大。高经纬道:"根据以上分析,我们采取兵分两路的应对方案,你们率大刀队在家严阵以待,我们兄妹带南泉庵师太们潜入两山夹道地洞埋伏。如果土匪夜间进攻顾家大院,你们可举火为号通知我们。"安排好战略部署,大家开始分头行事。

听了高经纬的作战方案,静洁住持一众女尼都来了精神,南泉庵里上上下下都在紧张地忙碌着,做着出发前的各项准备。兄妹三人抓住这个空当,去观音秘室搬来三箱弩弹放进大将军腹中。准备工作很快就绪,大家带足了干粮跟咸菜,还想带够清水,被高经纬拦下,高经纬只让她们带上水碗。而后以静洁住持为首的五名老尼坐进驾驶舱,南泉庵其余众人则跟着"大将军"徒步朝两山夹道进发。

地洞入口被土匪连挖带凿变得破烂不堪,四尺多厚的青石盖板已被凿去了一半,上面零乱地丢弃着好多锹、镐、锤、钎、凿和撬棍等工具。

兄妹三人把工具归置到一边,然后将盖板挪开,三人返身从"大将军"腹中各挟起一箱弩弹走进地洞里。

众女尼随兄妹仨经数道石门来至天井之中,又经螺旋石阶进入"世外桃源"。高经纬一路走,一路把上次的发现讲给静洁住持等人听,众女尼听得如醉如痴。待众女尼把所携之物放进寝室后,高经纬又带她们来到上面的地道,并告诉她们地道的尽头是另一出口,最后带她们从天井的顶端进入空中走廊。静洁住持道:"真是太出乎意料了,只要粮食充足,咱们在这待多久都不成问题。"接着大家将下边的弩弹、凉席和弩箭等物经升降屋搬至空中走廊。

　　留下静洁住持众人不提，兄妹三人经天井走出地洞口，先从外面的工具中拣出两把铁锹放在外面，剩下的一件不落地送回洞里。然后驾着"大将军"经过几次往返奔波，从龙泉寺运来十袋粮食、一袋黄豆、三袋干菜、两坛豆油、四十套被褥和二十盏油灯，此外还有锅碗瓢盆、坛坛罐罐和若干劈柴。他们把这些东西搬进"世外桃源"，返身从天井的下端离开，边走边将身后石门关闭，直至走出地洞口。再用残缺的青石板盖好，接着使泥土将其掩埋，然后把锹放入驾驶舱，这才驾驶着"大将军"向山岗上的另一洞口前进。

　　高经纬确定了一下方位，选择了一条近路。走了不到五百步远，山路越来越陡峭，"大将军"已无力上行，高经纬只好让"大将军"退下来，回到拨云堡山下入口，把"大将军"留在地道里。兄妹三人徒步向山岗攀缘，山岗虽不甚高，但巉岩参差，犬牙交错，藤缠树绕，着实难爬，足足用了一袋烟工夫，兄妹三人才登临石墓所在之高地。

　　此地人迹罕至，不用说洞口设计得匪夷所思，就是石墓也不易被人察觉。三人不费劲便找到墓门，在墓中，高经纬从挎包里掏出油灯，使打火石点燃，又随手关上墓门。再轻而易举将一块地砖打开，露出下面洞口，然后三人将地砖合上，相跟着进入地道中，推落前方上层巨石，通过后再将其复原。看着不远处的天井，想到截至目前，准备工作已告一段落，三人内心顿时一阵轻松。

　　兄妹仨由天井下到"世外桃源"，静洁住持带着她的娘子军已把这里收拾一新，不仅女人们都有了自己的寝室，她们还为兄弟俩准备了一间紧挨天井的卧房。物品有的搬进了伙房，有的搬进了寝室，其余的则搬进了仓库。炉灶里已升起了火，十来个女尼正在有条不紊地操持着晚饭。

　　静洁住持告诉高经纬道："我已在空中走廊安排了两个岗哨，吃过晚饭全体都进入空中走廊。"世外桃源"这名字的确名副其实,与南泉下院相比一点也不逊色,我们到了这里大有宾至如归之感。"高经纬笑道:"既然如此,师父就把这里当作南泉别院好了。"

　　正说着伙房里传来开饭的声音,一会儿大家都走进了饭堂。女尼们个个心灵手巧,动作麻利,偌大一个饭堂经她们一摆布,立刻变得整整齐齐,井井有条。墙壁上五个等距、凸出的圆台上各置一盏油灯,将整个饭堂照得一清二楚。伙房里的女尼端来了三个热气腾腾的大盆,盆里盛着金黄色的小米粥。众女尼将干粮、咸菜摊在石桌上,就着小米粥津津有味地吃了起来。静洁住持也早把给兄妹三人预备的那份摆在了他们面前,她还特意在他们的咸菜里加了香油,兄妹三人向静洁住持投去了感激的目光。

　　就在众人都已吃饱喝足准备离开之际,一名岗哨一阵风似的跑来报告道:"外面发现了土匪的大队人马。"静洁住持对岗哨道:"你坐下吃饭,我们这就上去。"娘子军们全副武装,在静洁住持的率领下,跟着高经纬兄妹直奔空中走廊。来到空中走廊,静洁住持吩咐其余岗哨下去吃饭,高经纬三人则走到瞭望孔前朝下观望。

　　外面天交傍晚,落日的余晖里,土匪们正忙着排兵布阵。地洞口旁边的土石路上聚集着不下四百人的队伍,还跟着四十多辆满载辎重的四轮马车,其中半数马车都带轿厢,看样子土匪是倾巢而出。工夫不大,土匪兵分四路,一路被派往西边山口,扼守西侧进山要道;一路被派就地驻扎,据守东侧山口;另一路居中安营,左右策应;最后一路负责开凿地洞。

　　东西两侧很快各竖起了一排路障,路障之后布满了密密麻麻的钉板和铁蒺藜,再之后是三座牛皮帐篷。土匪们顶盔贯甲,手握弓箭,每人身前都立着一人高的盾牌,埋伏在帐篷的周围向四处窥探。

　　中路土匪搭起了五座帐篷,两边各设一个岗哨,其余人待在帐篷里养精蓄锐。

地洞边的土匪将马卸掉，用马车把地洞口围成一个大圆圈，没有轮到开凿的土匪就躺在车下休息。地洞边挑起了十盏气死风灯笼，把四周照得一片雪亮。

灯光下杜氏兄弟等十个叛徒在地洞边干得满头大汗，分外卖劲，凿子、钎子、锤子在他们手中上下翻飞。他们几个不知是谁用公鸭嗓哼起了劳动号子，一时间敲击声混杂着不分节奏的哼唱声，响成一片，打破了深山里的寂静。

霍玉婵秀眉一扬，愤愤道："这些坏蛋简直得意忘形。"高经纬转过身对静洁住持道："师父，我想给土匪来个分段包抄，各个击破，让他们首尾不能相顾。一会儿我和至善到下面启动钢板开关，这里由玉婵指挥。"又对霍玉婵道，"我们走后，你立即按上次的安排将众人分开，只要听到钢板的启动声，只管指挥大家朝地洞周边的土匪射击，以后怎样做等我回来再说。"

说完，拉着高至善就往升降屋跑。到了下面，两人同上次一样，高经纬去东石室，高至善去西石室，高至善仍按高经纬启动钢板声行事。高经纬从窥视眼里向外张了张，见土匪无丝毫察觉，随即按动了开关。地动山摇声中，钢板随之向上弹起，没等土匪惊魂稍定，又一声山崩地裂的巨响如期而至。

土匪哪经历过这种阵势？早被吓得六神无主，瑟瑟发抖。倒是杜氏兄弟为首的几个叛徒虽感到意外，但毕竟见识过这种场面，所以很快镇定下来，不由高声喊道："地洞里面有人！"

话音未落，一阵弩箭像纷纷坠落的流星猛地向他们射来，连同杜氏兄弟在内的数十个土匪糊里糊涂便成了箭下亡灵。

几队土匪登时乱了阵脚，数百土匪开始鼓噪起来。土匪头目躲在车下连连吼道："快把灯笼灭掉，就地隐蔽！箭是从北面山上射下来的，大家用弓箭对准山上，发现敌人就射他狗日的！"头目的喊话果然奏效，土匪大队人马霎时沉寂下来。

霍玉婵她们一下子失去了射击目标，就在她们茫然不知所措时，高经纬兄弟俩赶了回来。高经纬先让众人把所有瞭望孔关上，再让霍玉婵将三箱弩弹分别放在中间的三个瞭望孔下，然后带着高至善前往"世外桃源"，从那里拿来一坛豆油、一床棉被和一捆劈柴。兄妹三人撕开棉被，取出棉花，用劈柴裹上棉花，做成十二支火把，再将火把分别放入豆油坛中浸泡。

做完这些后，高经纬叫过霍玉婵和高至善，对他们如此这般吩咐道："待会儿我们在各自的瞭望孔前站好，我居中，至善在左，玉婵在右，悄悄把瞭望孔打开。瞅准中路的位置，看我手势各将一枚弩弹投向中路的土匪，然后迅即关上瞭望孔。再各点燃一支火把，听我口令，拉开瞭望孔，将火把朝中间的方向扔去。"高经纬又对站在身边的静洁住持道，"师父可让师太们在自己的瞭望孔前做好准备，待火把扔下去后，即令她们打开瞭望孔往下射击。"言罢，兄妹三人马上按计划行动。

隐身在黑暗里的中路土匪瞪大了眼睛，正对着山崖凝神注目，就感到一股怪风，裹挟着三枚黑乎乎的球状物体从山崖上骤然飘落，他们不假思索地顺着风向就是一箭。多亏兄妹仨将瞭望孔关得及时，不少羽箭都射在瞭望孔门上，将岩壁击打得噼啪山响。而那三枚球体，一枚恰巧被羽箭击中，在土匪的头顶炸裂开来，几十枚钢针宛如天女散花般钻进了二十几个土匪的身体；一枚打在帐篷的门框上，随着一声闷响，数十枚钢针在帐篷里左冲右突，又有十多名土匪与钢针做了亲密接触；另一枚落在一个土匪右脚边的地面上，在炸裂声里八九个土匪也品尝到了钢针入体的滋味。凡是被钢针击中的土匪，最初只觉得像被蚊虫叮了一下，随着钢针在体内的逐步深入，最终却是一种剜心般的巨痛，直疼得他们满地打滚，声嘶力竭，发疯般地狂呼乱叫。那些未中针的土匪只看得心惊肉跳，魂不附体，不管不顾地拼命朝帐篷里钻。

就在受伤土匪鬼哭狼嚎、痛不欲生时，兄妹三人的火把又从天而降。三支火把不偏不倚刚好落在三顶帐篷上，将帐篷烧着。刹那间烈焰熊熊燃起，把里面的土匪烧得吱哇乱叫，抱头鼠窜。火借风势越烧越旺，不断向周围蔓延，处在下风口的两顶帐篷终于没能幸免，也呼呼地烧了起来。

火光映红了半边天，火光下土匪们再也无法遁形，失魂落魄的他们在两扇钢板间，毫无目的地狼奔豚突。当他们终于想明白要沿南面山坡向外突围时，为时已晚，陡然间弩箭暴风骤雨般向他们倾泻过来，片刻工夫土匪们已是尸横遍地。除了几顶燃烧的帐篷还在吞吐着火舌，不时发出骨架坍塌的声音外，整个中路重又趋于平静。

高经纬决定不给土匪以任何喘息的机会，兄妹三人提着弩弹箱来到走廊的东侧，借着朦胧的火光，朝环绕在地洞周边的马车一连投去十五颗弩弹。没等土匪有所反应，又一鼓作气把六颗弩弹扔向驻扎在最东边的土匪。

躲藏在车下的土匪都在竖起两耳谛听中路土匪的动静，对那里突然变得鸦雀无声颇感奇怪。正极力猜度原因时，数枚弩弹在他们身边几乎同时开花，地洞一侧疏于防范的土匪至少有五成身遭钢针入体之厄运。

看着身边的中针者因扭曲而变得狰狞的面孔，听着他们由痛苦演化成的哭天抢地的哀鸣，土匪大王联想起杜氏兄弟提到过的弩弹，一下子全明白了。他明白了中路土匪的遭遇，也明白了继续待下去难逃覆灭的下场。这使他不寒而栗，他不再犹豫，马上从车下爬出，站起身，边跑边喊道："撤退，赶快向东撤退！"

听到命令的土匪刚刚有所动作,兄妹三人的火把又接二连三地掷了过来,两辆马车跟着起火,接着就是九枚弩弹投向逃跑的人流。

驻守东侧的土匪头脑比较灵活,他们猜到了中路土匪的结局,撤退命令尚未下达就做好了逃跑的准备。钉板和铁蒺藜被挪到了一边,路障也被打开,当首轮弩弹打来之时,他们已有半数人马撤到了路障外,因此伤亡不大。倒是土匪大王一路损失惨重,十停人马中至少折损了八停,他带着残兵败将,也顾不得受伤土匪的死活,与东路人马会合在一起,向东逃去。

兄妹三人又来到走廊的最西端,用同样的手法向西侧一路土匪发动了攻击,九枚弩弹呼啸着朝土匪驻地飞去。西边一路土匪正为中路土匪的销声匿迹和东侧土匪的凄厉叫声感到惴惴不安时,弩弹在他们中间接连炸开。无孔不入的钢针让他们防不胜防,转眼间就有四十多人倒地挣命。其余土匪则吓得肝胆俱裂,立即去撤钉板、铁蒺藜和路障,准备逃跑。兄妹三人将最后三支火把也投了出去,两支落在了钉板和铁蒺藜上,一支落在了路障旁。

不等兄妹仨将弩弹投出,土匪们发声喊,策马向西,头也不回地驰去。随着马蹄声渐渐远去,山下除了几处火光之外,已没有了任何声息。

兄妹三人往外默默地注视了良久,霍玉婵道:"都好半天了,下面连一个人影也看不到,土匪似乎全跑光了。"高经纬道:"也许还有藏在暗处的。"高至善道:"出去瞧瞧不就清楚了?"

静洁住持走过来问道:"现在我们该怎么办?"高经纬道:"师父带师太们待在上面守住瞭望孔,发现土匪影踪及时射击。我们三个这就出去,采取分段法搜查土匪,先从东路查起,然后降下东侧钢板查中路,最后收回西侧钢板,再查西路一块。确定没有问题后,我用灯笼对空连画三圈,师父再率众人下来打扫战场。"静洁住持道:

"兵凶战危，土匪个个阴险狡诈，你们须小心提防，切莫粗枝大叶。"兄妹三人连声称是，于是全副武装由天井向洞口走去。

推开青石盖板，霍玉婵将油灯留在洞中，三人探出头去向周围偷觑。借着马车燃烧的火光，他们看到洞口布满了土匪的尸体和零乱的工具。兄妹仨见无动静，各自捡起一把铁锹将土匪的尸体铲到一边，清理出一条路来，然后走到洞外马车旁。

有四辆相毗邻的马车正在燃烧，由于马车都连在一起，聚成了一个圈，如果不采取措施，其他车辆势必会被殃及。高经纬走到上风口，用铁锹钩住一辆着火的车身，轻轻一拉，将马车远远移开。接着三人又用同样的方法把剩下三辆燃烧的马车拽离了火场。

他们的目光扫过所有马车，高经纬一眼瞥见下风口有辆紧挨着火处的马车，也幽幽泛起一股火苗，当即将这辆车拖到了一边。所幸这五辆着火的马车均为空车，高经纬心道："车上原本装的可能是帐篷和路障等物，土匪一到就将其卸空。"

三人从地洞四周砍倒的竹竿上，解下三盏气死风灯笼点亮，跟着逐一检查了全部马车的轿厢，除了尸体，未见一个喘气的土匪。

他们又向帐篷的方向搜索，短短一段距离竟躺卧着几十具尸体。牛皮帐篷外数十面盾牌横七竖八布满了一地，二十多个土匪尸体杂陈其中，三顶帐篷里人影皆无，地上随处可见亮闪闪的钢针。

前面几步远，钉板和铁蒺藜被挪开了一条三尺多宽的窄缝，一匹马不知何故躺倒在钉板上，虽未毙命，但连挣扎的力气似乎也丧失了。高经纬把灯笼照向前方，只见路障前十几步远一群马匹正聚集在路旁，不停地甩着尾巴，打着响鼻。

兄妹三人返回地洞边，高经纬进到洞里把东侧钢板复位，随后三人走向中路展开探察。两山夹道里充溢着浓浓的血腥味，此刻飘散开来，令人作呕，三人不禁皱起了眉头。迈步前行，土匪的尸体随处可见，刀剑弓箭比比皆是。

夹道中段，五座帐篷有三座已化为了灰烬，剩下两座大火也变成了强弩之末，虽然还在燃烧，但火势已愈来愈小，随时都有熄灭的可能。一阵飘忽不定的山风刮过，巴掌大的灰烬伴随着突突上蹿的火星，像漫天飞舞的幽灵在山间游荡。再走近些，一股难闻的炼人的恶臭迎面扑来，这气味显然来自帐篷里的尸体。

继续前行，土匪的尸体明显变少，高经纬知道是因为这里两边山势相对陡峭，不适于土匪突围的缘故。三人不敢大意，搜遍了每一个角落，也没见一个活着的土匪，这才松了口气。

高至善抚摸了一下钢板道："你们等着，我去去就来。"说着快步朝地洞跑去，过了一会儿，西侧的钢板也被收回，没多久高至善也跑了回来。三人立即开始检查西路，与东路不同的是，这里帐篷内外都能见到土匪的尸体。

三人正要往路障方向继续搜索，突然从铁蒺藜和路障的夹角处现出两道白光，就见两把明晃晃的飞刀直奔高经纬射来。高经纬再想躲避为时已晚，两把飞刀一齐射中高经纬胸口，若不是他有缁衣盔甲护身，此刻哪里还有命在？就是这样，他的胸口也感到一阵隐隐发痛。

不等土匪再有动作，霍玉婵和高至善的弩箭已射向土匪的藏身处，只听两声惨叫过后，便再也不闻任何声息。霍玉婵和高至善还不放心，又搬起钉板朝夹角处砸去。高经纬避开铁蒺藜，顺着路障来到土匪藏身的地方，就见两个土匪倒在夹角的血泊里，钉板已把他们砸得面目全非，不成人形。

兄妹三人越过路障，挑灯向西望去，不见土匪半个人影，随处可见的倒是土匪仓皇逃窜时丢弃在路上的鞋帽刀剑。三人确认周围再无漏网之土匪残渣余孽时，高经纬举起灯笼，朝着空中走廊连画三圈。

不多时静洁住持带着娘子军从地洞中拥出,高经纬和静洁住持计议了几句,静洁住持向两侧路口各派出两名岗哨进行警戒,其余女尼则跟着她清理战场。

兄妹三人在地洞附近找到另外七盏气死风灯笼,连同手里的三盏,分别绑在竹竿顶端,点燃后将竹竿固定在十辆马车上。

根据高经纬的指示,娘子军们首先对马车上的物品进行了归纳分类,共整理出八车粮食、一车鲜菜水果、一车咸菜泡菜、两车山货(包括银耳、木耳、蘑菇、竹笋、腐竹、粉条和黄花菜等)、两车被褥、两车衣物和两车炊具器皿。然后她们着手回收弩箭,捡拾兵器及工具。

兄妹三人则将东西两侧六顶帐篷拆下、叠好,送到下面的石室里,而后又把粮食、山货、被褥、衣物和炊具器皿的一半及鲜菜和水果的全部运到"世外桃源"中,再将东侧的钉板、铁蒺藜与路障全部拆除,搁置到路边。搁置到路边的还有盾牌,奄奄一息的伤马及土匪的尸体。

此时静洁住持和她的娘子军们也完成了手里的工作,并把弩箭、兵器和工具放入地洞里。

静洁住持应高经纬的要求,派出十一名会骑马的女弟子跟着兄妹仨,分四次去东面路边牵来五十七匹健马。回到地洞边,大家将事先选定的载有粮食等物品的九辆马车,以每辆五匹健马套好,又挑出三辆带轿厢的空车,用每辆四匹健马套上。兄妹三人返回地洞中将石门逐道关好,然后离开地洞口,并使青石板盖上,再把所有灯笼拆下,按从前到后的顺序分发给前面的十辆马车。高经纬在十一个女尼中指定九名驾车,其余的随静洁住持一众女尼分别坐进三辆空车里。十二辆马车浩浩荡荡,在兄妹仨等人的驱赶下,拂着子夜的山风，朝着南泉庵一路驰去。

马车从南泉庵山门鱼贯而入，直奔后院庵堂。众人用了半个时辰，才将马车上所载物品经地窖搬至南泉下院。稍事休息，又随兄妹三人重返山口地洞。

众人惊异地发现，由于东路没有了路障等物的阻隔，大批马匹自动聚到了地洞边剩余马车围成的圈子里。

考虑到过不了多久就会天亮，而他们又须前往顾家大院，所以没必要将马解下，相反他们还给原本四匹健马的三辆车补足了五匹的数。于是他们将马车赶到中路的位置，又将土匪的尸体和前面路障等物清理到路边，再从一辆满载饲料的马车上卸下大量饲料，分别喂给驾车的马匹和群马，吃饱了饲料的马匹显得格外温驯、安静。

静洁住持安排了岗哨后，其余众人则分散到各车厢里安歇。兄弟俩躺在最东边的一辆车厢里，刚想合上眼打个盹，就发觉群马开始不安起来，兄弟俩正感到有些奇怪，就听到远处传来一声马的惨叫。兄弟俩跳下车去，发觉叫声来自数十丈外的正东边。此刻群马由不安转为骚动，纷纷向中路靠拢，霍玉婵和静洁住持等人也陆续来到车外。

兄妹三人预感到东边的黑暗中一定潜伏着巨大的危机，他们快步跑向路障，将路障、钉板和铁蒺藜一股脑搬到路口。静洁住持也率人前来帮忙，顷刻间一道路障将山口堵死，钉板和铁蒺藜紧跟其后，组成一道难以逾越的防线。

兄妹三人从千里眼向东面望去，就见成百上千双眼睛放着绿荧荧的光，隐没在夜色里，正向这边逼近。高经纬的头脑里闪过两个可怕的字眼"狼群"，一声瘆人的嚎叫证实了高经纬的判断。他十分清楚，凭他们现有的力量，根本无法与狼群对抗，三十六计走为上计，于是他高声喊道："赶快上车，各就各位，向顾家大院进发。"

情况危在旦夕，娘子军们却并不慌乱，她们从容地爬上返回时各自所乘的车辆。高经纬还以为她们通过几次战斗的磨炼变得成熟起来，殊不知她们压根就不清楚与狼群遭遇会带来什么后果。

　　按照高经纬的安排，高至善驾车在前开路，霍玉婵居中前后策应，高经纬自己驱车断后。高至善鞭子一扬，车队开始起程，群马紧随车队左右，寸步不离。高经纬尚未走出山口，略一回头，就见多条黑影正蹿过路障，前赴后继地朝铁蒺藜和钉板扑来。他对着辕马猛抽了一鞭，鳞鳞的车轮声里，马车顿时加快了前进速度。

十九　赠礼品军民齐心　逞野性群狼升天

前面顾家大院已遥遥在望，天也渐渐发白，随处可见扛着锄头走向田间地头的村民。经过一路狂奔的车队，见后面并没有狼群追过来，这才放缓了行进步伐。

农民军的三个队长一夜未曾合眼，昨晚的两声巨响告诉他们，山口那边与土匪的战斗已然打响。他们不知战况进展如何？想去增援没有高经纬的命令，贸然行事又怕土匪乘虚来攻，在焦虑和不安中好不容易熬过了一夜。天一放亮，他们就迫不及待地来到围墙上，瞪大眼睛向远处眺望，高经纬的车队刚一露头就被瞧个正着。李梧桐还以为是土匪前来进攻，赶紧传令队员们做好战斗准备。就在大院里人人剑拔弩张，处于高度戒备之时，高至善已驱车率先来到吊桥前。他对着围墙大声喊道："快放下吊桥，是我们回来了。"李梧桐正要下令放箭，听见喊声不由迟疑了起来。刘、冯二队长却看得真切，激动地嚷道："是公子他们。"此时李梧桐也看清了来人，三人旋即飞身下楼，开大门、放吊桥一气呵成。

高至善驰过吊桥也顾不得寒暄，冲着三人将头一点道："待会儿见。"鞭子一甩便进了大门，马群也跟着十二辆大车顺利地进入院中。

三个队长收起吊桥，关上大门，李梧桐去围墙上布置岗哨，刘松樵率队员们把新来的马匹带往马厩，冯立威去伙房为高经纬一行人打点早饭。

队员们听说打了胜仗，又见到这么多马匹车辆，甭提有多高兴了，整座院子都沸腾起来。

　　早饭过后,众人开始短暂地休息。高经纬兄妹、静洁住持和李、刘、冯三个队长聚在议事厅,召开了一次紧急会议。会上高经纬向三个队长详细介绍了昨晚的战斗经过,末了他忧心忡忡地说道:"这次打击,将使土匪一蹶不振,元气大伤,彻底消灭他们的日子已经为期不远了。但是眼下有一个更棘手的问题亟待我们去解决,那就是狼群的出现,也不知它们从何地流窜到此?狼本性凶残,然而一两只狼并不难对付,关键的是如此数量众多的狼,没有千军万马又怎能抵挡?何况狼群居无定所,流动性和随意性都很大,更让人防不胜防。狼群一日不除,百姓一日不得安宁。"

　　李梧桐道:"能否在狼群必经之地设一陷阱?"刘松樵道:"到哪去找狼群必经之地?"冯立威道:"随便找地挖个陷阱,我带几个人去把狼群引来。"高经纬道:"你们这么一说,倒提醒了我,放着现成的地上陷阱为何不用?根据狼群昼伏夜出的习性,我们要充分利用好白天这段时间,把山体改造一下,使之成为真正的陷阱。同时在南面山上准备好滚木礌石,天黑前在陷阱中间摆上诱饵,我们的人埋伏在地洞和空中走廊,一旦狼群上钩,就从地洞里跑到南山将滚木礌石推下。空中走廊里的人待滚木礌石落下后,再用臂弩全歼残存之狼。"

　　计议已定,静洁住持率娘子军接管了顾家大院的防务,三个队长去村里发动村民参与灭狼行动,兄妹三人带领队员把滚木礌石装上车。半个时辰过去了,十五辆车都已装满,并分别给车套上了八匹健马。三个队长也从村里赶了回来,他们选出十五名队员充当车把式,另外还指派了十二名队员跟着兄妹三人一起押车,这才带领其他队员纵身上马,一路护送车队前往两山夹道。

　　在通往两山夹道的路上,推着小车,牵着牲畜的村民络绎不绝。

他们听了三个队长的动员,决定为这次灭狼行动出把力。好多人从家里拿出了石块木料,或装在小车里,或驮在牲畜背上。有些人为了取石块甚至不惜拆毁自家院墙,农民军的队员们看了这场面都深受鼓舞。

　　车队来到山口,越过道边的路障、铁蒺藜和钉板,所有人都被眼前的场景惊呆了,但见满地都是死人白骨和衣服残片。进入两山夹道情况依旧,只是多了几具帐篷的骨架和遍地的灰烬。夹道东侧情况犹为惨烈,路障已被撞得七零八落,铁蒺藜和钉板上更是堆满了狼的尸骨残骸,可以想见这里曾上演过同类相残的一幕。

　　队员们把铁蒺藜和钉板清理到路边,车队行进到地洞附近。由于这里原来土匪尸体比较集中,因此出现的尸骨比别处的都多。最让人称奇的是五辆着火的车除外,其余十七辆车居然完好无损,特别是八辆带轿厢的车,由于轿厢坚固,里面的东西分毫不少。打开一瞧,有两车厢坛装白酒、一车厢火腿、一车厢烤鱼、一车厢烧鸡、一车厢熏牛肉、一车厢酱驴肉和一车厢腌猪肉。此外在其他车上还有一车箱装弓箭、一车绳捆兵器工具及两车袋装饲料。清点过这些车辆,李梧桐留下八名队员看守,车队继续朝山上挺进。

　　不久村民们也陆续赶到,看了眼前的场景,始信三个队长所言非虚,按照留守队员的指点,他们尾随车队来到山上。

　　这时大刀队的队员们已将滚木礌石卸下,正在三个队长的指挥下,把这些东西沿山梁一字排开。下面是滚木,上面是礌石,一层层码好,到时只需拉开下边的垫石,所有的滚木礌石就将潮水般滚落。村民们也把自己带来的石块木料加了上去。

　　高经纬顺山梁反复走了几趟,不断用目测衡量滚木礌石的覆盖面,发现不连贯的地方及时让队长们调整,直到确定没有一个死角为止。

安置好滚木礌石，队员和村民都回到了山下。

兄妹三人和三个队长立即对东西两面山体展开勘查，对坡度较缓易于攀爬的地段进行分工和修整。三个队长把队员和村民均分成三队，并从车上卸下工具分给他们，然后各带一队，按分工如火如荼地干了起来。

兄妹三人驾起一辆马车前往南泉庵，从南泉下院的库房里取来当初拿去的三柄巨斧。待返回时就见众人已将坡上浮土沙石清理干净，正在啃凿着下面的岩石，进度相当缓慢。兄妹三人找了一处工作量最大的地方，让周围的人闪开，而后抡起巨斧朝岩石劈去。一块块磨盘大的花岗石，在他们的手里被摧枯拉朽般地劈了下来，俯仰之间一面陡峭的岩壁呈现在众人面前。

在场众人无不为兄妹三人的神力所倾倒，他们将兄妹三人奉若神明，村民们竟情不自禁地对其顶礼膜拜起来。兄妹三人赶紧跪倒给村民们还礼，高经纬一抱双拳道："乡亲们快快请起，折杀我们兄妹了。其实我们和乡亲们都是一样的人，只不过机缘巧合，徒有一把力气而已。"村民们哪里肯听？还要再拜。李梧桐上前把手一拦道："乡亲们，我同大家一样，对公子兄妹都崇拜得五体投地，但我觉得不应把崇拜停留在这些繁文缛节的形式上，而是要让它成为一种信念，坚信只有奉公子的号令行事，乡亲们的身家性命才能有保障，日子才会一天天好起来。这次行动就是公子兄妹发起的，所以大家要抓紧时间，做好各自分内的工作，用实际行动来体现对公子兄妹的崇拜之情。"李队长一番因势利导的话，使得众人不再坚持膜拜，而是一心一意干起活来。他们七手八脚将大块岩石运到山上做礌石，又把骨骸残衣和琐碎石块运到远处填埋沟壑。

兄妹三人则奋起神威，将所有该凿的岩石全部劈落。中午时分山体改造工程宣告竣工，只见两侧山体，至少都是一丈以上立陡的岩壁。经检查认定地上陷阱一经启动，被困狼群若想从中逃逸势比登天。

村民们帮着队员将铁蒺藜、钉板和路障装上马车，正想放下工具往回返。高经纬纵身跃上马车，朗声道："乡亲们且慢离去，学生还有话说。首先大家手里的工具不用交回，这是我们送给大家的，其次请大家都到三个队长那里登个记，下午好到顾家大院领份礼品，算是我们对诸位的一点心意。"村民们听了欢声一片。

趁村民踊跃登记的当口，兄妹三人带领队员们，从来时的马车上分出一半套马，再加上队员们的全部坐骑，都套在剩余的十七辆马车上。村民们渐渐散去，李梧桐从原有的车把式中指定十二名，驾驶满载货物的车辆，还有三名再加上新选出的十七名，去驾驶余下的二十辆。兄妹三人和三个队长坐在一个车厢里有事相商，其他队员分散在各个车上负责警卫。三十二辆马车就像一条长龙，奔走在通往顾家屯的土石路上。

车厢里，高经纬开言道："现在万事俱备，只差诱饵，此一项至关重要，万一设置不当，辄功亏一篑。"李梧桐谋划道："诱饵应以活猪活羊为主，用硬杂木钉四只大木笼，把十口猪、十只羊分别放入其中。"刘松樵补充道："里面最好再放入几只老母鸡，用它们遭遇不安时的叫声来吸引狼群。"高至善道："为什么用老母鸡而不用大公鸡呢？大公鸡的叫声岂不是更大，传得更远？"刘松樵道："公鸡的叫声的确很嘹亮，就怕狼群听见后，误以为天明将至，反倒不敢来了。"高至善笑了笑表示理解。冯立威道："这还不够，到时再宰杀两口猪，将猪血从东路口一直抛洒到木笼边，新鲜的血腥味更具诱惑力。"霍玉婵道："去哪弄这么多猪羊？"高经纬道："这好办，可以用我们手里的马匹与村民进行交换。"

顾家大院里，静洁住持和她的娘子军都已吃过午饭，还特地为队员们蒸了几笼屉馍馍，烙了数百张筋饼，还熬了几大锅小米稀粥。忙碌了一上午的队员们，将大车赶进院中安置妥当，又卸下马匹牵至马厩，交给娘子军喂饮，这才匆匆赶往饭堂就餐。

兄妹三人和三个队长也从车厢里取出数块熏牛肉和酱驴肉，切开了分给众人。一个绰号叫"醉里乾坤"的队员嬉皮笑脸地嚷道："队长们，行行好，给点白酒吧，不然我肚子里的酒虫都快出来了。"刘松樵笑道："那好啊，就让它出来吧，我还正想见识见识呢！"李梧桐道："不是驳你的面子，眼前是顽敌当前，大战在即，实在不是喝酒的时候。弟兄们都忍着点，等战斗结束了，咱们敞开肚皮喝，来他个一醉方休，你看可好？""醉里乾坤"脸一红，连声道："好，好，就这么着。"说着朝自己的面孔掴了一巴掌道："瞧你这点出息样！"队员们都被他逗得前仰后合，捧腹不止。

刚吃过饭，就有岗哨跑来报告，说有村民前来领礼品，李梧桐告诉岗哨让村民稍候片刻。接着兄妹三人和三个队长商量了一下，决定给每个参与行动的村民，一只烧鸡、两条烤鱼、一块熏牛肉和一块酱驴肉。刘松樵和冯立威带领队员负责把牛肉和驴肉切成均等的块，高经纬负责查验与登记，李梧桐、霍玉婵和高至善负责发放。

上午参加行动的村民共计一百八十八人，李梧桐在发放过程中，也把用马匹交换诱饵的消息通知了村民。得到消息的村民纷纷从家里带来猪、羊和母鸡，时辰不大李梧桐用十一匹马换下了十二口猪、十只羊和二十只母鸡。具体换法如下：一匹马换两口猪，或者一匹马换两只羊和四只母鸡。许多村民来晚一步没换到，都很懊恼。高经纬不得不出面安慰他们道："大家不必为此沮丧，以后这样的机会肯定还有，我可以答应大家，日后谁需用马匹可以到这里来借。另外等形势安定了，每户都可借给一匹马长期使用。"这些人听了才悻悻离去。

队员们按照高经纬的要求，很快找来了木料和工具。兄妹三人动手，没过多久四只木笼全部做好。

兄妹三人、静洁住持以及三个队长来到议事厅，就下一步的行动做了人员上的安排。李梧桐率二十七人留守顾家大院，冯立威率二十九人参加战斗，刘松樵率九名队员驾十辆大车，送兄妹三人和南泉庵女尼，还有冯立威一行以及猪羊等诱饵去两山夹道，送到后马上驱车返回。

高经纬道："消灭狼群固然重要，但不能顾此失彼，不要忘了土匪还在我们背后，一有机会他们就可能蠢蠢欲动，因此对土匪的防范来不得半点马虎和松懈。特别是这次，大本营人员减少了近一半，李、刘两位队长肩上的担子就更重了。战场形势瞬息万变，殊难预料，倘若情况危急，夜间还是点火为号，我们那边再做定夺。如果没其他事，现在就准备出发。"

李梧桐率人协助刘松樵牵来马匹将车套好，又为出征人员准备了干粮、烧鸡、烤鱼、酱肉和熏肉等食品。冯立威和出征人员把木笼抬到车上绑好，再将猪羊混合，按每笼五只放入，母鸡也是每笼五只，剩下的两口猪单独捆好放在木笼外面。把木笼门钉好后，所有出征人员立即登车，前面的四辆车厢里坐着兄弟俩和冯立威等队员，中间是运载诱饵的两辆马车，后面的四辆车厢霍玉婵和南泉庵的女尼端坐其中。

车队走出顾家大院，一路没有耽搁，顺利抵达两山夹道。众人先将外面的两口猪抬到路边，跟着把木笼卸下，沿北面石壁一字排开。马车继续前行，把众人送到地洞边，待众人搬下食品，刘松樵遂与众人作别，掉转车头打道回府。

兄妹三人于是打开地洞口，先把静洁住持一众女尼送到"世外桃源"，又把冯立威和他的队员安置在两个石室之间的过道中，这才走出地洞，直奔龙泉地道入口。在那里把"大将军"带回怪兽室，将"大将军"身上破损的地方补好，然后驾着"大将军"重回两山夹道。

此时天色向晚，太阳已落下山去，西边的山峦上布满了重重叠叠、纷至沓来的火烧云。一阵晚风刮过，兄妹三人立即嗅到一股刺鼻的血腥味，顺着风向瞧过去，就见路上满是殷红的血迹，这血迹斑斑驳驳越过木笼，一直洒向西侧的两口死猪。三人这才晓得，在他们离开的这段时间里，冯立威已率人将猪杀死，并把猪血泼在了路上，引诱狼群最后一道工序也已完成。

兄妹三人把"大将军"藏在北面不远处两棵老槐树后，环视了一遍四周，见无异常，便一头扎进了地洞里，返身再将洞口盖上。

接着霍玉婵去了"世外桃源"，兄弟俩找到冯立威，带他浏览了两个窥视眼，并让他安排队员值班，保证一刻不停地通过两个窥视眼监视外面。冯立威当即照办，每个窥视眼各派四名队员轮流守望。队员们初次接触窥视眼，对其充满了好奇，监视起来格外尽职尽责，这让高经纬兄弟大为放心。

谈到启动钢板，兄弟俩决定还按老章程，高经纬负责东石室，高至善负责西石室。临去时高经纬对冯立威道："冯队长，天到这般时候，该让队员们吃晚饭了。"

兄弟俩刚刚离开，冯立威正预备把食品分下去，突然一想："坏了，百密一疏，居然忘记让队员们自带饮水了，这便如何是好呢？"就在他为缺少饮水一筹莫展时，静洁住持带着二十个女尼给队员们送粥来了，这让冯立威喜出望外。十桶小米粥冒着腾腾的热气，摆在队员们的面前，女尼们把碗筷塞在队员们的手中，队员们面面相觑，感动得不知说什么好，只能一个劲地高诵佛号"阿弥陀佛"。还是冯立威快人快语，说道："让师太们如此费心，俺们心里甚是过意不去，日后有用得着俺们的地方，只要师太们言语一声，就是上刀山下火海，俺们也不在乎。"静洁住持回答道:"冯队长言重了,些微小事何足挂齿。大家患难与共,同仇敌忾,都是道上的朋友,相互扶持,分所当为。请诸位快用餐吧!贫尼上面还有事要办,这就告退了。"冯立威肃穆道:"师太请自便,在下恭送师太。"

每个队员都领到了一份食品,有馒头、筋饼、烧鸡、烤鱼、酱肉和熏肉。冯立威还特地派人把食品和热粥送到东、西两石室,给那里的兄弟俩和值班队员。这顿晚餐大家吃得津津有味,快活极了。

空中走廊里,霍玉婵一个人从瞭望孔俯瞰着外界,上弦月孤寂地悬在空中,向人间投下几丝冷漠,几束凄凉。群山都已沉沉睡去,只有笼子里的猪羊鸡不时发出惊恐的叫声。

静洁住持带众女尼本想一起来守夜,被霍玉婵硬是拦住了,霍玉婵道:"师父,您还是带师太们回去休息吧,这里留我一个人就足够了。您想,我们的任务是最终消灭剩余狼群,一切都要等钢板和滚木礌石发动之后,即使这里无人值班,由此引发的惊天动地的声音我们也照样会听到,到时大家再来也完全赶趟,何必现在都到这里受罪呢?况且大家昨天一夜未眠,按理也该睡一觉啦。"静洁住持道:"你不也一夜没睡吗?我老了,觉也少多了,你们都去睡觉,这里交给我好了。"霍玉婵道:"师父,您就别跟我争了,横竖我也要在这里练功,捎带着往外瞧瞧,岂不一举两得。"静洁住持听霍玉婵如是说,信以为真,于是带众人返回"世外桃源"。其实她哪里知道,霍玉婵之所以不让她们来值班,主要是因为怕她们看见诱饵的惨状心中不忍,徒增伤悲罢了。

困意向霍玉婵阵阵袭来,开始她还睁大眼睛,在黑暗中极力搜索狼群的蛛丝马迹,后来终于控制不住自己,头枕在瞭望孔旁酣然入睡。

也不知过了多久,下面木笼里传来猪羊鸡惊恐的叫声,把霍玉婵从睡梦中吵醒。她揉揉眼睛朝下望去，就见三四条黑影围着木笼绕来绕去。忽然一条黑影将头抵住地面发出呜的一声长嚎，远处登时有数百个声音遥相呼应。工夫不大，从东边响起一阵唰唰的奔跑声。随着奔跑声的临近，铺天盖地的黑影正潮水般向这里涌来。霍玉婵一下子振作起来，飞身就往"世外桃源"跑……

东面石室里高经纬睡得正香，守在窥视眼旁的岗哨陡然兴奋起来，连声嚷道："来了，全来了。"高经纬睡意未消，迷迷糊糊地问道："什么来了,如此大惊小怪？""公子,是狼群来了。"岗哨大声道。"狼群"两字让高经纬顿时清醒过来，他从地上一跃而起，就听头顶的奔跑声已响成一片，犹如千军万马骤然而至。

这时高至善那边也传来了喊声，不用说那里的岗哨也发现了狼群。

冯立威和队员们都来了精神，整理好装束，从过道中部来到地洞口。

高经纬双目炯炯有神，透过窥视眼盯视着外面的敌情，就见狼群还在源源不断地拥向木笼。四个木笼被狼群簇拥着、撕扯着，在夹道中忽左忽右，忽东忽西，游移不定。木笼里的猪羊鸡面对着来势汹汹、声势浩大的狼群，早已由惊恐万状变成魂飞魄散，它们的哀鸣也被狼群低沉的吼叫声所淹没。

高经纬看到路口已再无狼的身影跟进，便毅然决然地启动了钢板。随着一声巨响，高至善那边也有了回应。两声巨响过后，兄妹三人很快出现在地洞口。

霍玉婵抱了一捆火把交给高经纬道："这是师父给预备的，说是野兽都怕火，让我们以防万一。"高经纬道："还是师父想得周到。"于是又将火把交给冯立威道，"冯队长，外面很可能有未被关上的漏网之狼，你把这些点上分给弟兄们，一旦打开洞口，大家要多加防范。"

听了高经纬的话，冯立威当即将火把逐个点燃，发到队员们的手里，然后一齐拔出了腰刀。

兄妹三人掀开洞盖，还未等出去，就有两条黑影扑了下来，一条直奔高经纬的咽喉，一条咬住高至善的左臂。高经纬攥紧双拳奋力朝黑影击去，惨叫声里黑影被击出，随后惨叫声划破夜空持续不断，越来越远。再瞧高至善顺手抽出腰刀，一刀横劈恶狼的头部，恶狼从鼻子下端起被砍去半个脑袋，狼嘴兀自咬住高至善的左臂不松口，高至善掰开狼嘴，将狼尸抛出洞外。大家赶紧来看高至善的左臂，只见缁衣盔甲上留下两排浅浅的牙印。高至善满不在乎地抡了抡左臂，笑道："想要伤我，没那么容易。"

兄妹三人手持腰刀正要冲出，呼呼风声里，又是三条恶狼凌空而降。兄妹三人不敢怠慢，三把腰刀几乎同时挥向空中，刀光闪过，鲜血飞溅，眨眼间三条恶狼全都倒在血泊之中。

高经纬纵声道："大家不可轻举妄动，赶紧退回到地道里。"众人刚刚走下地道，又有五条恶狼尾随而下，大家群起攻之，五条恶狼很快身首异处。

就这样，众人躲在地道里守株待兔，不到一顿饭的工夫竟消灭了来犯的恶狼达三十七条之多。

又等了一会儿，不见再有恶狼下来，众人这才跟着兄妹仨来到洞外。火光下，就见钢板外侧聚集着不下百条恶狼，或站、或蹲、或坐，都虎视眈眈地瞪视着他们。忽然恶狼都站起身来，高经纬意识到它们要发动进攻，连忙低声道："群狼要先发制人，大家赶紧撤回洞里。"众人迅即向洞中撤退。高经纬留在最后，监视着群狼的一举一动。

果然不出高经纬所料，群狼正在向洞口逼近。高经纬快步返回洞中，几条恶狼已来到洞口，伸头朝下窥望。高经纬低声吩咐了霍玉婵几句，霍玉婵当即离开。不一会儿，霍玉婵领着静洁住持一行女尼来到洞口，她不仅给自己还给兄弟俩取来了连弩。洞外几条不知死活的家伙还在那里与洞下的大刀队员们对视，兄妹仨的连弩已瞄准了它们。说时迟那时快，高经纬把头一个轻点，弩箭已挟着风声射向恶狼。恶狼此时再躲哪里来得及？顷刻间六条恶狼毙命于斯，其余恶狼惊嚎一声纷纷散去。

兄妹仨带着冯立威一干队员来到洞外，静洁住持一行女尼紧随其后。群狼又回到了钢板前，仍旧和高经纬他们对峙着。高经纬可不跟它们耗费时间，他先让冯立威率队员们站在前面，呈扇形散开，然后让静洁住持率娘子军穿插其中，自己则和高至善、霍玉婵走到众人之前。这时群狼也在重复着上一次的伎俩，正慢慢聚拢在一起，向这边逼近。高经纬瞥了一眼群狼，低声下令道："各就各位，射！"就见弩箭宛如飞蝗般射向正在逼近的群狼。毫无防备的群狼顿时被射个落花流水，死伤遍地。有几条较为凶悍的，不避箭矢，张牙舞爪向兄妹三人扑来。冯立威一挥手，带着队员们迎头冲了上去，寒光飞舞中九条恶狼被立劈于刀下，剩下十几条见势不妙撒腿就逃，片刻间逃了个一干二净。

钢板前留下八十多具狼尸，队员们生怕其中有诈死的，在每具狼尸上又都补了一刀，结果发现有二十余条尚没有死彻底，其中还不乏轻伤的。

静洁住持一众女尼趁机将射出的弩箭捡回，这才重返空中走廊。

兄妹仨把洞口匆匆盖上，然后带着冯立威一干队员朝山上进发。一路上尽管队员们举着明晃晃的火把，还是有几条从狼群中漏网的散兵游勇向他们袭来，沿途又有七条恶狼死于众人的刀下。冯立威和三名队员也在搏斗中受了伤，所幸伤势不重，包扎一下，一点也不影响行动。

众人来到山上，放眼望去，就见山下被钢板围困的狼群此时已沸反盈天，野性大发，它们竞相扑向木笼。有两只木笼已被挤烂，里面的猪羊鸡荡然无存。另外两只木笼还算结实，仍在狼群中滚来滚去，虽未开裂，其间的猪羊鸡亦已隔着木棍被撕咬得体无完肤，血流不止。还有几只鸡从间隙里被生拉硬拽地掏了出去，几条恶狼为争食一只鸡，同类间竟不惜大打出手，以至两败俱伤，最终被其他同类一举啖之。

众人沿山梁分散开来，按分工拽紧绳索。高经纬来回检查一遍，确认无误，随即一声号令，众人一齐发力，满山的滚木礌石隆隆而下，恰似雪崩飞落万丈，这巨大的声势让狼群惊愕得忘记了撕咬和争斗。

经过短暂的平静，狼群开始疯狂地骚动起来，相互拥挤着，践踏着在夹道中寻找逃生之路。一阵疾风暴雨般的打击过后，狼群被滚木礌石死死地压在下面，四周一片寂静。

忽然从对面的十一个瞭望孔中用绳索垂下十一支熊熊燃烧的火炬，把下面两山夹道照得一派通明，接着就有弩箭射向两侧钢板，四十几声哀嚎此起彼伏过后，便再也不闻任何声息。

此情此景让队员们忍不住欢呼起来，高经纬也异常兴奋，他用双手卷成喇叭状放在嘴上，朝着对面的峭壁用力喊道："师——父——您——真——行——"一会儿，群山峻岭回声不断，"您——真——行——""真——行——"

二十　扫战场烽火重燃　灭强贼匪首漏网

兄妹仨带着队员们一路下山，沿途偶尔还能看到野兽四处逃窜的身影，也分不清里面是否夹杂着恶狼。

大家走到地洞口，兄妹三人揭开盖板，静洁住持一行人早已等在下边。静洁住持满面春风，一上来就道："大功告成，可喜可贺。"高经纬接着道："师父，想不到您老人家安排得如此巧妙，实在令人钦佩。"静洁住持脸一红，笑道："都是自家人，有什么好钦佩的。还不抓紧时间，趁火把尚未燃完，赶紧进入下一步骤。"高经纬道："那就来个故技重演。师父、冯队长，你们这就带人照刚才的队形在钢板前站好，我去把钢板降下。"

高经纬朝洞里走去，众人手持兵器呈扇形面对着钢板。一会儿钢板缓缓回落，就见滚木礌石充溢其间，滚木礌石覆盖下，狼尸层层叠叠数不胜数。

高至善和霍玉婵凑近几步，欲看个仔细，从最前面一排裸露的狼尸中猛然跃起两条恶狼，张着血盆大口向他们的咽喉咬来。此时两人再想用弩已然不及，千钧一发之际，快步赶来的高经纬和守候在一边的霍玉娥手疾眼快，一人一弩箭将两条恶狼射个正着，高至善和霍玉婵为此惊出一身冷汗。

冯立威见状大怒，一挺腰刀带着队员们就冲了上去，逢狼尸便挥刀猛砍，片刻间东侧凡置身在滚木礌石外的狼尸都被砍了一刀。

冯立威正要率队员朝西侧掩杀过去，被高经纬伸臂拦住，高经纬道：

"且慢过去，还是先投掷石块稳妥。"说罢兄妹三人俯身捡起石块，对着西侧钢板前就是一阵猛砸，随着石块的不断落地，再次响起了三五声狼嚎。

冯立威道："这些恶狼倒也狡猾得紧，装死的本领一点不比狐狸差，真是令人大开眼界。"说着捡起石块就朝滚木礌石薄弱处扔去，队员们也都争先恐后地跟着效仿，在石块铺天盖地的打击下，众人终于又听到两声狼的哀叫，此后无论众人怎样奋力投掷，便再也无从听见狼的声音了。

高经纬高声道："打扫战场的事留待天明进行，现在大家一起回收弩箭，冯队长带人负责西侧，师父带人负责东侧，事毕全部撤回洞里休整。"

半炷香的时辰过后，众人都已返回洞中，静洁住持一行去了"世外桃源"，冯立威率队员回到地道中部。

兄妹仨合上洞口又将西侧钢板降下，接着来到空中走廊，他们从各个瞭望孔把绳索拽回，然后借助千里眼观察外界的风吹草动。忽然霍玉婵手指西边道："你们看，那边好大的亮光。"高经纬从千里眼望过去，看到三盏孔明灯悬浮在顾家大院的上空，一跺脚道："不好，顾家大院有情况，可能是土匪料定我们后方空虚，趁机来攻。"高至善道："还等什么？赶快去救援呀！"高经纬道："那也得告诉师父和冯队长一声，同时咱们还要带足弩箭，然后才能出发。"

静洁住持和冯队长知悉后都要跟去，高经纬道："眼下情况不明，另外没有车马，大家行动也不方便，等我们探明情况后，再决定去留。现在大家好好在此守候，切莫草率行事。"说完兄妹仨来到洞外，盖严洞口，直奔老槐树后的"大将军"。

"大将军"举步维艰地踩着滚木礌石和狼尸，一步步向前挪动，好不容易走出了山口，这才扯开大步，向着顾家大院一路飞驰。

隔着老远就见护城河外火光一片，不断有孔明灯扶摇直上，从地面升向空中。土匪呐喊着，强行将四部云梯往围墙上搭，队员们隐身在城堞后，或奋力往外推；或用板斧使劲剁；或使挠钩拼命朝上拽。围墙上下羽箭乱飞，护城河上散落着几步云梯的残骸。

兄妹仨把"大将军"停在一处民居的墙角，瞄准土匪密集的地方就是一阵狂射，土匪纷纷倒下。

随着倒下的人数越来越多，土匪中有人咆哮道："敌人就躲在东边的墙角，弟兄们给我上，杀死一个赏一百两白银！"话音未落，就见百余骑土匪手擎大刀、长矛朝"大将军"冲来。

兄弟俩赶紧回归原位，"大将军"掉转身躯，朝着来路就是一阵狂奔。土匪随后不离不弃，紧追不舍，到了两山夹道入口，土匪距此仅有一箭之遥。高经纬正想让高至善和霍玉婵随自己离开驾驶舱，徒步把"大将军"抬过去，就听霍玉婵嚷道："师父她们从瞭望孔发来信号，表示已在上面埋伏好。"高经纬朝上瞥了一眼，果然瞧见最西边的瞭望孔里挑起一面红绸子，正在晃个不停。高经纬向上挥了挥手里的巨斧，"大将军"毅然踏上滚木礌石，摇摇晃晃向前走了十几步，而后站定，兄妹仨隔着可视窗，一齐举起了连弩。

土匪二十余骑人马已追了上来，他们小声嘀咕了几句正要翻身下马，兄妹仨和静洁住持一行的弩箭已呼啸而至，二十余骑土匪尽皆落马，无一幸免。随后赶来的土匪见状大惊失色，慌忙掉转马头要往回逃，可惜为时已晚，兄妹三人和娘子军的弩箭早已流星赶月般地将他们射下马去。土匪丢下五六十具尸体落荒而逃，边逃边喊道："前面有埋伏，赶紧往回撤。"

兄妹三人走出驾驶舱，回到地洞里，把冯立威一干人带到夹道西侧。只见山口五十多匹无主战马正徘徊在路边，不知所从，冯立威率队员们一拥而上，一举将五十六匹战马擒获。

这时静洁住持也率娘子军来到了现场，她们二话不说就收集起射出的弩箭和土匪的兵刃。

与此同时，高经纬将静洁住持和冯立威召集到一起，把土匪围攻顾家大院的情况告诉了他们，两人脸上顿现焦虑神情。高经纬接着道："师父和冯队长也不必过于担心，到目前为止，这股土匪估计损伤过半，对顾家大院已构不成太大威胁。所幸的是上天假土匪之手送来了这么多马匹，使得我们随时都能采取行动。现在大家就兵分两路，师父率娘子军在此驻守，冯队长率队跟我们去增援。"静洁住持道："与土匪对垒，人员不可太少，通过几次战斗磨砺，南泉庵已有二十名年轻女弟子掌握了骑马技能，这次就带上她们吧！"

兄妹三人和静洁住持一行将弩箭和兵刃送回洞里。兄妹仁盖好石板，驾驭着"大将军"，带上以霍玉娥为首的二十名女尼，与冯立威的队员们合兵一处，扬鞭催马，目标直指顾家大院。

经过数个回合的殊死较量，顾家大院已岌岌可危。特别是土匪遭到伏击后，更是恼羞成怒，兽性大发，把所有怨气都发泄在顾家大院的守军身上。由土匪大王董殿武亲自督阵，孤注一掷，将剩余土匪全部押上，拼命向围墙攻去。围墙上李梧桐和刘松樵都已身负重伤，兀自带领队员们浴血奋战，苦苦支撑。孔明灯下，已有四个土匪跃上了围墙，数十个土匪正沿着云梯源源不断向上攀登，下面的土匪们都得意忘形地怪笑起来。

值此万分危急之际，恰好高经纬所率援军赶到，连弩、臂弩箭不虚发，云梯上的土匪霎时不见了踪影。墙后的农民军见来了救兵，士气大振，一阵刀砍斧剁，登时让攻上来的四个土匪呜呼哀哉。

这时"大将军"一挺手中巨斧，朝着土匪便冲了过去，冯立威更是急红了眼，带着队员紧随其后，霍玉娥的娘子军也不示弱，对着土匪又是一轮猛射。战场上的形势立刻急转直下，刚才还是趾高气扬、不可一世的土匪被打得人仰马翻、晕头转向。土匪大王董殿武一见情形不妙，一拍坐下马，带着几个随从朝着西南方夺路而逃。高经纬领着众人砍瓜切菜般地一番厮杀，除了匪首漏网，其余土匪全军覆没，死伤殆尽。此时启明星已经消退，东方露出一线曙光。

大院里的队员们放下吊桥迎了出来，两支人马融汇在一起，跟着冯立威共同清理战场。"大将军"带着霍玉娥众姐妹进到院中，把李梧桐、刘松樵等十名重伤员从围墙上抬了下来，安置在各自房间里。兄妹仨则连忙到库房找来治伤药为他们内服外敷，然后安排南泉庵女弟子从旁护理。

经清点三十八名留守队员，在这次战斗中共有七名阵亡、十名重伤，其余二十一名人人挂彩。另外有二十九名村民自愿参加了这场保卫战，在他们的一致要求下，已被李梧桐正式接纳为大刀队成员。

冯立威带人在清理战场中又缴获战利品如下：战马一百四十二匹（不包括山口的五十六匹）、四轮马车八辆（其中含弓箭一车、治伤药一车、草料两车、食品两车）、竹质云梯六部、兵器一百五十多件、盔甲四十余套、银子两千余两。最值得高兴的是，还有四箱孔明灯，共计二百余盏。

冯立威成了代理队长，暂时署理全队事宜。在他的安排下，众人吃过了早饭，安葬了牺牲的队员，随后他走进李、刘两队长的疗伤室，来找高经纬商量接下来的行动。高经纬道："当务之急是把滚木礌石从两山夹道运回来，加强大院的防御。倘若这次土匪进攻时队员身边有滚木礌石，也不至于死伤如此惨重。再说那么多狼尸也需要处理。"冯立威道："还有一件事比较棘手，大院里现有马匹已达六百多，不仅喂养人手短缺，饲料将来也成问题。"高经纬道："这个问题好办，正好兑现我上次对村民的承诺，把马匹长期借给他们，保证每户一匹。"高至善插话道："干脆分给他们岂不更好？"高经纬微微一笑道："马是大牲畜，是农家必不可少的壮劳力，耕田、种地、运输样样都离不开它。这样做就是要约束他们，防止他们中间有人为了一时的利益，打马的歪主意，将马随意处置变卖，致使家庭失去根本。"在场的三个队长听了都频频点头。冯立威深有感触地说道："公子的话都说到俺们心坎里去了。"

这时有岗哨前来报告，说顾家屯村民几乎全体出动，两千多号村民扶老携幼来到顾家大院外，主动把土匪尸体运走掩埋，又将护城河周边的云梯残骸、弓矢弩箭收拾干净，现在正聚于门前，说有要事要见高公子。

高经纬当即拉上冯立威来到大门前，穿过吊桥，走到村民中间。朗声道："乡亲们，谢谢你们深明大义来协助我们做事。我也有三件好消息要回报给大家，第一件是经昨夜一战，仙人帮土匪已土崩瓦解，一败涂地，不日间我们将一鼓作气直捣匪巢，把其彻底歼灭；第二件也是昨夜，在我们出其不意的打击下，为害一方的狼群已不复存在；第三件就是要兑现我上次对大家的许诺，每户村民都可从大院领到一匹健马，算作我们长期借给大家的。"村民们听了都欢呼雀跃起来，也有人担忧地问道："假设马在我们手中受伤或死亡了，那又该怎么着？"高经纬道："只要不是故意所为，一经调查属实，责任由我们承担，你还可再领到一匹。"

一个年高德劭的老人顾宗熹代表村民道："我们请出高公子，是想让高公子把大家组织起来，发给大家武器，一旦再有土匪进犯，我们也好从旁助你们一臂之力。"高经纬道："乡亲们能如此想，实在令学生感动。事情就这样说定了，过会儿就让冯队长把武器发给大家，至于具体的组织和操练等事项暂由冯队长与大家协商。"

高经纬清了清嗓子又道："如果大家愿意，待会儿领完马匹武器，可随我们一同去两山夹道，一方面帮我们将滚木礌石装车；一方面可把狼尸运回,自行处置。"

顾家大院空前热闹起来,洋溢着节日的喜庆气氛。兄妹仨对七名阵亡队员的家人或亲属进行了抚恤,每人的抚恤金为:马四匹、银子二百两。冯立威带着队员更是忙得不可开交,他们先给全村三百九十八户村民登记造册,后让他们签字画押,再将马匹、武器分给他们,忙活了整整一个时辰才把事情做完。

此时兄妹仨领着其他队员也将四十辆马车套好,集中到前院待命。冯立威指派四十名队员担任车夫,自己率余下队员坐镇家中,霍玉娥众姐妹同车前往。兄妹三人将三箱孔明灯搬进驾驶舱,然后驱动"大将军"一马当先,带领车队离开顾家屯。

车队驶抵两山夹道时,好多村民已骑着马先期赶到了这里。山道里充塞着的上千具狼尸,初见之下令他们愕然,随之就是振奋,接下来便开始动手清理。他们把滚木礌石分类搁置到路两边,将狼尸捆好驮到马背上,高经纬他们一到达,村民们立即和队员们一道将滚木礌石往车上搬。

在清理过程中,众人发现两个被滚木礌石压坏的木笼,里面的猪羊鸡都已血肉模糊,可是有几条恶狼死到临头居然还咬着它们不放,这使不少人对"人为财死,鸟为食亡"的话有了更深刻的理解。村民们知道这些猪羊鸡都是队员们使用的诱饵,所以自觉地把它们放在了马车上。

终于所有滚木礌石都装上了车,村民的马上也驮满了狼尸,众人又把剩下的狼尸都装到了车上,至此整个灭狼战场已被打扫得干干净净。

车队在三百多村民的簇拥下先行了一步,兄妹仨提着三箱孔明灯和一袋治伤药,把霍玉娥众姐妹送进了"世外桃源"。

静洁住持已从瞭望孔里看到了下边众人清理战场的全过程。高经纬又把顾家大院的前前后后也讲给了她听,末了高经纬对静洁住持道:"师父,我看您还是带师太们先住在这里,密切注视外面的过往情况,一旦发现有土匪或恶狼经过这里,就伺机消灭他们。眼下我们还要暂回顾家大院,待那边的事情有了眉目,就来接师父一道去围剿土匪老巢。这期间倘若有情况,可于夜里升起孔明灯通知我们。"说着将三箱孔明灯都交给了静洁住持,并取出一盏孔明灯,将燃点方法给静洁住持及众女尼做了示范。

这时几个留守女尼也把午餐做好,兄妹三人惦记大院里的事,原本无暇顾及吃饭,但经不起静洁住持等众人的一再挽留,只好坐下将饭吃完。遂告别众人,离开了"世外桃源"。一路将所经石门一一关好,又拿起锹镐来到洞外,把两道钢板在路面留下的沟槽填平、夯实,再经过伪装,而后返身送回工具,盖严地洞口,这才驾着"大将军"朝着顾家大院一路疾走飞奔。

兄妹三人一进顾家屯村口,发觉整个村子都弥漫着浓浓的炖肉香味。原来这里距朝鲜国不远,常有朝鲜族人流浪至此定居,这个民族的人视犬肉为美味,有一套独特的烹饪犬肉的诀窍。这些诀窍也被当地村民所掌握,并逐步加以改进,遂成为家喻户晓的拿手技能,犬肉也成了村民最为喜爱的食物之一。每当冬季降临,大雪封山,百无聊赖之时,村民往往将自家所养之犬宰杀,煮上满满一大锅犬肉摆放桌上,或家人聚之,或呼朋唤友,手撕口啖,推杯换盏,其乐无穷。而狼无异于野犬,肉质比起家犬更胜一筹,平时村民极难遇之,偶有所获,也必当珍品对待。此次一下子得到这么多狼尸,村民们的喜悦自不待言。美中不足的是季节不合,如果换在冬季就没有缺憾了,因为那时的狼不仅肉质鲜美,而且皮毛的成色也比现在好得多。

顾家大院里,所有滚木礌石都卸下了车,并被安置到了围墙上。

队员们除了站岗警戒的，照料伤员的，其余的都集中在伙房所在的院落里，忙着给狼尸剥皮，去内脏。院子里临时拉起了一排排绳索，上面挂满了一扇扇用食盐处理过的狼肉。伙房里炉火正红，十余口大锅沸汤翻滚，数百斤狼肉炖在其中，散发出一阵阵诱人的香气。

冯立威领着二十多名队员，正在伙房为晚上的庆祝宴会忙碌着，抬眼看见兄妹三人，对一个叫刘德兼的队员交代了几句，便大步走了出来。他用围裙擦了擦油污的双手道："公子兄妹一定是饿极了，饭堂里已给你们留了饭，现在就去吃吧，俺这里还有事要向公子禀报。"高经纬道："让冯队长费心了，饭我们已在静洁住持那里吃过了，去饭堂就免了吧，议事还是另外再找一间，省得影响队员们摆放晚宴。"冯立威道："也好。"用手一指与饭堂相隔不远的一个房间道，"那是一间空房，俺们就去那里。"于是四人抬脚就走。

这的确是一间空房，面积不算大，里面却空空如也，除一道北门外，只有一扇很小的圆圆的南窗，谁也不知道该房间的用途，同其他房间相比显得有些蹊跷。冯立威和队员们也曾对此怀疑过，还曾专门对该房间进行过检查，结果没发现任何问题。

冯立威道："遵照公子的意思，刚才俺走访了村民代表顾宗熹。他说在去两山夹道的过程中，广泛地征求了村民们的意见，大家都同意成立大刀队的外围组织，还起了名，叫大刀队后备会，初步确定有四百人参加，基本都是各户青壮劳力。正副会长人选也推举出来了，共有四人，分别是顾宗熹、张龙骐、顾轻舟和卢江渚。俺邀请他们出席晚上的宴会，到时公子就能见到他们。"

高经纬道："冯队长办事雷厉风行，甚合我意。今晚可让顾宗熹他们速将会员情况落实下来，造出花名册，并与村民登记册进行比照。要确保每名会员一匹战马、一柄腰刀，没有的一律补齐，往后还要发给他们统一的服装。至于军事训练，可趁农闲时节抓紧进行。要让这些人懂得，平日他们是村民，一旦需要，他们就是战士。"

高经纬又道："眼下是消灭土匪的最佳时机，我们必须积极备战。土匪虽然全军覆没，元气大伤，但土匪头子董殿武还逍遥法外，如不乘胜追击将其彻底歼灭，一旦让他们缓过劲来，必定会死灰复燃，东山再起，成为尾大不掉之势。到那时再想消灭他们，谈何容易？目前我们有三方面的事要做，其一，为伤员疗好伤，使他们尽快恢复健康，早日归队；其二，搞好新队员的军事培训，让他们熟练掌握作战技能，提高队伍的战斗力；其三，派人去土匪巢穴侦察，摸清土匪的底细和动向，不打无准备之仗。"

这时一个队员满头大汗跑进来道："冯队长，有个村民在吊桥外吵着非要见你，问他什么事？他又不说。"高经纬忙对冯立威道："你还是去看看吧。"

冯立威走后，兄妹三人打量起这间怪异的屋子来。高经纬绕室踱了几圈，又到东面相临的房间里走了走，然后到两间屋子外用步来回量了量，对霍玉婵和高至善道："你们看出什么问题没有？"霍玉婵和高至善都摇了摇头。高经纬一指东面墙道："问题就出在这面墙上。"霍玉婵和高至善走到墙根前，仔细打量了一番，脸上露出迷茫的神情。高经纬接着道："这么看，发现不了问题。刚才我到外面和隔壁都瞧了瞧，发现从外面看，两个房间似乎大小一致，然而从房间里看，却存在显著差异，这间屋子远比隔壁小得多。通过实际测量，我发现问题就出在这面墙上，也就是说这面墙比正常的墙要厚得多，正是这个原因才使得本该与隔壁大小相同的房间陡然小了不少。倘若我猜测不错，这面墙应该有夹层，当然也不会少了暗门，现在我们就来找上一找。"

于是三个人将此墙各占一段，从下到上一点点查找起来，一边找一边用手指轻叩着墙上的每块砖。高经纬站在墙体中段，当他敲到与胸部平齐的一块砖时，传出嘭嘭的响声，使人明显感到后面是空的。他用刀撬松砖缝，顺势将砖取了出来，砖后果然是一个半尺多高方形的洞口。

洞口内设一个铡刀形的铁把手，将把手按下，墙壁左侧顿时裂开一扇一人高的暗门，拽开暗门，露出里面四尺多宽的夹壁墙。高至善到隔壁取来一盏油灯，三个人一起走了进去。

夹壁墙的北端是一座头戴王冠，身披战袍的女将雕像，像前的供桌上摆着牌位和香炉，牌位上端楷写着"大辽国圣母萧燕燕太后之位"十个鎏金大字。夹壁墙的南端挂着一个身长翅膀的飞熊图腾，下面一行小字写着："契丹族萧氏后人谨奉。"

再下面还有两行更小的字，字迹虽有些模糊，但还是被高经纬看清了："非吾族人，且勿擅入，擅闯禁地，罪不容诛。"高经纬一见之下顿感不妙，忙疾呼道："护住面部，速速退出。"言犹未尽，夹壁墙内忽然间钢镖乱窜，箭矢横飞。兄妹三人来不及转身，只好弯过双臂挡住面部，身体蜷作一团，蹲在当地忍受着钢镖和箭矢的肆虐，过了好半天暗器方才停歇。

高经纬大喊一声道："快撤！"三人立即从夹壁墙里撤出，刚把暗门关上，就听里面传来一阵乒乒乓乓的爆炸声，经久不息。（未完待续：请见第二部《揭秘唐古墓》）